MILENA
Verlag

Ich bin etwas, das du nicht siehst.

Inhalt

Mia Messer ist Kunstdiebin. Ihre Beute hängt in den großen Museen Europas und stammt zumeist von Künstlerinnen. Denn der Diebstahl von Bildern von Künstlerinnen, noch besser: von feministischen Künstlerinnen fällt weniger auf und die Medien interessieren sich dafür auch nicht. Praktisch.

Die Familie Barozzi ist eine alteingesessene Wiener Ganovenfamilie. Mia, die uneheliche Tochter eines der Barozzisöhne, wurde im familieneigenen Internat für ihre kriminelle Zukunft ausgebildet. Und sie ist außerordentlich talentiert. Ein weiterer Pluspunkt für ihren Beruf ist: Sie wird meistens übersehen. Karrieretechnisch super. Als Sängerin in der *Susibar* hat sie sich ein weiteres berufliches Standbein aufgebaut: Im ältesten Gewerbe aller Zeiten wirkt sie als Sängerin.

Mia hat Geld, Talent und ein Ziel: Sie will nie die »Gehen Sie ins Gefängnis«-Karte ziehen. Sie will ein Happy end für sich und ihre Familie. Wie im Kino. Aber: Wird der erste Einbruch auf eigene Faust gelingen? Der ganz große Coup?

Autorin

Mieze Medusa lebt in Wien. Aktiv als Slammerin, Rapperin, Autorin und Herausgeberin. Seit acht Jahren Gastgeberin des monatlichen *textstrom*-Poetry-Slams in Wien. Initiatorin von Ö-Slam, der österreichischen Poetry-Slam-Meisterschaft (gemeinsam mit Markus Köhle). Zahlreiche Auftritte und Veröffentlichungen mit der Band »mieze medusa & tenderboy«. Teil der Lesebühne *Dogma. Chronik. Arschtritt.* (gemeinsam mit Markus Köhle und Nadja Bucher).

www.miezemedusa.com

Mia Messer
Roman
von
Mieze Medusa

MILENA Verlag

INHALT

INHALT

Stammbaum der Familie Barozzi

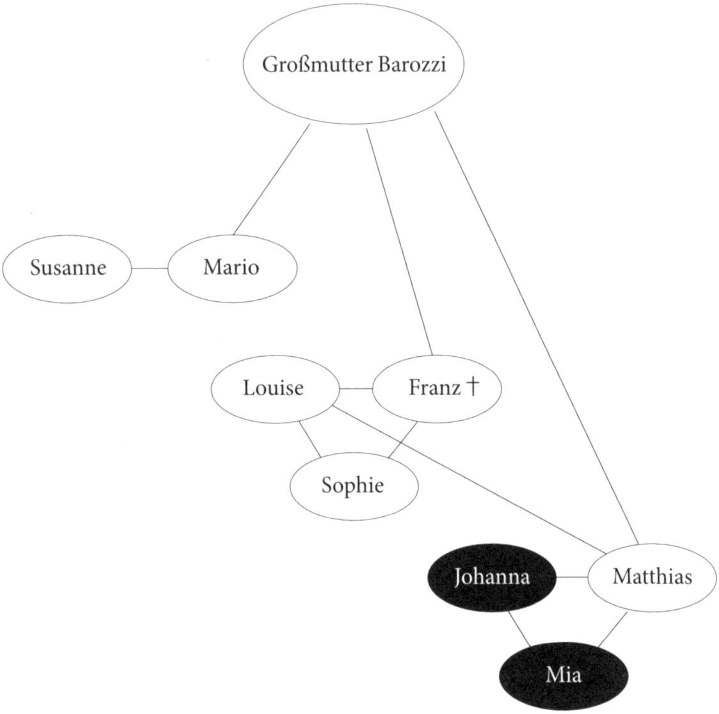

Mia, bring mia was mit, wenn du wiederkommst,
falls du wiederkommst.
Nora Gomringer

Jedes Bild ist wie ein Messer ein Gebrauchsgegenstand
Blumfeld

Sing Sing

Mia singt, wie hinter Schalltüren und in Watte eingepackt. Das ist wie Atmen, nur anders. Sie singt. Sie läuft eine Straße entlang und ein Lied legt sich in ihr Ohr. Ihre Mutter hat es – möglich wär's! – früher für sie gesungen oder nur für sich selbst, bloß war Mia da im Bauch schon angelegt und reagierte auf die Schallwellen wie der Kaktus auf Mozart. Das Lied ist immer schon da gewesen. Mia ist eine Raum-in-Raum-Konstruktion, ist wie von leeren Eierschachteln akustisch abgeschottet. Mia singt für sich selbst. Ihr unterm Atem gesummtes Lied trägt kein rotes Samtkleid, ihr Gesang schminkt sich nicht, nimmt kein Mikrofon in die Hand, singt nicht in einer Bar oder in einem Konzerthaus, trällert keine Charts rauf und runter. Mias Lied hat keine verfilzten Dreads und lächelt dir auch nicht nach, wenn du ihm vorher ein paar Münzen in den bereitgelegten Filzhut gelegt hast.

Mia singt in Bars und in Unterführungen, jetzt aber andere Lieder: Was von *R.E.M.* und *Knocking on Heaven's Door*, *Stairway to Heaven* natürlich oder *Lady Marmalade*, da braucht sie aber Begleitung, das fetzt a capella überhaupt nicht, da legt dir niemand seine Münzen und Scheine in die Spendenschachtel. Oder *Jingle Bells*, wenn du mit der Jahreszeit grad Pech hast und erst Geschenkestress und dann Graulichtblues auf dich zukommen. Mia singt gern. Mia singt gut. Aber ihr Lied, das singt sie selten laut. Mias Lied ist wie ein Tinnitus, den man gar nicht mehr so richtig hört, vor allem, wenn der Kopf sich mit etwas anderem beschäftigt. Als würde man die Stimme des Chefs, der schon wieder irgendetwas will, einfach ausblenden.

Manchmal pumpt sich das Lied Luft in die Lungen, unterlegt sich mit Streichern aus der Dose und wird richtig laut. Dann spielt die Melodie in Mia sich in den Vordergrund.

Die anderen bemerken Mia irgendwie weniger, wenn sie ihr Lied singt. Es ist, als fiele es dann noch schwerer, sich auf sie zu konzentrieren. Als wäre sie auf einmal weniger sichtbar. Dabei ist sie schon im Normalzustand leicht zu übersehen: klein, unauffällig, mit ruhigen Bewegungen – mit so gemorphten Gesichtszügen, als hätte jemand Heidi Klum, Princess Di, Pink und Romy Schneider übereinandergelegt und einen Durchschnittswert abgepaust. Die Nase ist dort, wo eine Nase sein soll, sie hört auf, wo eine Nase aufhören soll, und einen Höcker hat sie auch nicht. Es wird einem etwas langweilig, wenn man ihr ins Gesicht schaut. Man schaut gern wieder weg. Singt sie dann auch noch ihr Lied, na ja, dann rutscht sie noch weiter in die Peripherie ab. Irgendwie gleitet sie zwischen den Sinnen durch.

Kein Vorteil, wenn sie, sagen wir mal, einen Mann beeindrucken will. Durchaus ein Vorteil, wenn sie, sagen wir mal, ein Bild aus einem Kunstbunker unauffällig entwenden möchte.

Mia ist Single. Sie lässt grad eine echte Niki de Saint Phalle aus ihrem Rahmen fallen, rollt die Leinwand zusammen und schiebt sie in ihre Tasche. Nicht im *Centre Pompidou*, wohlgemerkt, die dezimieren ihre Bestände ganz gut von selbst, die brauchen dafür keine Expertin von außen. Mia steht in einem schicken, durchdacht designten Betonglasneubau in einer kleinen, aber selbstbewussten Stadt in Deutschland, in einem modernen, weltoffenen Kunsttempel, der auf seiner Webseite mit seinen Saint-Phalle-Bildern prahlt. Mia ist froh, das Museum gefunden zu haben. Die Niki ist eher für ihre Skulpturen bekannt. Eine der Nanas zu klauen, kommt aber nicht infrage. Tonnenschwere Skulpturen behindern das unauffällige Verschwinden – und überhaupt, wo soll man sie nach erfolgreichem Diebstahl lagern?

Das schnuckelige Museum, in dem Mia gerade rumsteht, ist zwar gut versichert und gründlich abgesperrt, aber: Die Überwachungskameras haben eher die Mitarbeiter auf dem Schirm und vielleicht, was weiß Mia denn schon über Angestelltenverhältnisse, auch allen Grund dazu. Vielleicht will man dem Personal nicht zumuten, dass es sich mit den ambitionierten Exponaten tagein, nachtaus auseinandersetzen muss, während es seine Kontrollblicke über die Bildschirme gleiten lässt. Das war ein Seitenhieb. Natürlich sitzt nachts niemand vor den kunstüberwachenden Monitoren, und auch tagsüber sind die Sitzplätze schwach besetzt. Lohnkosten müssen eingespart werden. Die Sicherheitstechnik dient nicht der Überwachung, sondern der Überprüfung des Schadenfalls im Nachhinein. Um dann, wenn es schon zu spät ist, einen visuellen Anhaltspunkt zu haben, *what the fuck* jetzt eigentlich passiert ist. Deshalb trägt Mia einen großkrempigen Nylonsonnenhut, das Werbegeschenk eines bekannten Sonnencremeherstellers. Der wird sich freuen, wenn sein Logo morgen auf den Titelseiten prangt, immer brav Mias Gesicht verdeckend …

Es gibt da eine Webseite, die interessierte Wirtschaftstreibende und medienwirksame Kriminelle anonym zusammenbringt. Die Firmen legen, wie bei den *Google*-Ads, fest, wie viel sie investieren wollen und zahlen nur bei Erfolg, also nur, wenn ein Foto mit ihrem Logo in den Medien landet. Dabei können sie auswählen, welches schlagzeilengenerierende Verbrechen zu ihrer Produktlinie passt: Kunstdiebstahl hat ein wesentlich besseres *Rating* als Erpressung. Amoklauf ist *triple a*, was die Medienaufmerksamkeit betrifft, als Werbeträger aber wenig beliebt. Bezahlt wird mit *Prepaid*-Karten, Barschecks oder Handywertkarten, die an gewisse Postfächer versendet werden. Dahinter steckt eine Datenbank, die Daten sind natürlich verschlüsselt. Die nicht sonderlich straff organisierte Kriminalität agiert professioneller als die *GIS*. Oder *Sony*. Mia hat sich angemeldet, ihr Postfach lagert in der Schweiz, sie glaubt nicht, dass ihre E-Mail-Adresse Rückschlüsse auf sie zulässt. Mia ist gespannt, welche Medien auf ihren Einbruch reagieren werden. Wenn sie das lokale Klatschblatt knackt, sind ihre Ausgaben gedeckt, bei der *BILD* kann sie sich vorerst zu Ruhe setzen.

Deswegen ist sie allerdings nicht hier. Sie ist wegen der Kunst hier. Sie ist hier, um eine echte Niki de Saint Phalle zu stehlen und sie nachhause zu Louise Barozzi zu bringen.

Sie zeichnet auf Hüfthöhe eine imaginäre Linie an die Wand, damit sie der Versuchung widersteht, in die Kameras zu blicken, nur um zu überprüfen, ob sie noch da sind. Das Entfernen des Bildes aus dem Rahmen wird dadurch nicht gerade erleichtert. Aber besser ein Sponsorlogo auf den Zeitungstitelseiten als ihr Gesicht. Wenn sie es überhaupt auf eine Titelseite schafft! Das Bild zählt nicht gerade zu den wichtigsten Exponaten der Sammlung. Wenn nicht, dann hat Mia wieder einen Ausflug umsonst gemacht, hat ihre Energie und ihre Ressourcen wieder umsonst strapaziert. Wie bei der Oswald und der Katharina Macheiner. Das Verschwinden ihrer Bilder war nur der lokalen Presse eine Kurzmitteilung auf Seite irgendwo weit hinten wert. Der Oswald wurde sogar unterstellt, sie hätte die Bilder selbst geklaut, wegen der Publicity. Mia ist sich nicht sicher, wer sich mehr geärgert hat: Mutter Barozzi oder die Oswald selbst.

Den Blick sorgfältig Richtung Boden haltend, tastet Mia die Rückseite der Leinwand ab. Sie rechnet nicht mit einem Kontaktalarm, aber sicher ist sicher. Ihr Fluchtweg ist ein Fenster im Erdgeschoß. Wenn sie es einschlägt, schlägt das Überwachungssystem Alarm. Bis dahin: Stille.

Ein paar Schritte von ihrem Fluchtwegfenster entfernt hat sie letzte Nacht einen Kanaldeckel mit einem Aushebeschlüssel angehoben. Sie hat sich, als sie das Museum betreten hat – ohne Nylonhut, aber mit Schirmkapperl, damit sie auch bei einer gründlicheren Untersuchung des Videomaterials unerkannt bleibt –, mit einem Blick davon überzeugt, dass der Deckel immer noch leicht angehoben über dem Kanaleinstieg liegt. Wenn sie jetzt aus dem Museum sprintet, muss sie, bevor die Polizeistreife kommt oder der private Wachdienst, nur noch den Deckel verschieben und den Schacht runterklettern. Die müssen sich sowieso erst mal kompliziert einen Überblick verschaffen. Sie rechnet mit einem Vorsprung, hat sich in den Tagen davor unterirdisch umgeschaut, kennt sich also aus und hofft, auch dann zu entkommen, wenn ein übereifriger Polizist den Kanal überprüfen will, bevor er sich im Museum umsieht.

Sie ist immer noch überrascht davon, wie leicht es war, sich in einem Eck zu verstecken, als der Museumswärter seinen letzten Rundgang gemacht hat. Aber warum ist sie eigentlich überrascht? Es ist wirklich nicht das erste Mal, dass Mia übersehen wurde.

Kunst on demand

Kurz vor der Tür stehen bleiben und ein bisschen hellhörig werden, ist kein Spionageakt. Mit einem kurzen Stehenbleiben vor der Tür verschafft Mia sich ein paar Informationen und vielleicht einen fingerhutgroßen Vorteil, aber belauschen, nein, so würde Mia das nicht nennen. Sondieren vielleicht, Vorratsdaten speichern und bei Bedarf ausheben und filtern: Wer ist im Raum, wie ist die Stimmung, über was wird geredet und über wen?

Mia lehnt an einer Gangwand der Barozzi-Wohnung. Die dunkle Samttapete ist nicht neu. Die zerkratzte Ledertür ist Mia seit ihrer Kindheit vertraut. Im Zimmer regt sich nicht viel, Mia hört das leise Dudeln eines Radios, sie glaubt Papierrascheln ausmachen zu können. Aus einer anderen Richtung des Gangs hört sie das Wirtschaften des Mädchens, das für das Wohlbefinden der Barozzis zuständig ist. In Mias Innerem sinuskurvt um ihren Puls noch das Lied, marschiert Adrenalin durch Muskelfasern. Morgen wird sich jede Faser ihres Körpers in eine andere Richtung verziehen und »Ich! Ich! Ich!« schreien. Dabei ist alles nach Plan gelaufen. Der Kanaldeckel hat sich verschieben lassen und Mia war weg, bevor zwei Polizeiautos mit Blaulicht, aber ohne Folgetonhorn vorm Museum stehen blieben. Die wasserdichte Rolle mit der Saint Phalle wie eine Collegetasche umgehängt, hat Mia sich rostige Sprosse um rostige Sprosse nach unten gleiten lassen und ihren Weg gefunden, ohne die Taschenlampe einschalten zu müssen. An der Wand entlangtastend hat sie sich ins Dunkel hineinbewegt und sich erst hinter der Biegung mit der mitgebrachten *Mag-Lite* die Orientierung erleichtert. Aufklatschende Wassertropfen und leises Huschen, sonst war nichts zu hören.

Zur Ausstiegsstelle. An rostigen Sprossen nach oben, in die Nacht lauschen, bis sie sich sicher fühlte. Es war schwieriger als erwartet, den Deckel zu verschieben, glückte aber. Als sie, abgesehen von ein paar entfernten Motorengeräuschen, nichts hören konnte, tauchte Mia aus dem Kanaldunkel auf, ins Nebenstraßendunkel hinein, hievte sich hoch und ging die paar Schritte zum geparkten Mietauto ohne Eile, so als wäre es das Normalste auf der Welt, dass eine junge Frau in dreckigen Kleidern, einem Nylonhut mit dem Logo eines Sonnencremeherstellers und einer umgehängten Bilderrolle aus dem Nichts auftaucht und durch die Nacht spaziert. Sie hat sogar daran gedacht, den Fahrersitz mit Handtüchern zu bedecken, damit niemandem verräterische Dreckspuren in Erinnerung bleiben. Sie hat bei der Auswahl des Autos darauf geachtet, ein älteres Modell zu nehmen, eines mit schon einigen hunderttausend Kilometern am Tacho und mit Dellen am Kotflügel. Der Vermieter sollte nicht stolz darauf sein, sollte es bei der Zurücknahme nicht genau untersuchen wollen. Und auf die PS kommt es beim Fluchtauto ja auch nicht an. Mia ist keine besonders gute Autofahrerin. Wenn es zu einer Verfolgungsjagd käme, könnte sie gleich am Pannenstreifen parken und die Warnblinkanlage anschalten, Hände am Lenkrad – *dort, wo man sie sehen kann.*

Flashback. Ein anderes Zimmer. Eine junge Mia und ein Trupp Jungs. Susanne, die doziert: »Nicht die Schnelligkeit deines Autos zählt, das ist Kino. Ihr müsst so handeln, dass es gar nicht zu einem Wettrennen kommt.«

Mia ist geneigt, Susanne zuzustimmen. Mia ist meistens geneigt, Susanne zuzustimmen. Von ihrer Karriere als Kunstdiebin weiß Susanne aber nichts. »Behalten wir das alles für uns«, hat Mutter Barozzi zu Sophie und Mia gesagt, »meine Möchtegern-Schwägerin muss ja nicht alles wissen. Sie ist nicht die Einzige mit guten Ideen. Das werden wir ihr beweisen.« Mia hat ihr zugestimmt, wenn auch mit schlechtem Gewissen. Jetzt atmet sie durch, stößt sich von der Gangwand ab, klopft, was auf dem Türleder dumpf und muffig und vertraut klingt, und betritt das Zimmer.

»Da bist du ja endlich!«

Eine Frau mit sorgfältig gelegter Dauerwelle, einem sehr geraden Strichmund, der Mia schon lange nicht mehr beunruhigt, und eher zu auffälligem Make-up mustert sie kritisch. Fünf Sessel stehen rund um einen dunklen Holztisch, der für das Zimmer zu groß ist; keiner passt zum anderen und zum Tisch sowieso nicht. Trotzdem ein überzeugendes Ensemble. Dahinter macht sich eine Sitzgruppe breit, auf der Sophie auf diese nonchalante Art lungert, die sie für ihre Eltern auch mit Ende zwanzig noch im Repertoire behält, die Mia sehr vertraut ist, die sie aber nicht nachahmen kann.

An einer Wand steht ein mit ernsthaften Lederrücken vollgestopftes Bücherregal. Attrappen für dahinter versteckte Taschenbücher, Liebesromane und ein paar Krimis. Die meisten Attrappen sind leer. Daneben hängt ein Ölbild, das Louise Barozzis ersten Ehemann zeigt, Sophies Vater. *Ein echter Barozzi.* Die anderen Wände sind in gedeckten Farben ausgemalt und von oben bis unten mit Kunstdrucken und schlampig ausgeführten *Malen-nach-Zahlen*-Bildern behängt, die Louise ihrer Schwiegermutter und ihren eigenen Geschmacksvorstellungen zum Trotz an die Wände gehängt hat. Die *Mona Lisa* grinst schief, aber anders schief als auf den unzähligen Kaffeetassen und Mousepads, die sie zieren darf, anders auch als im *Louvre.* Ein paar Sonnenblumen geben sich Mühe, nicht zu verwelken. Ein Nitsch-Schüttbild hat es zu *Malen-nach-Zahlen*-Ehren gebracht, was, wenn man darüber nachdenkt, ironisch ist.

Mia wundert sich wieder einmal, wo Mutter Barozzi die Vorlagen findet. Wahrscheinlich zahlt sie einem Kunststudenten einen Hungerlohn oder es gibt im Internet ein Programm dafür: *Malen nach Zahlen on demand.*

»Wo warst so lang? Ist was passiert? Wir haben uns Sorgen gemacht.« Sophies Haltung verrät nicht viel von der bekundeten Unruhe, aber Sophie ist darauf spezialisiert, Emotionen aufzublasen oder runterzuspielen, je nachdem. Sophie Barozzi, die einzige anerkannte Tochter einer Ganovendynastie, Mias beste Freundin.

Susanne, denkt Mia, glaubt nicht so recht an Freundschaft.

»Hast du das Bild?« Ein schneller Griff zeigt die Ungeduld der Dienstältesten, Frau Barozzi, in diesem Zimmer. Mia übergibt den Schutzzylinder ihrer, ja was eigentlich, Tante? Vorgesetzten? Stiefmütterlichen Freundin? Die öffnet ihn.

»Handschuhe!«, ruft Mia.

Mutter Barozzi legt den Zylinder weg, macht ein paar Schritte auf das Bücherregal zu, zieht den Lederrücken mit dem Titel *Lederstrumpf* hervor, öffnet die Attrappe und entnimmt ihr ein Paar weiße Baumwollhandschuhe. Sie greift wieder nach dem Zylinder, zieht sorgfältig und unter angehaltenem Atem die Leinwand hervor, rollt sie auf und betrachtet sie.

»Mmh«, sagt sie schließlich, »ich hätte sie mir größer vorgestellt.«

»Die ist gar nicht so bunt, wie ich gedacht hab'.«

Vor allem Sophies Kommentar ärgert Mia. Sie macht die Arbeit ohnehin lieber allein, das minimiert Fehlerquellen, zumindest in Sophies Fall, die keine ganz schlechte Diebin ist, aber auch keine so gute, wie sie selbst glaubt. Mia will auf die Kunstkataloge, die sich in ihrem Zimmer stapeln, hinweisen, lässt es aber bleiben. Sophie allein in ihrem Zimmer, dieser Gedanke hemmt Mia. Nicht, dass sie etwas zu verbergen hätte. Aber Sophie ohne Aufsicht in Mias Zimmer, ist kein Gedanke, der Mia ein warmes, weiches Gefühl in der Magengegend verschafft. Ihre Freundin geht ohnehin in ihrer WG, in ihrem Zimmer und in ihrem Leben ein und aus. Man muss sie nicht noch extra dazu auffordern.

Mutter Barozzi macht sich an ihrem Bücherregal zu schaffen und lässt die Wand zur Seite schwingen. So wie die Lederrücken Attrappen für den wirklichen Lesestoff sind, ist das Bücherregal Camouflage für eine Stahltür. Und genauso leicht zu durchschauen. Als Mutter Barozzi den Code eintippt, schaut Mia höflich woanders hin. Sie will keinen Zugang zum Barozzi-Wohnzimmertresor, hat aber den Verdacht, dass es kein großes Problem wäre, ihn zu knacken. Die Tür schwingt auf. Mutter Barozzi nimmt die Saint Phalle vom Tisch, betritt den Raum und winkt den beiden zu: »Kommt mit«.

Hinter der Tür befindet sich eine Kommode, die den Erbschmuck beinhaltet beziehungsweise dessen Fälschungen. Die Originale sind in einem Bankschließfach gelagert, zu dem keine der Frauen Zugang hat, und werden, seit die Kopien so ausnehmend gut geworden sind, eigentlich gar nicht mehr hervorgeholt. Auch die Anlässe dafür werden weniger. Dieses Jahrzehnt ist für die Barozzis kein gutes. Auch im Jahrzehnt davor wurde eher der Schein gewahrt. Der große Wurf, ehrliche epochale kriminelle Arbeit, dafür reicht es zurzeit nicht so ganz. Worauf die Großmutter gern hinweist.

Die Wand auf der anderen Seite des Tresorraums ist bis auf zwei Gemälde leer. Die Bilder der Oswald und der Macheiner werden von bunten Leuchtketten, die Mutter Barozzi wohl aus Sophies Zimmer stibitzt hat, eher überstrahlt als beleuchtet.

»Ich wollte keinen Elektriker rufen«, lächelt sie entschuldigend in Sophies Richtung. Dann klebt sie das Saint-Phalle-Bild mit einem Streifen doppelseitigen Klebebands an die Tresorwand, tritt einen Schritt zurück und strafft die Schultern.

»Die ganze Wand will ich voll haben«, flüstert sie und macht dabei eine Handbewegung, die nicht so ganz zum Raum passen will. Mia seufzt.

»Und jetzt?« Sophie strahlt Mia an. Mia hat eine ungefähre Ahnung von Sophies Wünschen, Plänen und Träumen. Sie wird sie überreden wollen, mit ihr auszugehen, sie wird nicht nur alles wissen wollen, sie wird auch darauf bestehen, dass Mia es ihr in einem Club erzählt, in dem sie die ganze Zeit gegen den Beat anschreien muss. Und weil Sophie selbst nichts zu erzählen hat, wird morgen nur Mia ein Kratzen im Hals haben und mit Wut im Bauch Lakritze kauen.

Wenn Mia nicht mitgeht, hat Sophie die Wut im Bauch, morgen und übermorgen und den Rest der Woche. Außerdem wird sie dann das nächste Mal darauf bestehen, selbst mitzukommen, weil sie ja sonst nie zu Informationen aus erster Hand kommt, wie sie sagen wird. Und das will Mia um jeden Preis vermeiden. Sophie ist als Diebin okay, aber Mias Talent zur Unauffälligkeit hat sie nicht. Mia ist selbst nur Kunstdiebin mit beschränkter Erfahrung. Sie kennt sich mit Alarmanlagen aus, aber eher mit denen von Autos. Sie hat auf den Spuren der Gebrüder Sass schon Tresore aufgeschweißt, aber das war in der Lehrwerkstatt der Barozzis. Sie ist schon in Häuser eingestiegen, aber in keine gut gesicherten. Ihr Bonus ist ihre an Unsichtbarkeit grenzende Unauffälligkeit. Ihr Bonus ist ihr Lied, das sie singt und dann: *stealth mode.*

Kein Museumswärter der Welt würde Sophie übersehen, wenn er nach der Schließung des Hauses auf seinem letzten Kontrollgang an ihr vorbeikäme, auch dann nicht, wenn sie auf den obligatorischen Minirock verzichtet hätte. Ist nicht wichtig. Sophie hat einen toten Vater, der für sie vorgesorgt hat, sie hat einen Onkel, eine Mutter, einen Stiefvater und Susanne, die alle den Laden für sie führen. Da kann sie auch gleich nur den Scheck einstecken und so tun, als würde sie studieren.

Mia dagegen hat sich selbst. Und ihr Lied. Und ein paar Träume. Aber reicht das? Mia will etwas *sein.* Sie will etwas *haben.* Nicht unbedingt Geld, das liegt auf der Straße, wenn man nicht zu faul ist, sich zu bücken. Die Währung, die Mia interessiert, ist Status. Ein Platz in der Familie, den ihr niemand mehr streitig machen kann. Oder ein Platz weit weg, wo sie niemand kennt. *Same same but different.*

Kunst on display

»Ich hab' nichts anzuziehen, ich muss zurück in meine Wohnung«, übt Mia sich in der hohen Kunst der faulen Ausrede, weiß aber, dass Sophie genau für solche Anlässe ein Kastenfach für Kleider hat, die sie regelmäßig aus Mias Zimmer entwendet. Sophie grinst und spart sich die Antwort. Sie weiß es schließlich auch.

»Was meinst du? Gemma Gürtel? *Volksgarten*? Innenstadt?«

Mia hat keine Ahnung, was heute wo passiert und was davon man auf keinen Fall versäumen darf. Dafür ist Sophie zuständig. Sophie zieht eine Packung Zigaretten aus der einzigen Tasche ihres Jeans-Minirocks. Soweit Mia informiert ist, raucht Sophie zurzeit eigentlich nicht. Wegen Josh, ihrem Freund. Der ist Sportler und ernsthafter Mahner gegen körpereigenen Raubbau.

»Am Gürtel könnten wir einfach rumlaufen, schauen, was passiert. Aber ich glaub', Josh macht das heute auch. Also *Volksgarten.*«

Hat sie also mit Josh aufgehört, nicht mit dem Rauchen? Mia grinst. Sophie macht solo mehr Spaß als mit Freund. Sophie bemerkt Mia wenigstens. Meistens. Von ihren Freunden kann man das nicht gerade behaupten. Mia ist den verwirrten Blick von Sophies Männern leid, die ihr Gesicht auch beim fünften Treffen noch nicht zuordnen können. Schon klar, Sophies Freunde sind nicht immer die hellsten. Schon klar, Mia verschwimmt mit dem Hintergrund, auch wenn keine strahlende Sophie neben ihr steht. Mia macht ja niemandem einen Vorwurf, aber es macht ihr auch keinen Spaß. Sie läuft Sophie nach. Die beiden steigen in eine U-Bahn, aber schon ein paar Stationen vor ihrem Ziel zieht Sophie Mia hinter sich her und steigt aus. Sie läuft absatzklappernd die Treppe hoch, Mia keucht. Morgen wird sie auf jeden Fall einen Muskelkater haben.

»Wo willst du hin?«, ruft sie in Sophies Rücken hinein, »ich denk', wir wollen in den *Volksgarten.*«

»Später. Ist doch noch zu früh.«

Wenn man mal so darüber nachdenkt, ist die Wahrscheinlichkeit echt hoch, dass man auf einer Vernissage auf Vollidioten trifft, denkt Mia mit einem Glas Weißwein in der Hand. Wenn schon kein Vollbad, dann wenigstens ein Drink, hat sie sich überlegt und versucht, den Menschen mit Tablett in der Hand zu stoppen, ihm resigniert hinterhergepfiffen und als das auch nicht geholfen hat, ihn mit ein paar Schritten eingeholt. Mia ist geübt im *wolf whistling*. Aber bevor sie hier alle auf sich aufmerksam macht, läuft sie lieber ein paar Schritte und greift selbst zu. Sie nimmt einen Schluck, sieht sich noch mal um.

Wen kann man auf einer Vernissage treffen? Leute, die die Taxifahrt absetzen und gratis trinken wollen. Und irgendwo in deren Hinterköpfen loopt der Gedanke, dass das Bild, das ihr exquisiter Geschmack sie auswählen lässt, eine zinsensichere Investition in ihre Zukunft sein wird.

Wer geht noch auf eine Vernissage? Singles, die sich ihre Erwartungshaltung, auf einem kulturellen Event ein qualitativ höherstehendes Partnerangebot zu finden, trotz Enttäuschung noch nicht abtrainiert haben? Mia hat das nicht sorgfältig empirisch getestet, hat aber Erfahrungswerte. Sie hat sich umgesehen. In Vorbereitung auf das Projekt – »auf unsere Sache«, wie Sophie sagen würde. Nicht nur hier. Mia reist sowieso gerne und für die Familie ist auch immer irgendwo irgendwas zu tun. Da lässt sich das Nützliche mit dem Notwendigen verbinden.

Sie war in Linz und Graz, in Paris, in London, in Berlin und auch auf so einem kleinen Bauernhof in Südtirol. Die Künstlerin wurde ihr natürlich auf einer Vernissage empfohlen. Mal im Ernst: In ihren Kreisen kann sie sich aufs Hörensagen verlassen. In ihren Kreisen stimmt es, wenn einer, dem du vertraust, einen anderen empfiehlt. Die Kunstwelt arbeitet da anders. Jedenfalls war die empfohlene Künstlerin für das Projekt ungeeignet. Zu naiv, zu erdgebunden, auch zu wenig organisiert. Dass ein Werk fehlt, wäre der nicht aufgefallen, was für eine PR-geile Kunstdiebin nicht gerade ideal ist. Oder die andere, die als Happening Sonnenuntergänge nackt hinkleckste …

»Du sollst dir kein Bild machen«, hat Schwester Bernadetta immer gesagt, fällt Mia plötzlich ihre Klosterschulzeit wieder ein, und Mia kann jetzt ergänzen: auch kein abstraktes.

Wobei: Sie ist ungerecht. Erstens hat sie den Leuten, die ihr diese Künstlerinnen empfohlen haben, ohnehin nicht vertraut. Und wenn du bei der Fahrersuche für einen Bank-Job so vorgehst, kannst du gleich deinen Anwalt anrufen. Mia bleibt vor einem Bild stehen und versucht, aus dem Schild schlau zu werden.

»Wie der Maler sein Objekt mit der Umwelt in Beziehung setzt, ist, finden Sie nicht, profund, ungewöhnlich und unter die Haut gehend?«

Mia dreht sich um. Es hat sich einer zu ihr gestellt, sie taxiert ihn: ein Anzug, für den man locker zwei rosa Scheine hinlegt, der aber schon ein paar Saisonen alt ist, mit Absicht schlampig geputzte Schuhe, auffällige Brille. Wirklich begeistert und beruflich erfolgreich, aber nicht mehr so wie früher. Vielleicht in der Werbung. Irgendwas an seiner Aussprache macht Mia stutzig. Sie stellt sich neben ihn und betrachtet eindringlich das Bild.

»Wieso?«, antwortet sie schließlich, »weil sie nackt ist? Oder wegen dem Spiegel?«

Der Kunstfan macht einen abrupten Schritt nach vorn. Mia kann gerade noch ihre Hand aus seiner Gesäßtasche ziehen, sein Geld bleibt drinnen. Das war knapp. Mia hätte gewettet, dass er sich unauffällig in ihre Richtung lehnen, dass er versuchen wird, Körperkontakt herzustellen. Sie muss wirklich müde sein, wenn ihr solche Fehleinschätzungen passieren.

Mia unterzieht ihren Gesprächspartner einer genaueren Musterung. Er kommt ihr diffus bekannt vor, aber das passiert ihr öfter. Sie hat schon viele Gesichter in ihrer Datenbank abgelegt, hat unzählige Passanten taxiert und versucht, ihre Bewegungsmuster abzuspeichern, sie auf ihren Wert und ihre Wachsamkeit einzuschätzen.

Manchmal ertappt sie sich bei dem Gedanken, ob sie schon mal jemanden von früher ausgeraubt hat. Einen Nachbarn aus dem Dorf? Oder Theresa, ihre Kindheitsfreundin?

»Ob die Symbolik des Spiegels in diesem Kontext von großer Originalität spricht, darüber kann man natürlich diskutieren, aber sehen Sie die Bettdecke? Wie sie – zu einer unbewussten Landschaft stilisiert – Auskunft gibt über die Klüfte im Selbstbild der Frau? Wie sie zur Kontemplation einlädt und dazu, in den Höhen und Tiefen dieser fiktiven Biografie zu verweilen und nach dem Schlüssel, nach dem Zugang zu suchen?«

Der Mann dreht sich zu ihr um, sein Blick streift Mia, gleitet an ihr vorbei durch den Raum. Mia ärgert sich. Warum hat er sie angeredet, wenn er jetzt an ihr vorbeilinst? Und wenn er sie schon anredet, warum redet er so einen Mist?

»Ich seh' die Bettdecke.«

Der Mann lächelt sie an. Ansteckend. Vertraulich. Irritierend.

»Eine außergewöhnliche Bettdecke, finden Sie nicht?«

Auch ein vertiefter Datenbankabgleich bleibt ergebnislos. Mia ist beunruhigt. Er hat einen leichten Akzent, den er nicht zu leugnen versucht, aber selbstbewusst in den Hintergrund schiebt. Auch nach ihrem Datenbankcheck bleibt der Eindruck, dass sie ihn kennen sollte. Dass *er* sie kennt. *Erkennt.* Vielleicht ist sie auch einfach nur verblüfft, weil er sie überhaupt bemerkt hat.

Mia stoppt den Caterer von vorher, der sich mit einem Tablett durch die Menge schiebt, und nimmt ihm zwei Weißweingläser ab. Sie stellt sich neben den Mann, gibt ihm eines davon und platziert ihre Hand unauffällig auf seinem Unterarm, versucht den Ärmel seines Anzugs ein wenig nach oben zu schieben. Die Manschettenknöpfe sind die Mühe nicht wert. Unter dem Hemd blitzt eine Tätowierung hervor, die sich bis zum Handrücken zieht. Sie wirft einen Blick auf seine Hose, sie kann sehen, wo sie von der Geldtasche ausgebeult wird. Ein verführerischer Anblick. Aber der Moment ist vorbei. Sie versucht, zurück ins Gespräch zu finden. Ach ja, die Bettdecke. Außergewöhnlich, nicht?

»Wie meinen Sie das?«

Jetzt starrt der Mann sie an, er hat wohl ebenfalls Mühe, ins Gespräch zurückzufinden. Er nimmt einen Schluck Wein, lässt die Flüssigkeit im Mund hin und her rinnen. Mia lächelt unverbindlich, lässt ihn stehen und sucht im Raum nach Sophie. Die steht bei einem Mann. Was ihre Hände machen, kann Mia nicht erkennen, aber ihre Augen strahlen. Mia versucht einen besseren Blick darauf zu bekommen, wer neben ihr steht, wer sie so zum Glühen bringt. Die schlechte Nachricht: Es wird eine lange, langweilige Nacht werden. Die gute Nachricht: Ihre Stimmbänder werden nicht darunter zu leiden haben. Als sie den Raum an Sophies und noch jemandes Seite verlässt, spürt sie Blicke im Rücken. Aber vielleicht starrt er auch Sophie hinterher. Die glitzert.

Rennen, um stillzustehen

Es ist ärgerlich, wie lang sie heute für ihre Runde braucht. Mia glaubt nicht an Katerstimmung, sie glaubt an Selbstbestrafung. Außerdem ist Training dazu da, die schlechte Form zu verbessern und schlecht in Form ist sie heute, das lässt sich weder leugnen noch verheimlichen, schon gar nicht vor sich selbst.

Es sind mehr als ein paar Schritte bis zum Kanal, den sie gern entlangläuft und dann weiter, es gibt mehr als eine Gelegenheit zu stolpern, und jede davon nützt sie pflichtbewusst aus. Das liegt am Muskelkater, der ihr heute die Grenzen ihres Körpers neu vor Augen führt, liegt an ihren Beinen, Knien, Fersen, Zehen und Schenkeln. Früher war das anders. Früher war Laufen am Kanal – manchmal gemeinsam mit Fabio, manchmal mit Sophie – etwas mit Schwung, etwas mit Atem genug für irrelevante Gespräche, für Blödsinn.

Etwas, das Spaß gemacht hat, keine Pflichterfüllung, um körperlich auf Augenhöhe mit den Herausforderungen der Arbeitsnächte zu sein. Sie ist alt. Und nicht mal über Nacht geworden, obwohl die letzten Nächte ihren Teil dazu beigetragen haben. Sie ist nicht alt, schimpft sie mit sich, sie ist verkatert und übermüdet und die Anspannung lässt grad nach.

Unten am Kanal wird es besser, so, wie es immer besser wird, sobald eine sich träge dahinwälzende, graubraune Wasserfläche auf ihre Tagesverfassung einwirkt. Wasser beruhigt sie und stellt ihren Fokus scharf, macht ihr Lust darauf, sich anzustrengen. Das T-Shirt klebt. Schweiß rinnt ihr zwischen den Brüsten durch, den Rücken runter, ab in die Arschfalte und dann weiter. Mia fragt sich, ob sie den ganzen Alkohol rausgeschwitzt haben wird, wenn sie mit ihrer Runde fertig ist.

Aber es hat ja Grund zu feiern gegeben. Ihr Diebstahl, Sophies Glitzern. Nach der Vernissage sind sie doch noch, wie geplant, in einem Club gelandet. Sophie hat, wie geplant, ihren Typen an der Hand hinter sich hergezogen und den Rest der Nacht nicht mehr aus den Augen gelassen. Mia hat getanzt. Getrunken haben alle. Sophie hat am Klo auch noch was anderes gemacht, von dem Mia nichts wissen will, weil Susanne davon abrät und sie selbst es seit dem letzten Versuch blöd findet. Sie läuft eine Treppe hoch, überquert den Donaukanal, es macht mehr Spaß, auf der anderen Seite zurückzulaufen, außerdem mag Mia Brücken.

Als sie endlich wieder in der Wohnung steht, brennen ihre Lungen mit den Muskeln um die Wette. In der Küche hockt Sophie, in den Kleidern von gestern.

»Na?«

Sophie hat schon wieder eine Zigarette im Mund. Sie schaut nicht so aus, als hätte sie viel geschlafen, sieht aber glücklich aus. Es ist Sophies großes Talent, am Morgen danach adrett aus der Wäsche zu schauen. Obwohl sie das immer mehr Mühe kostet. Obwohl es ihrer Handtasche immer mehr Geheimfächer für Notfallkosmetik abverlangt. Wie hieß er nochmal? Raffael.

»Na.«

Mia versucht, gleichzeitig die Einbauküche zu verschieben und die Ferse des nach hinten gestellten Fußes auf den Boden zu drücken. Den Körper durchzustrecken. Die Schweißflecken unter ihren Achseln sind ihr vor Sophie peinlich. Aber sie fühlt sich besser, ein kleines bisschen runderneuert. Die Fasern in ihrem Ober- und Unterschenkel verlängern sich unter Protest. *Lautem* Protest. Aber immerhin strecken sie sich.

»Gehen wir zu mir? Mama wartet schon ...«

Mutter Barozzi sitzt gelassen an ihrem dunklen Mahagonitisch und blättert sich durch einen Stapel Hochglanzmagazine. Sie legt ihr Lineal auf ein Blatt und reißt eine der Seiten heraus, steckt sie in eine lederne Aktenmappe. Louise sammelt *Celebrities*. Das Geräusch hinterlässt eine Gänsehaut auf Mias Unterarmen. Mutter Barozzi nimmt ihre Brille ab und lächelt: »Da seid ihr ja! War ja höchste Zeit. Das Auto wartet schon.«

Mia schaut so ratlos, dass Sophie zu lachen beginnt. In Mias Magen vermischt sich der letzte Drink von gestern Nacht mit der Leere, die auf das Frühstück wartet. Sie hätte sich ein Ei gekocht, Orangensaft ausgepresst, Aufback-Semmeln aufgebacken und genügend Kaffee für eine Großfamilie aufgestellt. Sie hätte sich ausgeruht, vielleicht ein heißes Bad genommen. Sie hat in den letzten Tagen einen Einbruch vorbereitet, ihn durchgeführt, ist mit einem Herz, das Polyrhythmik neu definiert hat, in einem dunklen Eck gestanden, hat in das Museum hineingehorcht und versucht, die unbekannten Geräusche einer Quelle zuzuordnen, immer in der Hoffnung, dass keins davon von einem bewaffneten Wärter stammt. Sie hat ihr Lied gesummt, hat seine Melodie in sich wachgerufen. Sie hat versucht, immer auf den Boden zu starren, während sie das Bild, ohne es zu beschädigen, aus seinem Rahmen befreit hat. Die Finger zittern immer noch.

Sie hat sich angespannt durch eine Kanalisation getastet, sie hat eine Nachtfahrt hinter sich gebracht, quer durch Deutschland und ohne GPS, weil sie keine Statistik in einem Bordcomputer hinterlassen wollte. Sie hat sich lange nicht getraut, das Autoradio einzuschalten, weil sie das regelmäßige Schnurren des Motors zur Beruhigung gebraucht hat, weil sie keinen ihrer Sinne von der Aufgabe abziehen wollte. Sie hat den Mietwagen mit dem eigenen Wagen vertauscht, ohne ihre Identität preiszugeben und sich gleich wieder hinters Steuer gesetzt. Die Kilometer von München nach Wien abgespult. Sie hat auf einem Autobahnrastplatz ein kurzes Nickerchen eingeschoben und einen grauslichen Kaffee getrunken, damit es weitergehen kann. Sie hat das Bild abgeliefert und ist danach mit Sophie ausgegangen, als wäre nichts gewesen.

Jetzt will sie sich so richtig ausschlafen, faulenzen, vielleicht ein Buch lesen, aber sicher keinen Krimi, irgendeinen langweiligen Schmöker mit Problemen, die mit dem Jahrhundert, dem das Buch entstammt, untergegangen sind. Einen Schmöker mit *happy end* und *for ever after*. Aber, jetzt fällt es ihr wieder ein, heute ist Familientreffen und sie muss mit! Dabei gehört sie doch nicht mal so richtig dazu.

Mutter Barozzi erhebt sich: »Lasst uns gehen. Wir kommen noch zu spät.« Ihr Ton wird vorwurfsvoll, als sie erwähnt, dass in keiner der Tageszeitungen, auch keiner der internationalen, von Mias Diebstahl die Rede ist. »Aber das wird«, sie tätschelt Mias Unterarme, »und wenn nicht, strengen wir uns nächstes Mal einfach mehr an.«

Ihr Trost schlägt Mia auf den noch nicht ganz nüchternen Magen. »Nächstes Mal« sagt sich so leicht, wenn man es nicht selber machen muss. Dann fällt ihr was auf.

»Woher weißt du, dass bisher niemand was geschrieben hat?«

Mia kann sich Mutter Barozzi nicht dabei vorstellen, wie sie in aller Frühe zum Bahnhof fährt, wahllos internationale Zeitungen einkauft und sie durchblättert.

»Bitte sag' nicht, dass du das Bild gegoogelt hast!«

»Hätte ich nicht sollen?« Ohne Brille wirken Mutter Barozzis Augen arglos und leicht verschwommen. Die Brille mit dem dicken mattweißen Rahmen und einzelnen, originell verteilten Strasssteinen baumelt an einer Süßwasserperlenkette vor ihrem Dekolleté. Die Brille ist neu. Sie passt zu ihr, findet Mia. Sie hat es wieder mal geschafft, das für sie perfekte Modell zu finden. In Stilfragen ist Louise Barozzi eine Koryphäe. In anderen Belangen ist sie das nicht.

»Du hast einen noch nicht gemeldeten, noch nicht bekannt gewordenen internationalen Kunstdiebstahl gegoogelt? Von deinem Laptop aus?«

»War das keine gute Idee, Mia? Dann mach' ich es vorerst nicht mehr.« Mutter Barozzi lächelt Mia sorgenfrei an.

In Mias Magen klumpt jetzt schon deutlich mehr als so ein kleines bisschen Restalk und der Wunsch nach einem Frühstück. Im Kino – vor allem in den Filmen mit *happy end* und *for ever after* für Gangster, und Mia ist definitiv an einem *happy end* und *for ever after* für Gangster interessiert – findet immer eine talentierte Gruppe zueinander, deren Stärken und Schwächen sich perfekt ergänzen. Im echten Leben befindet man sich in Gesellschaft von Menschen, die nie ein Bewerbungsgespräch hinter sich bringen mussten, um Teil deiner Gang zu sein. Es gibt keinen Aufnahmetest, es gibt keine Mutprobe, es gibt keine Selektion. Es gibt *Familie*. Mia muss mit ihr arbeiten, dabei, denkt sie das zweite Mal in zu kurzer Zeit, gehört sie doch noch nicht mal so richtig dazu. Wie ist sie nur hier gelandet?

Canossagang, oder wie alles begann …

Johanna Bauernfeind schwitzte, knöpfte sich im Gehen den Mantel auf. Der Mantel war ein Fehler. Bei diesem Frühlingswetter und bei den paar Schritten von der Bäckerei ihres Vaters bis zur Klosterschule musste man sich nicht so warm anziehen. Sie hätte auch nur in der Bluse zur Klosterschule laufen können, in der Bluse, die sie gestern extra noch gebügelt hatte und die vom Mantel gerade zerdrückt wurde. Der Mantel war ein Schutzschild, der schwere Stoff lag ihr gerade richtig auf den Schultern. Der Mantel war *kein* Fehler. Johanna konnte heute alles Gewicht der Welt brauchen.

»Es ist doch so«, würde sie zu Schwester Bernadetta sagen. Dann würde sie kurz den Faden verlieren, wegen des Geruchs, der viele Erinnerungen mit sich brachte, die wenigsten davon angenehm. Aber der Mantel auf ihren Schultern würde verhindern, dass ihre Träumereien und Gedanken sie zu lang in ihren Bann ziehen konnten und sie würde weiterreden. Wegen der Maria würde sie weiterreden.

»Es geht um die Maria«, würde sie zu Schwester Bernadetta sagen und Schwester Bernadetta würde von ihrem würdevollen Gesichtsausdruck zu ihrem fragenden wechseln. Es musste praktisch sein, wenn man seine Gesichtsausdrücke fertig aus der Tasche ziehen konnte. »Es geht um die Maria«, würde sie sagen, »und um den Kirchenchor.« Ja, um den Kirchenchor ging es auch. Schwester Bernadetta würde spätestens dann wissen, warum Johanna Bauernfeind zu ihr gekommen war, aber sie würde es sich nicht anmerken lassen, würde ihr keinen Schritt, geschweige denn den halben Weg entgegenkommen. Wahrscheinlich stand in der Bibel nichts von halben Wegen, aber vom Vergeben stand sicher was drinnen und auch von den Kindern. Und deshalb würde Johanna ihre Schultern gegen den Mantel stemmen und den verbleibenden Weg bis zu Schwester Bernadettas Standpunkt allein zurücklegen.

»Die Maria, die singt doch den ganzen Tag. Und schön auch. Und sie wünscht sich so … Und ich finde, es wäre so eine Chance für sie. Ich weiß ja, die Sache mit dem Matthias«, hier würde sich Johanna verlegen räuspern, aber sie würde schon zu viel gesagt haben, sie würde nicht so kurz vor dem Ziel aufgeben, »also mit Marias Vater. Das war ja schließlich mein Fehler, nicht der von der Maria. Und Gott …«

»Was ist mit Gott?«

Schwester Bernadetta klang interessiert. Johanna war in ihrer vorbereiteten Rede aus dem Rhythmus gekommen. Sie hatte sich Schwester Bernadettas Statur und Gewicht hinter ihrem Schreibtisch nur ungenügend ausgemalt. Sie hatte den Geruch nach Essigreiniger und Kernseife, der durch die Klosterschule zog, vergessen. Sie hatte die Braun- und Grautöne nicht mehr parat gehabt. Für Schwester Bernadettas würdevollen und fragenden Gesichtsausdruck spielte es keine Rolle, dass Johanna schon lang keine vierzehn Jahre mehr alt war und auch keine siebzehn. Es spielte keine Rolle, dass Johanna inzwischen eine richtige Frisur hatte, nicht mehr die zwei Zöpfe und den gerade geschnittenen Pony. Es spielte keine Rolle, dass sie jetzt selbst Mutter war und ihre Tochter schon eine richtige Persönlichkeit. Doch, korrigierte sich Johanna, ihre Tochter spielte eine Rolle. Allerdings spielte ihre Tochter Maria die Rolle eher für die Gegenfraktion. Das lag an Marias Vater. Und an Johanna selbst.

Johanna hatte Marias Vater aus den Augen verloren, *bevor* sie ihn zu einem gewissen Sakrament überreden konnte, aber *nach* dem Empfangen einer gewissen Leibesfrucht. Ihr Heimatdorf hatte das Mittelalter erst ein kleines Stück hinter sich gelassen. Ein uneheliches Kind war zwar ein Makel, den konnte man aber mit Eigeninitiative, Demut und Ausdauer wieder in den Griff kriegen. Johanna hatte jede Menge Eigeninitiative und Ausdauer zu bieten und das mit der Demut dann schnell gelernt.

Johanna versuchte, in Schwester Bernadettas Augen zu lesen und scheiterte. Vielleicht war das Verschwinden von Marias Vater gar nicht das Hauptproblem, vielleicht war es der Zielort seines Verschwindens. Marias Vater musste sich nicht wegen Marias Zeugung vor der Gesellschaft verantworten, er musste es wegen versuchten Diebstahls. Oder Totschlag. Oder irgendwas Organisiertem. Johanna hatte nie so richtig herausgefunden, wofür er die »Gehen Sie ins Gefängnis«-Karte gezogen hatte.

»Nun, Frau Bauernfeind?«

Schwester Bernadetta hatte nicht unbedingt etwas dagegen, wenn sie auf eine Antwort warten musste, sie war aber auch nicht daran gewöhnt. Gott hing immer noch unbehaglich in der Luft zwischen den beiden Köpfen herum, ließ seine Augen abwartend zwischen den beiden hin und her pingpongen. Johanna Bauernfeind gab sich einen Ruck.

»Gott verzeiht doch, oder? Vor allem den Kindern. Und die Maria, die singt doch so gern.«

Das Dorf hatte ihr, missbilligend flüsternd und immer ein wenig zu rasch an ihr vorbeischauend, verziehen. Es half, dass Maria sich unauffällig verhielt, wenn sie auf dem Spielplatz des Dorfes allein im Sandkasten spielte oder auf den Klettergerätschaften turnte. Es half, dass Johanna zu den Kundinnen ihres Vaters besonders freundlich war, wenn sie in seiner Bäckerei mithalf, was sie täglich tat und von ihm zornig schweigend quittiert und nur mit einem Taschengeld entlohnt wurde, weil er ja auch für die Maria aufkommen musste und für die Johanna sowieso. Ihr Vater hatte ihr *nicht* verziehen, stellte Johanna wieder einmal fest. Seine einzige Tochter war schwanger geworden, bevor sie mit der Schule fertig war. Der Mann war nicht gerade herzeigbar und zeigte auch kein Interesse an Frau und Kind, zeigte kein Interesse daran, das Kind mit einem Ring zu legitimieren. Ihr Vater hätte einer Hochzeit mit einem Sträfling ohnehin nicht zugestimmt. Aber abgelehnt hätte er halt gern. Seitdem schwieg er. Oder schrie. So schnell konnte Maria gar nicht in einer Ecke des Raums verschwinden, da hatte er ihr schon hinterhergebrüllt.

Schwester Bernadetta ordnete einige Papiere auf dem Schreibtisch neu, legte sie dann in eine Schublade und schob diese mit sanft gemeinter Energie zu. Das Büro versank in wattierter Stille. Der

Geruch nach Kernseife und gar keinem Staub wurde intensiver, wahrscheinlich weil nichts mehr von ihm ablenkte.

Stille, dachte die Tochter des Dorfbäckermeisters, war nicht so schlimm, man konnte sich an sie gewöhnen. So still würde es in Zukunft im Dorfbäckermeisterhaus sein, wenn alles klappte. Die leise vor sich hin singende Maria würde eine Leere im Bäckermeisterhaushalt zurücklassen, von der Johanna ahnte, dass sie nicht so leicht zu füllen war. Aber sie würde zurückstecken. Solange Maria singen konnte, solange Maria eine unter vielen, beinahe eine unter Gleichen wäre. Für Maria würde Johanna sich mit der Stille arrangieren. Aber in diesem Zimmer, in diesem Raum mit dem Kreuz an der Wand und überhaupt keinem Staub auf dem Fliesenboden, im Büro von Schwester Bernadetta ging Stille gar nicht.

»Wenn's nötig ist, könnte die Maria ja auch einen Test machen, wegen der Eignung und so. Vorsingen.«

»Das wird nicht nötig sein.«

Die Stille hatte nun etwas Endgültiges. Der Mantelstoff drückte Johannas Schultern plötzlich so schwer nach unten, dass ihr nichts übrig blieb, als auf den Fußboden zu starren, nach ihrer Handtasche zu greifen und sich geschlagen zu geben. Aber die Schwere des Mantelstoffs erinnerte sie daran, dass es nicht um *sie* ging, nicht um *ihren* Stolz. Sie band einen letzten Satz an einen Wetterballon und schickte ihn auf seinen Weg durch die Stratosphären.

»Gibt es nicht doch eine Möglichkeit, gibt es irgendetwas, das ich tun kann?«

»*Sie*?« Schwester Bernadettas Blick verlor sich im Raum.

Sollte sie sich räuspern, überlegte Johanna, sollte sie irgendwie auf sich aufmerksam machen? Gerade als sie überlegte, ob sie einfach ihre Tasche und ihren Mantel nehmen und das Zimmer verlassen sollte, nahm die Oberschwester wieder den Faden auf: »Aber Frau Bauernfeind, was könnten *Sie* denn schon tun?«

Die Frage stand im Raum herum, die Schwester Oberin gab ihr Zeit, ihre Wirkung zu entfalten. Sie schien keine Antwort zu erwarten. Sie schien auf gar nichts zu warten. Strenge und Güte, Schweigen, Strafen und gelegentlich ein kleines Lob, Schwester Bernadetta hatte ihre Technik über die Jahre perfektioniert. Johanna rutschte auf dem Holzstuhl immer weiter vorn, wollte schon aufstehen, der Wetterballon war abgestürzt, die Daten konnten auch zuhause analysiert werden. Unvermutet nahm Schwester Bernadetta das Gespräch wieder auf, winkte Johanna zum Fenster.

»Kommen S' doch bitte mal her. Sehen S' die Wiese dort drüben? Die nutzt niemandem was. Aber ein Sportplatz für die Kinder, das wär' was. Das hätte einen Nutzen. Jedenfalls, der Herr Bauernfeind, also Ihren Vater mein' ich, der hat mich gestern angerufen und Sie angekündigt. Wegen der Maria, hat er g'sagt, würden Sie kommen. Und dass ihm das auch ein Anliegen wäre. Und ja, der Sportplatz. Den werden wir bauen, irgendwann. Jetzt wahrscheinlich früher, dank Gottes Gnade und auch dank Ihrem Vater. Schicken S' die Maria doch bitte nächsten Montag vorbei.«

Johanna murmelte ein Danke, weil ihr für mehr der Atem fehlte. Es war erreicht, der Plan war aufgegangen. Was machte es schon, dass ein anderer die Meter über die Ziellinie gemacht hatte und aus welchen Gründen? Was machte es schon, dass sich der andere auf die Stille im Haus freute und nicht darauf, dass die Maria lachte und aus vollem Herzen sang, aber halt nicht mehr daheim?

»Ach, Frau Bauernfeind. Da wär' doch etwas, was Sie tun könnten. Am Sonntag, da kommen S' doch bitte wieder mal zur Messe. Und am Sonntag darauf auch. Und die Woche danach … Ich bin sicher, Sie verstehen mich.«

You're in the army now

Maria Bauernfeind konnte sich nicht daran erinnern, wie sie hierhergekommen war. Sie konnte sich an die erste Nacht erinnern, im großen Schlafsaal, den sie mit elf anderen Mädchen ihres Alters belegte. Eine Schwester, nicht Schwester Bernadetta und auch nicht Schwester Dorothea, die Leiterin des Kirchenchors und Marias Idol, hatte kontrolliert, ob die Kleidung – Faltenrock, weiße Bluse, Baumwollunterwäsche und dunkle Kniesocken – ordnungsgemäß auf Kleiderhaken und Stuhl verteilt worden war, ob die Mädchen sich Hände und Gesicht gewaschen hatten. Dann war das Licht ausgeschaltet worden. Flüstern nach dem Kontrollgang war verboten, Reden sowieso, ein paar der frecheren Mädchen versuchten es dennoch – Maria glaubte aus ihren Augenwinkeln zu sehen, dass ein besonders dreistes sogar zu einer Freundin ins Bett kroch. Maria beneidete die Mädchen, die neben der Wand schliefen. Sie versuchte, ihr Gesicht fest in den Polster zu drücken und einzuschlafen, aber sie bekam keine Luft oder zumindest zu wenig. Sie dachte an ihre Mutter und an deren leises Schnarchen. Sie war daran gewöhnt, kein eigenes Zimmer zu haben, aber sie war nicht daran gewöhnt, es mit Unbekannten zu teilen. Denk an den Chor, ermahnte sie sich.

Vom Frühstück bekam sie nicht viel mit. Eine der Schwestern nahm sie zur Seite und fing ein Mädchen ab, das gerade versuchte, sich unauffällig aus dem Raum zu schieben. »Warte, Theresa. Dies ist Maria. Sie wird in deine Klasse gehen, sie ist mit dir im gleichen Schlafsaal untergebracht. Kümmere dich um sie.«

Die Schwester, von der Maria später nicht sagen konnte, wer sie war, auch nicht, als sie alle Schwestern namentlich kannte und bei den meisten wusste, worauf sie achten musste, um ohne Ärger durch den Tag zu kommen, hatte also eine Freundin für sie gewählt. Mit Absicht wahrscheinlich, aber Maria nahm an, die Schwester wäre nicht zufrieden gewesen, wenn sie geahnt hätte, dass es drei Wochen und eine Prügelei – von der die Schwestern wie durch ein Wunder nichts mitbekommen würden – brauchte, bevor die Mädchen sich miteinander arrangierten.

»Komm schon«, fuhr Theresa Maria an, sobald die Schwester außer Hörweite war, »wenn wir zu spät kommen, bekommst du Ärger, das versprech' ich dir.«

Maria stiefelte im Laufschritt hinter Theresa her. In der Klasse wollte sie sich neben sie setzen. »Da sitzt Sabine!«, herrschte Theresa sie an. Sie versuchte es in der Reihe weiter hinten, da wurde sie aber auch vertrieben. Maria blieb etwas ratlos im Gang stehen, stellte sich hinten an die Wand. Herein kam eine Schwester, die Maria später als Schwester Barbara kennenlernen würde, und begann sofort, den Stoff der letzten Tage abzuprüfen. Die hinten an der Wand stehende Maria wurde von ihr nicht bemerkt, auch nicht, als sie mit der Prüfung fertig war und den neuen Stoff zu diktieren begann.

In der Pause wusste Maria wieder nicht, was sie tun sollte. Theresa übersah sie geflissentlich, in der Stunde danach, es war Deutsch, wiederholte sich das Spektakel von Neuem, soll heißen, es wiederholte sich das Nichtspektakel von vorher, denn wenn etwas oder jemand nicht gesehen wird, dann wird auch kein Spektakel draus.

Große Pause

Maria fand zum Klo und wieder zurück, ohne irgendjemanden um den Weg oder sonst eine Auskunft fragen zu müssen. Sie war bereit, auch die dritte Stunde hinten an der Wand stehend zu verbringen. »Religion« wurde auf dem groß ausgehängten Stundenplan angekündigt, unterrichtet wurde Religion von Schwester Bernadetta oder vom Pfarrer, je nachdem, wer gerade Muße dafür hatte. An besagtem Tag war es der Pfarrer. Auch er benötigte die Hälfte seiner Unterrichtsstunde, die dem Heiligen St. Martin und seiner Vorliebe für halbierte Kleidungsstücke gewidmet war – am Sonntag stand eine große Kollekte für die Reparatur des Kirchendachs an und der Pfarrer wollte sich für seine Predigt in Stimmung bringen –, bis er, nachdenklich und nach Inspiration suchend, die Wand entlangblickte und an Marias kleiner Form hängen blieb.

»Wer bist *du* denn?«, fragte er unvermittelt.

Keines der Kinder wusste, wen er angeredet hatte, Maria schon gar nicht.

»Du da hinten. Warum stehst du da? Ist das eine Strafaufgabe? Mir wurde nichts gesagt.«

Maria wusste nicht so recht, was antworten und reduzierte ihre Antwort auf Wesentliches:

»Maria heiß' ich.«

»Maria wie?«

»Maria Bauernfeind.«

»Die kleine Bauernfeind bist du also?«

Maria kam es so vor, als wäre der Gesichtsausdruck des Pfarrers beim Wort »Strafaufgabe« wohlwollender gewesen. Sie nickte.

»Und was machst du hier?«

»Ich geh' hier zur Schule.«

»Warum stehst du hinten an der Wand?«

»Ich hab' noch keinen Platz.«

»Wie lange stehst du hier schon?«

»Seit der ersten Stunde.«

»Hast du schon Hefte und Stifte bekommen?«

Maria verneinte kopfschüttelnd. Der Pfarrer ließ seinen Blick über die Köpfe schweifen.

»Du da, in der zweiten Reihe, wie heißt du noch mal?«

»Theresa.«

»Theresa, geh mit der Maria ins Sekretariat und hilf ihr dabei, zu holen, was sie braucht. Und du, neben Theresa, mach deinen Platz frei. Maria sitzt ab jetzt hier.«

Theresa stand auf. Die Welt schien sich dagegen verschworen zu haben, Maria an sie dranzueisen. Es würde wirklich eine Prügelei brauchen, bevor Theresa und Maria Freundinnen werden konnten.

Katz und Maus und *Scotland Yard*

Müde vom Familientreffen und dem ewig gleichen Hackordnungsverteilkampf der Barozzis macht Mia sich auf den Heimweg. Früher fand sie die mal besser, mal schlechter kontrollierte Familienkernschmelze amüsant, verfolgte die Intrigen mit einem gewissen Interesse. Aber es nützt sich ab. Schlecht vernähtes *patch work*. Es hat gedauert, bis Mia den Familienstammbaum durchschaut hatte. Die Großmutter und ihre Söhne: Mario und Franz, hab' ihn wer selig, die echten Barozzis. Louise: Franz' Witwe und Mutter der Erbin Sophie. Matthias: ihr trotz Untreue geduldeter zweiter Ehemann und Mias Vater. Mia: der lebende Beweis seiner Untreue. Dann gibt es noch Susanne: Marios Langzeitfreundin mit eigenwilligem Kleidungsstil und einer Ader fürs Kriminelle. Susanne weiß Antworten. Susanne füttert ihr Hirn mit Trivialem, mit Details, mit Absurditäten und rührt dann kräftig um. Aber Antworten *wissen* und Antworten *geben* sind zwei Paar Schuhe. Susanne hasst Abhängigkeiten. Auch die von ihr. »Mädchen«, sagt sie unwillig, »Mädchen, was willst du denn von mir?«

Oder sie sagt gar nichts oder was anderes zu wem anderen, etwas, das eigentlich nicht ins Gespräch passt. Darüber kann man sich ärgern, so wie Louise es tut oder Sophie. Oder man kann sich seinen Teil denken, versuchen, mit Bedacht, ein bisschen Humor, so vorhanden, und viel Geduld etwas Wissenswertes aus Susannes signalbeladenen Nebensätzen rauszukitzeln, wie es die Männer des Barozzi-Clans tun. Allen voran Mario natürlich, aber auch Matthias merkt auf, wenn Susanne redet. Mia ist geneigt, anzunehmen, dass Susannes Signale über den Erfolg einer Unternehmung entscheiden. Mia ist geneigt, davon auszugehen, dass Susanne über ein Maß an Intuition verfügt, was den Ausgang einer kriminellen Tat betrifft. Susanne ist Spezialistin. Mia ist geneigt, Susannes Satzkonstruktionen für bare Münze zu nehmen. Denn, so Susanne, jeder Satz hat Schatzpotenzial, jede Beobachtung Signifikanz. Vor Jahren hat Mia die Bedeutung des Wortes »Signifikanz« in einem Wörterbuch, dessen Gültigkeit von einer Rechtschreibreform infrage gestellt wurde und das sie auf einem Flohmarkt für ein paar Cents gekauft hatte, nachgeschlagen. Dann hat sie das Wort probeweise in einem Gespräch verwendet.

»Das hat für mich keine besondere Signifikanz«, hatte sie zu Louise gesagt und deren Tadel Mias Suppenlöffelhaltung und Ellbogenarrangements auf dem mit weißem Leinen rausgeputzten Esstisch betreffend (an dem eine junge Mia ihre samstäglichen Benimmstunden absaß), gemeint. Louises Augen stellten den Verdacht in den Raum, Mia könnte von den Marsmännchen abstammen. Sie verzog ihren Strichmund zu keiner Replik. Die Benimmstunde dauerte an diesem Samstagnachmittag signifikant länger als sonst. Mia strich »Signifikanz« aus ihrem aktiven Wortschatz, merkte sich das Wort aber gut.

Manchmal schleicht Mia sich mit den Männern und Susanne ins Nebenzimmer, wegen des fingerhutgroßen Vorteils, den sie sich von Frühinformationen verspricht. Das bedarf jedoch einer gewissen Planung. Gut ist es, schon früher ins Hinterzimmer zu gehen, dort vor sich hin zu summen, ihr Lied in sich wachzurufen, und, wenn die Barozzi-Männer und etwaige Geschäftspartner der Reihe nach eintrudeln und bis Susanne dazukommt, Belangloses besprechen, einfach unauffällig stehen zu bleiben. Oft traut sie sich das nicht. *Es ist doch die Familie.* Wenn sie wo bemerkt wird, dann wohl hier. Heute bleibt sie bei Louise und der Großmutter sitzen, nimmt den Familienrumpf als Schrumpforgan wahr. Wann hat das Schrumpfen eigentlich angefangen?

Als Mia zu den Barozzis kam, erschienen sie ihr gigantisch, überlebensgroß. Sicher, sie hat die Mutter vermisst, hat sich nach ihr und ihrer Freundin Theresa gesehnt. Aber das Leben in Wien, *barozzi-style*, ist von Anfang an faszinierend gewesen. Sie hat das Gefühl gehabt, auf den Schultern von Riesen zu stehen. Heute, denkt sie, klingen die Gespräche, als stünde sie auf den Zehen von Zwergen. Kleinkram. Beruflich wie privat. Da ein Einbruch, dort eine Einnahme, da eine Nachrede, dort eine Eitelkeit. Die Großtaten des Clans liegen so weit zurück, dass sie nur noch zu besonderen Anlässen abgestaubt werden. Wie der Familienschmuck. Mia fühlt sich untot.

Beim Heimgehen protestiert jede einzelne Muskelfaser gegen jeden einzelnen Schritt. Susannes Angebot, sie nachhause zu bringen, hat Mia abgelehnt. »Die paar Schritte tun mir gut«, hat sie erklärt. Eigentlich hätte sie sich gern von Susanne chauffieren lassen, sie mag Susanne und ist nicht heiß darauf, zu Fuß zu gehen. Nur hat sie neuerdings ja ein Geheimnis, ihr »Kunstprojekt«, von dem Louise nicht will, dass Susanne davon weiß. Ein Geheimnis vor Susanne geheim zu halten ist leichter, wenn man ihr aus dem Weg geht. Aus dem Weg gehen kann man ihr auch zu Fuß, nur summieren sich die Schritte. Mia ist müde und muss sich bei jedem vorbeifahrenden Taxi zusammenreißen, damit ihre Hand unten bleibt. Es ist Susanne zuzutrauen, dass sie auch ohne Mias Begleitung einen Kontrollbesuch in der WG macht. In diesem Fall wäre es besser, wenn die vergangene Zeit zur angegebenen Strecke und Fortbewegungsart passt.

Mia spaziert durch den Stadtpark. Nicht so schlimm, flüstert sie sich zu, das Meiste ist schon geschafft. Sie wählt eine Strecke quer durch den 1. Bezirk, schon allein, weil sie, wenn sie selber nicht gerade *under the influence* steht, den Betrunkenen am Schwedenplatz lieber aus dem Weg geht. Sie achtet darauf, sich vor allem durch ausgestorbene Straßen zu bewegen. Überprüft, ob sie verfolgt wird. Hat ein bisschen Angst vor der Konkurrenz. Gerade neulich erzählte Fabio von einer Verfolgungsjagd in der Thaliastraße. Die Ukrainer immer hinter ihm her. In einem Wettlokal gelang ihm das Verschwinden durch einen wenig bekannten Hinterausgang. Jetzt, so Fabio, ist der Hinterausgang auch nicht mehr unbekannt.

Mia wirft skeptische Blicke auf die Passanten. Sie will heute keinen Ärger. Sie läuft über den Hohen Markt, biegt Richtung Donaukanal ab. Überquert eine Brücke. Sie hat es fast geschafft.

Als sie Susannes Lachen hört, würde Mia sich am liebsten an der Küche vorbei ins obere Stockwerk schleichen, endlich das ersehnte heiße Bad einlassen und im Wasser liegend einschlafen. Mia wäre gern alle drei Äffchen auf einmal: nichts mehr hören heute, nichts mehr sagen müssen, nichts mehr sehen. Fabios Lachen vermischt sich mit dem von Susanne, ein weiteres Lachen kann Mia nicht zuordnen. Resigniert stößt sie die Tür auf. Fabio lächelt sie an. Susanne nickt ihr zu. Neben Susanne sitzt der Mann von der Vernissage. Er trägt eine Trainingshose und ein weißes Hemd, das schlampig über den Hosenbund hängt. Die Haare sind strähnig. Die Brille ist eine andere. Aber es ist der Mann, der sie auf das Bild angesprochen hat. Er lächelt sie an, nickt ihr zu.

»Seid ihr nicht langsam zu alt für *Scotland Yard*?« Mia zwingt sich ein Grinsen ins Gesicht und hofft auf eins ohne allzu große Schieflage. Unter ihr kommt der Boden ins Schwingen. Was macht *der* hier?

»Man ist nie zu alt für *Scotland Yard*«, lässt Susanne sich nicht provozieren, »kannst du dich noch an Ion erinnern? Ion ist wieder da, er wohnt ab jetzt bei euch.« Susanne zeigt auf das Lachen.

Ion. Kein Wunder, dass er ihr bekannt vorgekommen ist. Kein Wunder, dass sie ihn nicht erkannt hat. Wie lang ist das jetzt her? Sie war ein Kind, er was ganz Ähnliches. Woher kam er noch mal? Mia versucht sich an die eigentümliche Aussprache zu erinnern, an den nach hinten geschobenen Akzent. Osten. Rumänien vielleicht. Sie mustert ihn neugierig. Es ist das erste Mal, dass jemand in die WG zurückkehrt, zumindest nach so langer Zeit. Ion. Immer mit einem *Gameboy* unterwegs, immer die Nase in ein Etwas gesteckt, das man aufschrauben und wieder zusammenbauen konnte. Sie hat nichts dagegen, dass Ion wieder da ist. Sie hat aber etwas dagegen, dass er sie bei der Vernissage angeredet hat. Wusste er, mit wem er redete?

Mia unterzieht Ion einer genaueren Musterung. Unauffällig, wie sie hofft. Dicke Hornbrillen. Unter dem Hemd schimmert ein weißes Feinripp-Shirt durch, was für ein Klischee. Tattoos an den Armen, die ganz schön muskelbepackt sind. Das Tattoo bis zum Handrücken.

Er lächelt immer noch. Mia wird nicht schlau aus ihm, stützt sich mit einer Hand am Tisch ab, als sie sich zum Handshake rüberlehnt. Der sagt einiges über Ions Fähigkeit zum Zupacken aus. Seine Finger sind lang, geschmeidig und beweglich. Wie bei Jonas, wie bei jemandem, der jeden Tag Klavier spielt. Mia verbietet sich weitere Spekulationen über Ion. Sie wird mehr über ihn herausfinden. Sie wird ihn zur Rede stellen. Oder auch nicht. Beim Aufrichten kann sie ein Stöhnen gerade noch verhindern. Verflixter Muskelkater. Sie hofft, das Gesicht nicht allzu sehr verzogen zu haben. Fabio macht auf der Küchenbank neben sich Platz, Mia setzt sich zu ihm. Sie kann seine Wärme durch ihre Hose spüren.

»Sollen wir eine neue Partie starten?«, erkundigt Fabio sich bei seinen Mitspielern. Susanne nickt und deutet auf Mia: »Du bist Mister X.«

Mia steht auf und öffnet den Kühlschrank. Eine angebrochene Flasche Wein deutet darauf hin, dass Fabio für den gestrigen Abend keine besonderen Pläne gehabt hat. Mia hätte nichts dagegen, sich mit ihm in sein Zimmer zu kuscheln und nichts Besonderes zu machen.

»Bring mir auch ein Glas, bitte«, mischt Susanne sich ein und mustert Mia neugierig. Jetzt ist ihr also was aufgefallen. Auch schon egal. Spätestens, wenn sie sich bei *Scotland Yard* nicht wie ein hakenschlagender Hase, sondern schwerfällig wie ein Lastwagen mit Zwillingsreifen und ganz großem Wendekreis verhält, wird klar werden, dass Mia weder bei der Sache noch ganz bei sich ist. Im Idealfall wird ihr eine Männerbekanntschaft unterstellt. Im nicht so idealen Fall unterstellt Susanne ihr etwas anderes. Mia schenkt zwei Gläser ein, überlegt es sich und trägt vier Gläser und die Weinflasche zum Tisch. Greift in ein Fach und stellt eine Flasche Rotwein neben den angebrochenen Weißen. Holt eine Flasche Schnaps aus dem Küchenschrank.

Sie wird eine Ausrede für ihre Fehlleistungen bei *Scotland Yard* brauchen, da kann sie genauso gut einen sitzen haben.

»Zum Wohl«, prostet sie Ion zu. Fabios und Susannes Augen weicht sie aus. Sie denkt kurz nach, notiert ihren Spielzug und lächelt Susanne an: »Black Ticket.«

Sunset Boulevard am Wiener Gürtel

Ein Blick in den Spiegel bringt Mia immer irgendwie aus dem Konzept, da helfen auch die Glühbirnen nicht, die Hollywood an den Wiener Gürtel verlegen wollen. Mia verreibt Grundierung in ihrem Gesicht, sie deckt Dunkelheiten ab, sie wischt Puder über alles. Dann die Augen. »Es ist schummrig draußen«, hat die Vi damals gesagt, »trag ordentlich auf, dezent gibt es nicht.« *Die Vi.* Noch so eine Leerstelle. Inzwischen wirkt das Make-up auf ihrem Gesicht nicht mehr so obszön, Mia ist nicht mehr die Kindfrau, die T-Shirts in den BH stopfen muss, damit das Leoparden-Shirt von irgendwas ausgebeult wird. Sie ist in die Berufsbekleidung hineingewachsen, könnte der Familie Barozzi im Fall einer Polizeikontrolle mit ihrem Ausweis jede Menge Ärger ersparen. Obwohl, das konnte sie früher auch schon, nur ist der Ausweis heute nicht mehr so dreist gefälscht, jetzt ist immerhin das angegebene Alter echt, so ungefähr halt.

Den Lippenstift nimmt sie dreimal mit einem Taschentuch ab, überpudert ihn und trägt ihn wieder auf. Die Konturen malt sie einen Millimeter an ihren echten Lippen vorbei. Die Vi würde sie eine prüde graue Maus schimpfen. Jetzt nicht an die Vi denken! Mia kann es sich nicht leisten, an die Vi zu denken. Sie kann es sich schon lang nicht mehr leisten, die Leichen in ihrem Herzkeller zu sezieren. Die Vi hat den Absprung geschafft. Der Vi geht es besser, da wo sie jetzt ist. Daran muss sie glauben. Vielleicht stimmt es ja auch. Wahrscheinlich ist es nicht. Kaum eine schafft den Absprung. Wenn eine den Absprung schafft, dann verabschiedet sie sich oder schreibt eine Karte. Verschwindet nicht einfach. Wie die Vi. Sie kann nichts dafür, denkt Mia. Trägt trotzig Lippenstift auf. Bleibt innerhalb der vorgezeichneten Konturen. Mia glaubt daran, dass zu einer glaubwürdigen Lüge, zu einer überzeugenden Illusion ein wahrer Kern gehört. Na ja, vielleicht nicht in der *Susibar*.

Ein Blick aufs Handydisplay. Fabio wollte mit Ion vorbeischauen. Ihn herumführen. Sie haben sich nicht gemeldet. Mia wundert sich, warum sie das ärgert. Es wird Zeit.

Mia öffnet die Tür zur Bühne. Jonas, der Barpianist, lehnt abwartend an der Bar. Die Musik, zu der sich die erotische Dienstleisterin an der Stange windet – etwas hilflos, wie Mia findet –, kommt momentan aus der Dose. Mia kennt die Tänzerin nicht. Zumindest nicht von der Seite und in ihrer etwas generisch wirkenden Nacktheit. Kann sein, eine der Stammtänzerinnen hat sich um die Brust herum modifizieren lassen. Kann sein, es ist eine Neue. In der letzten Zeit sind sie oft neu und bleiben nicht lang. Es sei schwer, gutes Personal zu finden, schimpft Mario gern, die einen können tanzen, aber kein Deutsch, andere können nicht tanzen oder wollen nicht ins Séparée, ein paar betrügen bei der Abrechnung oder haben es versucht, und überhaupt: Es freue ihn nicht mehr, jedes Monat aufs Neue klarzumachen, dass er keine Unterwanderung seiner Autorität dulde. Was ihm von den Zwischenhändlern zurzeit an Material geboten werde, das tauge nichts. Und freiwillig käme kaum noch eine. Weiß der Geier, wo die jetzt tanzten. Und auf welchen Nasen. Das waren noch Zeiten, als die Hausfrauen von nebenan sich ihren Alltag auffrisierten. Mia nickt besänftigend. Sie kennt auch die andere Seite. Ihr wird an und für sich nichts erzählt, aber beim Schminken wird darauf vergessen, dass sie im Raum ist. Und was nicht erzählt wird, steht ungesagt im Raum. Als blaues Auge, als Bluterguss, als Hoffen darauf, dass eine Platzwunde keine Narbe an sichtbaren Stellen hinterlässt. Als spurloses Verschwinden. Als Schweigen, das ihre Nachfrage beantwortet. Jede ist für sich selbst verantwortlich. Für die Familie vielleicht noch. Und für ein, zwei Freunde. Mehr nicht. Auch die Vi ist für sich selbst verantwortlich gewesen.

Im Halbdunkel des Raums glaubt sie Selina zu sehen, die sich langsam der Bühne nähert. Mia winkt Jonas zu, sie ist bereit. Sie tastet sich im Dunkeln nach vorne, sieht aus den Augenwinkeln, wie er, vorsichtig seinen Wodka-Tonic balancierend, näherkommt. Jonas würde sie gern ankündigen, Jonas würde gern einen der Spots auf sie richten. »Vergiss die Nackerten«, flüstert er ihr manchmal zu, »*du* bist die Attraktion.«

Aber Mia steht nicht auf die klebrigen Blicke, die ohnehin nur nach Haut suchen, was man den Mit-Blicken-um-sich-Werfern in der *Susibar* auch gar nicht zum Vorwurf machen darf, wie sie findet. Mia mag es anonym. Sie singt gern mit Sichtschutz. Zuhören reicht. Und niemand in der *Susibar* schafft es, sich ihrer Stimme zu entziehen, wenn sie es darauf anlegt. Wenn sie sich richtig ins Zeug legt. Niemand in der *Susibar* ist ein qualifizierter Sparringpartner für Mias Stimme. Um ihrer Stimme zu entgehen, müsste man taub sein oder herzlos – oder ein Musikkritiker, dessen Rubrik sie gerade vom Printteil ins Netz verlegt haben und das Spesenkonto wurde auch gleich gestrichen, sodass er sich die *Susibar*-Drinks plötzlich aus eigener Tasche finanzieren muss. Oder ein Buchhalter im Dienst, der seine Buchhaltung doppelt bis dreifach führt und einen Seitenstrang in die eigene Tasche umleitet und dabei aufpassen muss, dass nichts auffällt. Das wäre mal eine Herausforderung. Der gleiche Buchhalter in der Freizeit dagegen, der sich in der *Susibar* was gönnt und seine Verteidigungsmechanismen am Eingang mit dem Mantel abgibt, verfällt Mias Gesang schon beim Auftaktatmer.

Mia sucht das Halbdunkel nach Jonas ab. Seine Halbglatze schimmert, als er ihr den Einsatz gibt, aber es kommt sicher noch ein Vorspiel, denkt Mia und wartet ab. Sie haucht ins Mikro, sucht kurz die Stimmlage, lässt sich eine Terz nach unten und eine Terz nach oben gleiten und findet zum Ausgangston zurück. Sie hätte Lust auf eine Arie oder eine Ballade, aber das hätte sie mit dem tanzenden Mädchen absprechen müssen, eine unabgesprochene Ballade ist der Stripperin gegenüber einfach nur gemein. Eine Arie hat in der *Susibar* aber schon überhaupt nichts verloren.

Als Mia wieder aus ihrem Gesang auftaucht, tanzt Selina an der Stange. Mia schaut ihr gern zu, Selina nimmt das Tanzen genauso ernst wie das Einsammeln der Geldscheine in den ersten Reihen und viel ernster als alle anderen Tätigkeiten, die die Barozzis ihr in der Vergangenheit angeboten haben. Mit einem Tanzschritt schraubt Selina sich die Stange hoch, biegt den Oberkörper nach hinten und lässt sich um die Stange kreisend nach unten gleiten. Die erste Reihe rechnet schon mit einer Arschlandung, stellt sich vor, wie Selinas wenig bedeckte Muschi über den Holzboden schlittert und wahrscheinlich gefällt das den meisten. Ein paar stellen sich vor, wie sich Holzschiefer durch Selinas glitzernden G-String und in Selinas Schamlippen bohren, und denen gefällt das wahrscheinlich auch. Eine Atempause vor dem Aufprall zieht Selina sich nach oben und ihre 14-cm-Stöckel zwischen sich und die Bühnenbretter. Die Tänzerin schnellt in die Höhe – das hat nichts mit Schwerkraft zu tun, nicht mal was mit Übung. Sogar Mia ist froh, dass sie sehen kann, wo Selinas Hand sich an der Stange festgemacht hat, aber der Hand ist die Stange egal, sie lässt los und Selina pirouettet Richtung erste Reihe. Keiner traut sich da, *nicht* nach der Geldtasche zu greifen. Jonas' Kopf wackelt schimmernd im Halbdunkel, um Mia einen Tempowechsel anzukündigen, sie schrauben die Geschwindigkeit nach unten, das gibt Selina die Gelegenheit, gewinnoptimiert zu arbeiten und der ersten Reihe die Chance, für ihr Geld einen Blick mehr zu bekommen.

Selina tanzt ein paar Schritte zurück, Jonas und Mia einigen sich auf ein bisschen *speed*. Das Lied ist eigentlich vorbei, Jonas leitet klimpernd zu *Lady Marmalade* über und Mia stimmt ihm darin zu, dass Selina sich so einen Gassenhauer verdient hat; sie denkt an Fabio, sie denkt an Ion und daran, warum sie nicht gekommen sind und was genau sie daran enttäuscht. Vielleicht sind sie ja auch gekommen und sie hat sie nur nicht bemerkt. Oder sind sie noch da und sie kann sie im Halbdunkel nicht sehen? Bei *giuchie, giuchie, ya ya dada* ist Mia nicht mehr so ganz bei der Sache, was in der *Susibar* aber noch nie jemanden gestört hat. Selina kassiert einen letzten Applaus und eine letzte Runde Geldscheine und tänzelt Richtung Bar.

Dort lehnt Matthias, Mias schweigsamer Vater. Sogar im *Susibar*-Schummerlicht sieht man, dass er nicht mit Münzen fürs Solarium gegeizt hat. Die Jeans sind eng. Anthrazitfarbenes Seidenhemd. Am Handgelenk eine *Patek*.

Selina tänzelt auf ihn zu, umarmt ihn halb, seine Hand tätschelt die Scheine, die in Selinas String stecken, oder die Arschbacken darunter. Selina strahlt. Ihre Lippen bewegen sich, aber Mia kann nichts ablesen, ist sich nicht mal sicher, ob Matthias sie versteht. Er lächelt jedenfalls. Das gibt Mia einen Stich. Nicht wegen Matthias, wegen Fabio vielleicht oder Ion oder wegen dem Song, sie kann *Lady Marmalade* einfach nicht mehr hören. Sie singt *Hit me, baby, one more time*, sie singt *Standing in the way of control*, sie singt *Like a virgin*, aber Madonna, *c'mon*, nicht schon wieder, und plötzlich ist es sieben in der Früh und Fabio und Ion sind längst wieder gegangen, wenn sie denn überhaupt da waren. Matthias und Selina sind weg, entweder in einem der Séparées oder allein oder zu zweit in die eine oder andere Richtung verschwunden. Keines der Mädchen tanzt mehr, aber Jonas begleitet sie noch. Ist auch nicht immer der Fall, manchmal findet Mia sich alleine singend auf der Bühne wieder und Jonas lehnt an der Bar, redet mit der Frau dahinter und beschließt den Abend mit dem vorvorletzten Wodka-Tonic. Alle wollen heim, aber in der *Susibar* ist sie die Nichte vom Chef und kann singen, wie sie will, und eh singt sie schön und überhaupt ist es ab einem bestimmten Zeitpunkt auch schon egal, welche Musik läuft und wie lange sie noch singt. Hauptsache, der Sprudel fließt.

Heute jedenfalls ist Jonas noch bei ihr, Jonas ist ein guter Pianist und hat sich echt was Besseres als die *Susibar* verdient, genau wie sie, aber ihr ist es egal und ihm wahrscheinlich auch. Hauptsache, noch ein vorletzter Wodka-Tonic und ein vorvorletzter Song und plötzlich ist es acht Uhr morgens und endlich Zeit für Billy Holiday: *I got a right to sing the blues.* Dann abschminken vor dem Spiegel, der sie irgendwie schief anschaut, und in Jeans schlüpfen, in einen Sport-BH und in ein T-Shirt und eine Taxifahrt später noch in Fabios Zimmer und zu ihm ins Bett. Fabio riecht gut, besser als sie jedenfalls, und morgen wird sie den ganzen Tag Lakritze kauen und Halsweh haben und Fabio wird sagen: »Wieder mal so eine Nacht.«

Alles Routine, alles Routiniers

Die Sonne steht hoch, als Mia aufwacht. Von Fabio ist nur noch der Abdruck im Bett übrig. Und der Geruch. Ein bisschen zu viel Geruch. Sie überlegt kurz, ob sie das Bett frisch beziehen soll, aber das ist Fabios Job. Als sie mit ihm hierhergezogen ist, haben sie sich gegen eine Putzfrau entschieden. Eine Putzfrau ist nur eine Person mehr, die sich ungehindert Zugang zu ihrer Privatsphäre verschaffen kann. Aber es hat natürlich Nachteile.

Mia kämpft sich hoch. In der Küche hat Fabio Kaffee warmgestellt. Er schmeckt grauslich, tut aber seine Wirkung. Duschen. So kalt, wie sie es aushält. Laufen gehen. Orangensaft auspressen. Trinken. Noch mal duschen. Sie sucht in ihrem Schrank nach frischer Kleidung. *Keine* Putzfrau hat wirklich auch Nachteile. Mia nimmt nasse Wäsche aus der Waschmaschine, stopft sie in den Trockner. Befüllt die Waschmaschine neu. In diesem Haushalt macht sie das beinahe schon zur Hausfrau der Woche. Wie lange starrt sie jetzt schon auf die vor sich hin strudelnde Wäsche? Sie hat zu tun!

Zurück in der Küche berührt sie den Touchscreen an der Wand. Sie loggt sich ein. Keine dringenden Nachrichten. Die Verdienstvorgabe für die Woche erscheint ihr machbar, ohne sich besonders zur Decke strecken zu müssen. Es sind keine Sonderaktionen geplant.

Mia nimmt einen letzten Schluck bitteren Kaffee und lässt die Tasse genauso schmutzig am Tisch stehen, wie Fabio es gemacht hat. Und Ion. Ion. Der jetzt auch Zugang zur Wohnung hat. Einfach so. Weil Susanne es beschlossen hat. Oder Mario. Oder sonst wer. Sie sollte versuchen, mehr über ihn zu erfahren.

Braunes Eisentor. Graue Hauswand. Ein vierstelliger Code als Sesam-öffne-Dich, der sich wöchentlich ändert. Als das Schloss Mias Zugangsberechtigung akzeptiert, erklingt ein vertrauter Summton. Sie lässt das Tor hinter sich zufallen. Geht quer durch den Innenhof Richtung Werkstatt. Eine Gruppe Jugendlicher steht um einen altmodischen Safe, berät sich mit vor Aufregung roten Wangen. Nachwuchs. Fabio lehnt daneben, soll wohl den Fortschritt der Gruppe überwachen. Mia kann sich gut an die Aufregung erinnern, als sie zum ersten Mal einen Safe knacken sollte. Wie sie, gemeinsam mit den anderen, die Bedienungsanleitung studiert hat, wie sie den Plan nach Materialschwachstellen untersucht, wie sie zum ersten Mal einen Schweißbrenner auf das Metall gerichtet hat. Wie lange es gedauert hat, bis sie den Dreh heraus hatten. An die Zufriedenheit, als die schwere Tür dem Druck nachgab und einen Blick ins Innere zuließ. An die Belohnung: ein Wochenende Amsterdam für alle.

»Wo ist Susanne?«

Fabio nickt ihr zu. Einer aus der Gruppe zeigt vage Richtung Büro. Vor dieser Tür bleibt Mia nicht hellhörig stehen. Nicht aus Respekt vor Susanne. Nicht aus Angst davor, beim Lauschen erwischt zu werden. Susannes Büro ist *soundproofed*. Mia drückt die Klingel, schneidet eine Grimasse in die Überwachungskamera. Auch dieser Summton ist ihr vertraut. Sie drückt die Tür auf, stemmt die Schultern nach oben, macht sich bereit für das Zusammentreffen. Als sie Ion neben Susanne stehen sieht, ist sie nicht überrascht.

»Ausgeschlafen?« Susannes gute Laune geht Mia auf die Nerven. »War's spät?«

Mia nickt. Was soll sie darauf auch sagen. In der Frage schwingt ein Vorwurf mit. Susanne hat nichts dagegen, dass Mia in der *Susibar* singt. Es macht Mario zufrieden. Ein zufriedener Mario macht Susanne keine Probleme. Aber sie betrachtet die Singerei als ein Hobby. Als etwas, das man zur Entspannung tut, *nachdem* man mit der Arbeit fertig ist. Und Susanne ist nie mit der Arbeit fertig. Mia fragt sich nicht zum ersten Mal, ob Susanne Pläne mit ihr hat, und wenn ja, welche. Insgesamt, das ist zumindest ihr Eindruck, ist es von entscheidendem Vorteil, wenn niemand der Barozzis Pläne mit einem hat. Ehrgeiz kann lebensverkürzend sein. Oder für sehr viel Freizeit ohne Freigang sorgen. Wie bei Matthias. Andererseits. Fabio ist ehrgeizig. Er will was werden. Will sich wichtigmachen. So wichtig, dass ihm nichts mehr passieren kann. Er will für den Clan systemrelevant werden. *Too big to fail.* Und selbst hätte sie auch nichts gegen ein bisschen mehr Kontrolle. Gegen eine gut verschlossene Tür. Sie ist nur unentschieden, ob sie ihren Freiraum im Schoß der Familie suchen soll oder als untergetauchtes U-Boot in der Fremde. Zurzeit sieht sie keinen Grund zu gehen. Aber es tut gut, gelegentlich mit einem Auge auf den Notausgang zu schielen. Sie muss hier nicht sein. Sie hat Alternativen.

»Du schaust müde aus.« Susannes Blick ist abschätzig, nein, er ist einschätzend. »Hast du viel zu tun gehabt in der letzten Zeit? Mit was hast du dich beschäftigt? Ich weiß von keinen großen Sonderprojekten.«

»Vielleicht ein *Mann*?« Ion mischt sich ein. Sein Zwinkern könnte ein konspiratives sein. Oder ein nervöser Tick. Mia findet es schmierig.

Susanne lacht. »Doch nicht bei Mia.« Sie wendet sich ihrem Schreibtisch zu. Mia ist entlassen. Ion auch. In Erfahrung gebracht hat sie nichts.

»Hat sich nicht viel verändert, was?« Ion macht ziemlich große Schritte. Mia beeilt sich, will ihn nicht darum bitten, langsamer zu gehen. Ist aber noch nicht in Bestform heute und ärgert sich über den würdelosen Trab, zu dem er sie zwingt, genauso wie über seinen Kommentar vorhin. Susanne hat sie weggeschickt. Mia soll Ion die Stadt zeigen. Soll heißen: Mia soll ihn durch das Barozzi-Netzwerk führen. Zumindest durch den Teil, den Fremde sehen dürfen. Die Werkstätten. Die Fuhrparks. Die *Susibar*. Die Sophie. Es stellt sich heraus, dass Ion sich in Wien und bei den Barozzis gut auskennt. Und sich keine Mühe gibt, das zu verheimlichen. Aber er redet anders als neulich in der Galerie. Schwurbelt nicht so. Ist ziemlich *matter of fact*.

»Wie meinst du das?«

»Na ja, das Kleid von Susanne heute wieder …«

Ein schönes Kleid, findet Mia. Ein weitschwingender Seidenrock, Ärmel bis zum Ellbogen. Eine sorgfältig genähte Knopfleiste. Maßarbeit. Die für Susanne typischen roten Flecken, Schlieren und Verfärbungen. Ion scheinen sie nicht zu gefallen. Mia gesteht sich kein Urteil zu.

»Links geht es zu einer der Garagen. Da kannst du dir ein Auto holen, wenn du eines brauchst.« Ion winkt ab, als Mia Anstalten macht, abzubiegen. Ihren Auftrag ausführen. Dem Gast die Stadt zeigen. Oder das, was er davon sehen soll.

»Ich brauch' kein Auto. Außerdem kann ich mich an die Werkstatt erinnern. Hat sich wirklich nicht viel verändert«, murmelt er.

»*Ich* hab' mich verändert.«

Mia merkt selbst, dass sie sich im Tonfall vergreift. Sie klingt hysterisch. Ion dreht sich zu ihr, betrachtet sie interessiert. Wie ein kleiner Junge, der ein Insekt seziert. Wobei Ion, wenn sie sich richtig erinnert, nie Tiere auseinandergenommen hat. Immer nur technische Geräte. Woher kommt ihre Wut auf ihn? Er hat ihr nichts getan, damals nicht und bisher nicht. Es ärgert sie, nimmt sie an, dass Susanne ihn einfach in ihre Wohnung gepflanzt hat, aber dafür kann er nichts. Es irritiert sie, dass sie jetzt nicht mehr mit Fabio allein ist, aber dafür kann er nichts. Es verstört sie, dass sie ihn auf der Vernissage nicht erkannt hat, aber dafür kann er nichts.

Ion schultert seine Tasche. Bleibt stehen. Greift nach seiner Brille. Es ist heute wieder die dickrandige vom Tag davor. Schiebt sie hoch und reibt sich die Augen. Setzt die Brille wieder auf. Er klingt amüsiert, als er nachfragt: »Ehrlich? Lass sehen.«

Mia sollte jetzt fragen, was das war, neulich. Warum er sie angeredet hat. Was er ihr über diese blöde Bettdecke im Bild sagen wollte. Über die Rückschlüsse auf die Seelenlandschaft. Ob das ein Anmachspruch war. Oder ein Teil eines Codes, den sie nicht dechiffrieren konnte. Der Adler hat genistet oder so. Ob er das Bild wirklich gut findet und ob ihm denn nicht bewusst ist, auf was für geschmackliche Abgründe das schließen lässt. Stattdessen greift sie nach dem Handy. Auf Sophie ist Verlass. Sie wartet in SMS-Form ungeduldig auf eine Reaktion: »Lust auf ein Treffen?« SMS, Nr. 2: »Ich brauch' Kaffffeeeeeeeee.« SMS, Nr. 3: »Mia, wo bist duuuuu!!!!!«

»Kannst du dich noch an Sophie erinnern, Ion?«

»Ist das die schöne Barozzi, die dich immer in den Schatten stellt?«

Mia ist sich nicht sicher, worüber sie sich mehr wundert. Über die Gemeinheit, mit der Ion sie provozieren will, oder über die Gleichgültigkeit, mit der er es tut. In seinen Augen ist sie wahrscheinlich doch ein Insekt, das man sezieren kann oder nicht. Oder ein *Gameboy*, den man neu programmieren muss. Mia beschließt, den Kommentar zu ignorieren. Sie sollte Ion im Auge behalten. Irgendwas ist im Busch. Sie dreht sich um zum Gehen. Besser jetzt Sophie treffen. Sich in ihrem Windschatten verstecken und verdeckt ermitteln. Sie braucht mehr Daten. Mia wirft ihm einen Blick aus den Augenwinkeln zu. Ion wirkt amüsiert. Er verlegt die Tasche schon wieder auf die andere Schulter. Zieht sein Handy aus der Hosentasche, wirft einen Blick darauf. Drückt eine Nachricht weg. Dann folgt er ihr.

Blut schwitzen in der Ewigen Stadt

Ein paar Tage später balanciert Mia auf dem weißen Porzellan eines römischen Waschbeckens, wartet darauf, dass es Nacht wird, hat wieder mal den Eindruck, auf der falschen Seite der Befehlshierarchie zu stehen. Eigentlich sollen Fabio und sie in Rom die Kontakte mit der lokalen Szene enger knüpfen. Ein EU-Projekt besonderen Zuschnitts planen. Mario ist die Kommentare seiner Mutter leid. Früher war alles … Goldene Zeiten … Heute nur noch … Auch Mario hat sich was zu beweisen und scheitert an den Vorgaben. »Wenn ihr schon vor Ort seid«, hatte sich Louise eingemischt und Mia einen linealgerade herausgerissenen, zartrosa Zeitungsartikel in die Hand gedrückt. Feministische Anprobe in der Ewigen Stadt. Eine Kunstausstellung in der *Galleria Nazionale d'Arte Moderna.*

Die Klos im Renaissancestilmuseum sind geräumig, jede Kabine hat ihr eigenes Waschbecken. Eines mit ausladendem Becken und breitem Rand, eines, das auf einem stabilen Porzellanfuß aus dem Boden wächst. Auf diesem Porzellanfuß fußt übrigens auch Abschnitt 1 von Mias Plan, den Fabio für geisteskrank, total gaga, völlig jenseits, aber gerade deshalb möglicherweise für machbar hält.

Mias Plan, Abschnitt 1, 19:30 bis 22:00 Uhr –
Verstecken auf dem Klo

Fabio ist ihr Back-up. Fabio ist der, den Mia um Hilfe gebeten hat, als klar wurde, dass sie sich im Alleingang zumindest einen Knochenknackser heben würde. Als *partner in crime* ist Fabio eine Idealbesetzung. Besonders hier in Rom. Fabio ist Italiener, theoretisch also in der Lage, den Polizeifunk mitzuhören und Bescheid zu geben, wenn was schiefgeht. Zwar lebt Fabio schon ewig in Wien, aber wie schwer kann es sein, *Museo dell'Arte* aus dem Verkehrsfunkgebrabbel herauszuhören? Fabio ist mit ihr verkabelt, Mia könnte mit ihm via Headset sprechen, aber die Kommunikation muss auf ein Minimum beschränkt bleiben, haben sie sich gegenseitig eingeschärft. Zur Sicherheit und so.

Rechts kann Mia aus den Augenwinkeln die Klotür beobachten. Sie hofft, von dem beeindruckenden Handtuchspender verdeckt zu werden, falls der Wärter die Toiletten genauer untersucht. Der Türaufschwingwinkel spricht dafür, dass Mia unentdeckt bleiben wird. Mia ist hell gekleidet und gerne bereit, übersehen zu werden. Problem: Die Klokabine ist hoch, aber das Waschbecken für den kleinen Raum überdimensioniert. Mia muss also den Kopf einziehen, kann nicht einfach entspannt gerade auf dem Waschbeckenrand balancieren, außerdem hat sie für ihren Rucksack keinen Lagerplatz gefunden und quetscht ihn zwischen ihren Kopf und die Wand. Kein Wunder, dass sie Kopfweh hat. Konzentrier dich, flüstert sie sich selbst zu. Sie vermeidet den Blick auf die Uhr. Der letzte kann noch keine drei Minuten her sein. Sie beginnt ihr Lied zu summen, lautlos natürlich, hofft auf eine Trance und darauf, dass die Zeit vergeht.

Um 20:32 Uhr schreckt Mia aus ihrem Entspannungszustand hoch. Vorsichtig versucht sie ihre Füße zu verschieben, überprüft, ob die Blutzirkulation Bewegungen überhaupt zulässt. Sie hebt und senkt die Schultern, bewegt Zehen und Finger, kratzt sich an der Nase. Die weißen Baumwollhandschuhfinger fühlen sich feucht an, sie schwitzt. Kein Wunder. Tonlos summt sie ihre Melodie, versucht sie als Thema und Variation in sich wachzurufen. Es hilft ihr dabei, sich zu beruhigen.

Um 20:34 Uhr wird klar, warum Mia hochgeschreckt ist. Sie hat das sich nähernde Geräusch zugeordnet: Schritte, leises Pfeifen, dann eine Stimme. Ein Wächter überprüft den Zustand der Herrentoiletten, wahrscheinlich benützt er sie auch. Er singt mit tiefer Stimme. Nicht mal schlecht. Puccini, eine der Arien aus *La Bohème*. Spülung, Wasserstrahl, der Wächter wäscht sich die Hände, vermutet Mia, vielleicht befeuchtet er auch einen Kamm, legt sich die Haarsträhnen unter dem Dienstkapperl zurecht. Die Singstimme nähert sich. Mia summt tonlos, hört auf die Schwingung ihres Zwerchfells. Sie versucht eine Obertonstimme abzulösen, sie lädt das Lied ein, sich in ihr zu verzweigen, versucht, die Melodie in sich zu vervielfachen.

Die Tür zum Damenbereich wird geöffnet, das Licht geht an, durchbricht die Dunkelheit, die in diesem Kellerklo bis eben gerade absolut war. Licht kitzelt, stellt Mia fest. Sie versucht, den aufsteigenden Nieser tief in sich hineinzuschieben. Die Tür der ersten Klotür schwingt auf, hinter der zweiten steht Mia. Und tatsächlich, auch ihre Tür wird aufgeschoben. Mia ist so nervös, dass sie vergisst, den Atem anzuhalten, was vielleicht gut ist, denn wie lang kann sie schon ausharren, ohne einzuatmen, und wie tief und wie laut würde sie dann die Luft in sich hineinziehen?

Wie erhofft, öffnet die Tür sich nicht sehr weit. Der Wächter würdigt die Klokabine keines Blickes, vielleicht beobachtet er sich im Spiegel über der Waschbeckenreihe des Vorraums, jedenfalls geht er weiter. Die dritte und letzte Tür ignoriert er überhaupt, er beugt sich über ein Waschbecken, trinkt einen Schluck Leitungswasser, trocknet die Hände, dreht sich um und verlässt den Raum.

Mia wartet, bevor sie sich traut, ihre Zehen, Finger, Füße, Hände vorsichtig zu bewegen. Sie legt den Rucksack ins Waschbecken, macht mit ihrem Kopf ein paar Kreisbewegungen, um die Verspannungen zu lösen. Sie wartet noch mal fünf Minuten. Langsam und um größtmögliche Stille bemüht, klettert sie von ihrem Porzellansockel, setzt sich aufs Klo und fängt vor lauter Anspannung an zu weinen.

`Mias Plan, Abschnitt 2: ab 22:00 Uhr –`
`Kunstwerk klauen und verschwinden`

»Es kann losgehen«, flüstert Fabios Stimme in ihrem Kopfhörer. Genau genommen ist das ein Bruch der Übereinkunft, die Kommunikation auf ein Minimum zu beschränken. Fabio denkt wohl, dass Mia moralische Unterstützung brauchen kann. Er kennt sie gut. Mia sitzt noch immer auf dem Klo, vergräbt den Kopf in den Händen.

Genauer: Sie vergräbt die Kapuze in den Handschuhen, Mias heller Ganzkörperanzug bedeckt auch Haare und Kinn. Nur Mund, Nase und Augen sind frei. Sie will von keinen Haarsträhnen gestört werden, sie will möglichst wenig Spuren zurücklassen. Das ist an und für sich übervorsichtig. Sie ist in einem Museum, das darf man betreten. Tagsüber, nach ordnungsgemäßem Lösen eines Tickets und in stillschweigender Übereinkunft, dass man das Museum nur mit geistigen Kunstreichtümern verlässt. Ihr Ticket hat sie jedenfalls aufbewahrt.

Mia verändert ihr Liedmuster, lässt die Melodie stumm um eine Terz abfallen. Es wird Zeit. Reiß dich zusammen, Mia.

»Alles okay«, flüstert sie.

Sie tastet im Dunkeln nach dem Rucksack, hebt ihn aus dem Waschbecken und klemmt ihn zwischen den Füßen ein. Dreht am Wasserhahn und lässt kaltes Wasser über sich fließen, möglichst nass will sie werden, überall. Sie wird sich den Tod holen. Mia greift in den Rucksack, nimmt einen schweren Stoff heraus. Eine Hand hält den Stoff, die andere schnallt sich den Rucksack vor den Bauch. Mit dem Stoff in der Hand verlässt sie die Kabine.

Im Vorraum hat sie mehr Platz. Vorsichtig betastet sie das schwere Gewebe in ihrer Hand. Sie findet die Öffnung und zieht sich den Stoff über den Kopf.

Ihre Hände greifen in den Rucksack, tasten nach dem Infrarotsichtgerät. Sie findet es, setzt es auf und schaltet es ein, schließt dabei aber die Augen. Sie will sich mit der Orientierung Zeit lassen. Das Training hat sich rentiert. Sie findet sich sofort zurecht, kann die verfremdete Information des Infrarotsichtgeräts für sich übersetzen.

Vorsichtig Fuß vor Fuß schiebend, verlässt sie die Damentoilette, dreht sich nach rechts, macht ein paar Schritte und findet sich im Raum mit den Snack-Automaten wieder. Sie kontrolliert, ob der Stoff überall bis zum Boden reicht. Außen am Stoff sind kleine Spiegelplättchen befestigt, an der Innenseite ist aus einem dünnen Alugewebe und noch irgendwas eine Wärmeisolierung eingezogen. Wenn sie sich ganz, ganz langsam bewegt, so ungefähr drei Millimeter pro

Jahrzehnt, hat Fabio gescherzt, könnte es sein, dass die passiven Bewegungsmelder gar nicht anschlagen. Die visuelle Information für die Videokameras wird überhaupt keinen Sinn ergeben, wird so schemenhaft sein, so überhaupt nicht nach Kunstdieb aussehen, dass, sollte jemand sie bemerken, derjenige nicht gleich die Polizei rufen wird. So die Theorie.

»Was für eine Schnapsidee«, murmelt Mia.

»Hab' ich doch gleich gesagt«, flüstert Fabio zurück, ist also nicht ausschließlich an moralischer Unterstützung interessiert.

Mia macht im verschwommenen Infrarotsichtfeld den Handlauf einer kurzen Stiege aus und bewegt sich auf sie zu. Mia steigt hoch, macht einen Schritt nach vorne, dreht sich nach links und atmet durch. Vor ihr befindet sich ein Gang mit einer langsam ansteigenden Rampe. Ab jetzt gibt es Videoüberwachung und Bewegungsmelder. 17 Schritte bis zum Ende der Rampe. Ab hier Schneckentempo. Ihr nasskalter Baumwollanzug, die Thermo-Isolierung darüber, Mia fühlt sich beschwert. Was für ein Plan.

»*Scheiß* Plan«, flüstert Mia.

»*Dein* Plan«, murmelt Fabio zurück, »komm schon, Mia. Kein Blaulicht in Sicht. Das schaffst du. Polizeifunk meldet nichts Außergewöhnliches.«

Mia denkt schon wieder an Fabios Italienischkenntnisse, schiebt den Gedanken aber konzentriert von sich weg. Es dauert, bis sie das Ende des Handlaufs erreicht, ihrer inneren Uhr nach müsste die Sonne gleich aufstehen, aber ihr Nachtsichtgerät zeigt 23:15 Uhr. Sie hat noch jede Menge Zeit. Vorsichtig schiebt sie sich zwei Schritte nach rechts, macht dabei eine Drehung um 180 Grad. Neben ihr sieht sie die Konturen einer weißen Betonskulptur, deren verführerische Nacktheit irgendwas verspricht, die Mia aber jetzt schon auf die Nerven geht. Ihr Blick kann sich nicht an ihr festhalten, die abstrakten Rundungen setzen sich in Mias Kopf zu keinem Eindruck zusammen. Andererseits hat der Bildhauer wohl keinen Gedanken an ein Publikum verschwendet, das sich in einer Spiegelburka im für alle

Sinne schmerzhaften Schneckentempo vorbeischiebt. Mia ist hier nicht die Zielgruppe.

Mia hebt langsam den Fuß, sie hat die fünf Schritte bis zur Marmortreppe hinter sich gebracht. Es ist 23:18 Uhr. Jede Stufe zieren zwei schwarze Gummistreifen, die gebrechliche Kunstinteressierte vorm Verunglücken schützen sollen. An jeder Stufe sind golden lackierte Teppichspanner festgemacht, die keinen Auftrag haben. Bei Stufe 3 kennt Mia deren Form auswendig, bei Stufe 5 hat Mia sich ungefähr jeden vorstellbaren Teppich, der auf den Stufen liegen könnte, imaginiert und versucht, ihn mit dem Raumklima in Verbindung zu bringen.

»Bleib ruhig«, flüstert Fabio, »du machst das großartig«.

Bei Stufe 9 ist Mia bereit, ein Blutbad unter Teppichhändlern anzurichten, bei Stufe 11 muss sie sich beeindruckt eingestehen, dass ihre Fantasie mehr Todesarten als Teppichmuster bereithält, bei Stufe 12 ist der Baumwollanzug nicht mehr wasser-, sondern durch und durch schweißgetränkt, bei Stufe 13 hat sie es endlich geschafft. Sechs qualvoll langsame Schritte, dann ist sie im ersten Ausstellungsraum der Sonderschau.

Mia beißt die Zähne zusammen, verwirft die Todesartenliste und beginnt mit dem Auflisten von Foltermethoden. Keine will ihr einfallen, die so schrecklich ist wie die, der sie sich gerade freiwillig unterzieht. Sie dreht sich langsam und schiebt sich dabei nach rechts. Neun normale Schritte, also unzählige Minimalverschiebungen und Höllenqualen später, steht sie vor dem ersten Bild der Serie, die sie ausgewählt hat. Eleanor Antin: *The people were enchanted.*

Das Nachtsichtgerät tut sich mit den schwarz-weißen Fotos ziemlich schwer. Aus dem Rucksack fingert Mia ein Seziermesser, nestelt ihre Hände durch die Schlitze ihres Stoffes. Die Rahmen der Fotos sind an die Wand geschraubt, auch sie will sich nicht mit deren Gewicht belasten. Im Rücken hat sie eine Überwachungskamera und einen Bewegungsmelder. Ihre Spiegelburka wirft ein Bild zurück und verdeckt, wie sie vorsichtig mit einem Messer das erste Foto aus dem Karton schneidet: eine Ansicht einer Frau mit Cape und Bart in einem Kaffeehaus. Kein hörbarer Alarm, keine Warnung durch Fabio. Der Plan scheint aufzugehen. Jetzt das Bild mit Baum, dann das im Shop, dann die Moustachekönigfrau am Straßeneck, danach die alte Frau in der Bibliothek, das Bild mit dem Bildtitel und zuletzt das Bild mit dem Sofa. Die Serie ist in ihrem Rucksack verschwunden und Mia steht wieder in Türnähe. Sie spürt, wie ihre Finger vibrieren, wie ihre Knie zittern. Sie kriecht Richtung Treppe. Und nochmal 17 Stufen.

»Alles in Ordnung«, flüstert Fabio, »nichts zu sehen. Lass dir Zeit.«

Mia steht vor einer Flügeltür, vor ihr ein vom Museum umschlossener Innenhof mit Gebüsch und Zierbrunnen. Sie hat die Treppe hinter sich gebracht, ist ein paar Schritte geradeaus gezeitlupt und hat sich nach links gedreht. Sie hat die amorphe Aktskulptur ein zweites Mal mit zu viel Beachtung und einer überaus harschen Kunstkritik bedacht.

»Bereit, wenn du es bist«, flüstert sie Fabio zu.

Dann wartet sie. Ein paar Minuten später sieht sie, wie in einer Ecke langsam ein Seil heruntergelassen wird.

Mia tastet in der Rucksackaußentasche nach ihrem Pick-Set. Steckt vorsichtig den Dietrich ins Schloss, wartet auf ein Klicken, schiebt die Tür mit einem Ruck auf. Vorsicht kann sie vergessen, wenn jetzt kein Alarm losgeht, frisst sie ihre Spiegelburka. Apropos, sie zieht sie über den Kopf, rollt sie auf und macht sie am Rucksack fest. Den wirft sie sich auf den Rücken und sprintet über den Innenhof zum Seil, beginnt sich hochzuziehen. Das Training macht sich bezahlt. Trotz zitternder Finger und schlotternder Knie schafft sie die Strecke in Rekordzeit, die Knoten im Seil helfen. Fabio greift nach ihrer Hand, zieht sie den letzten Meter hoch. Mia liegt schwer atmend auf dem Rücken. Fabio rollt das Seil ein, stopft es gemeinsam mit einer ziemlich raffinierten Karabinerkonstruktion in seinen Rucksack: »Los!«

Sie sprinten über das Dach, klettern, ein Seil zu Hilfe nehmend, die

Erkertürme hoch. Fünf Schritte und sie stehen vor dem Abgrund, der das Museum von den Lagern nebenan trennt. Die werden zurzeit renoviert: jede Menge Sichtschutz. Eine Hängeleiter markiert die Stelle, an der Fabian hochgeklettert ist. Ihr Fluchtweg: eine schwankende Strickleiter, die schräg über einem Abgrund hängt.

»*Scheiß* Plan«, flüstert Mia.

»*Dein* Plan«, flüstert Fabio. Und: »Du zuerst.«

Nachdem das geschafft ist, ist es fast ein Kinderspiel. Fabio schneidet die Hängeleiter durch – es soll nicht gleich zu sehen sein, wohin sie geflüchtet sind. Mit einem dumpfen »Flopp« schlägt sie an der Wand des Museums auf. Auf den ersten Blick sieht es wirklich so aus, als wären sie in der dunklen Seitenstraße, die zum Museumsareal gehört, verschwunden und nicht auf das gegenüberliegende Lagerdach geklettert. Sie sprinten über das flache Betondach. Aus der Ferne hören sie ein sich näherndes Folgetonhorn, ein bisschen höher und weniger hektisch als daheim in Wien. Die *carabinieri* kommen. Aber vom Haupteingang aus sind Mia und Fabio nicht zu sehen und auch vom Seiteneingang nicht auf den ersten Blick. Im Schutz der Bäume machen sie ihr Seil wieder fest, klettern runter, lassen das Seil einfach hängen und rennen zum Zaun. Ein paar Schritte noch die Straßen entlang, ins Mietauto steigen und nichts wie weg.

»Warte«, flüstert Fabio, »du hast was vergessen.«

Er macht sich an Mias Kapuze zu schaffen, befreit ihre Haare vom immer noch feuchten Baumwollstoff. Zieht seine Jacke aus.

»Zieh die an.«

Mia löst den Rucksack und schlüpft in die Jacke, lässt die Kapuze über den Jackenkragen hängen. Fabios Blick ist amüsiert. Mias Kontrollblick nach unten erklärt, warum: Sie hat beim Anziehen nicht auf die Unterwäsche geachtet. Das Schwarz leuchtet durch den immer noch schweißfeuchten Stoff. Fabio pfeift leise eine Tonfolge, dem österreichischen Folgeton nicht unähnlich, und nimmt den Rucksack vom Boden.

»Wir können nur hoffen, dass uns niemand sieht.«

Er klettert über die Eisenstäbe des Zauns. Keine Spitzen oben. Ungefährlich an und für sich, aber Mia hat genug vom Klettern. Außerdem gibt Fabios Satz ihr zu denken. Was, wenn jemand sie jetzt sieht und sie dann beschreiben kann? Susanne wäre nicht zufrieden.

Mia schwingt sich auf den Betonsockel des Zauns, klettert Fabio hinterher. Immerhin laufen sie nicht bis zum Auto, sie spazieren. Fabio nimmt ihre Hand. Als ein Auto vorbeifährt, zieht er sie an sich. Sein Kuss beginnt auf der Wange, knapp über dem Mund. Fabios Lippen tasten sich vor. Er hat einen Arm um Mia gelegt. Das Auto, so kommt es Mia vor, bremst oder fährt wahnsinnig langsam oder irgendetwas ist mit ihrem Zeitgefühl passiert. Es ist kein Polizeiauto, wenn, dann Zivilstreife. Fabio schmeckt nach Schweiß und nach Fabio. Sein Kuss ist wie immer, freundschaftlich und begeisterungsfähig zugleich. Es muss am ausgeschütteten Adrenalin liegen, dass Mias Knie so weich werden, dass sie eine Hand am Zaun abstützen muss. Das Auto ist weg. Der Kuss dauert an. Was soll komisch daran sein, was soll da wem auffallen? Ein Paar küsst sich. Das ist die Ewige Stadt und manche Sachen ändern sich nie.

»Mia«, Fabio löst sich von ihr, »lass uns abhauen.«

Im Auto zieht Mia einen Jeansrock über den Baumwollanzug. Fabio legt den Gang ein, parkt aus und sie entfernen sich vom Ort des Verbrechens. Immer unter Einhaltung der Geschwindigkeitslimits, vor jedem Spurwechsel ordnungsgemäß blinkend.

Gute Führung

Die Schwester Oberin stand am Fenster, als müsste sie sich einen Überblick verschaffen. Es war aber auch ärgerlich, den geplanten Sportplatz konnte sie vergessen. Es hatte sich herausgestellt, dass ihre Annahme, der Grund des Klosters erstrecke sich vor ihrem Fenster so weit ihre Augen reichten – und das mit Brille –, von Grundbucheinträgen nicht vollständig untermauert werden konnte. Es gab da einen kleinen Streifen Land, der gehörte einem Bauern aus dem Dorf, dem Bauern, der auch den Rest der Wiese bewirtschaftete und dafür Pacht bezahlte. Wegen dieser Pacht wohl hatte Schwester Bernadetta nie darüber nachgedacht, ob wirklich das ganze Land vor dem Fenster dem Kloster zuzuordnen war.

Dieser kleine Streifen Land reichte genau in die geplante Sportanlage hinein, das konnte man drehen und wenden, wie man wollte, da konnte man auch die Sportanlage drehen und wenden, wie man wollte. An und für sich stellte das noch kein Problem dar. Das würde sich mit ein bisschen Geld und ein wenig mehr gutem Willen in Wohlwollen auflösen lassen. Aber der Bauer wollte dem Kloster keinen guten Preis machen, auch nicht, als der Pfarrer persönlich zu vermitteln versuchte. Wenn man sich jedoch dazu durchrang, den vom Bauern verlangten Preis als angemessen zu betrachten, dann reichte das Geld halt nicht mehr so ganz für die Sportanlage.

Der Dorfbäckermeister hatte, als sie ihn zu einem vertraulichen Gespräch zu sich bat, wenig Verständnis gezeigt für die drastisch und inoffiziell erhöhten Schulkosten seiner Enkelin. Im Gegenteil, er hatte Schwester Bernadetta verwundert angeschaut und über den Geschäftsgang geklagt, nicht ohne darauf hinzuweisen, dass die Klosterschule ihren Brotbedarf ja auch im Supermarkt decke und das billige Mischbrot, von dem die Schule einen ganz ansehnlichen Bedarf hatte, wie ihm als Geschäftsmann sehr wohl klar sei, *nicht* bei ihm ordere. Als ob er nicht schon genug Sorgen habe. Seine Tochter sei krank und könne ihn bei der schweren Arbeit in der Bäckerei immer weniger unterstützen. Er würde ja auch nicht jünger. Er könne überhaupt nicht verstehen, was sich die Schwester Oberin bei ihrer Frage gedacht habe, bei allem gebührenden Respekt.

Dass Johanna Bauernfeind nicht gerade vor Gesundheit strotzte, war Schwester Bernadetta auch schon zu Ohren und Augen gekommen. Aber der Sportplatz und seine Existenzwerdung waren nun mal ihr erklärter Ehrgeiz, er wäre einfach so ein tolles Vermächtnis. Sie könnte an die Mildtätigkeit der Gemeinde appellieren, aber die war durch die sich immer mehr in die Länge ziehende Kirchendachreparatur strapaziert. Sie würde noch mal mit dem grundbesitzenden Bauern sprechen müssen. Wenn der nur nicht so stur wäre. Wenn der nur eine Tochter hätte, die vielleicht in die Klosterschule …

»Maria …«, begann sie ihren Satz. Sie hatte eine Entscheidung getroffen, die würde sie jetzt umsetzen. Anders als beim Bau der Sportanlage konnte ihr hier kein sturer Dorfbauer und kein dickköpfiger Dorfbäckermeister in ihre Angelegenheiten reinreden. Anders als beim Sportplatz wäre es auch keinem der beiden die Einmischung wert. »Jetzt bist du schon eine Zeit bei uns, nicht wahr?«

Die Angesprochene nickte, was blieb ihr auch übrig. Der Tonfall der Schwester Oberin warnte sie. Vorerst machte Maria das keine großen Sorgen. Sie hatte ihre Aufgaben gemacht. Ihr Spind war ordentlich. Sie war nicht beim Übertreten einer Schulregel erwischt worden. Maria Bauernfeind wurde selten bei etwas erwischt.

»Ich bin mit der Einteilung für die nächsten Liederabende fertig.«

Maria blickte neugierig auf. Im Unterricht saß sie still in der Bank und rührte sich nicht. Machte ihre Hausaufgaben. Machte keine Probleme. Lebte unterm Radar. Nur im Chor blühte sie auf. Wenn sie sang, schob Marias Stimme alles andere in den Hintergrund. Im Kirchenchor werde sie mit den Erwachsenen singen, sobald sie halbwegs groß genug sei, hatte ihr Schwester Dorothea versprochen. Maria liebte Schwester Dorothea, sie war die einzige Lehrerin, an deren Lippen sie hing, deren Aufgaben sie mit dem Ernst erfüllte, den die Klosterschule von ihren Schülerinnen erwartete.

Die anderen lachten sie aus, manchmal flüsterte ihr eine Kollegin zu, dass Maria sich keine Hoffnungen machen solle, bei dem Vater … Maria ignorierte die Aussage, es ergab keinen Sinn. Sie merkte sich den Neid und war auf der Hut, aber solange Schwester Dorothea sie anlächelte, war alles in Ordnung. Sie freute sich über die Einsätze des Schulchors, fieberte auch den schulinternen Liederabenden entgegen. Und den Proben. Vielleicht durfte sie diese Woche ja wieder eine der ersten Stimmen übernehmen, vielleicht durfte sie …

»Die Listen werden noch ausgehängt, aber ich wollte es dir persönlich sagen. Ich hab' dir leider keinen Solopart geben können.«

»Aber …«

Maria hob zur Verteidigung an, dann erinnerte sie sich daran, dass man die Schwester Oberin besser *nicht* unterbrach.

»Genau genommen wirst gar nicht singen können in der nächsten Zeit.«

»Aber … warum?«

»Es gehört sich nicht«, Schwester Bernadetta seufzte, »ich hätt' dich einfach nicht aufnehmen sollen.«

Die Stimme wurde leise, die Leiterin der Klosterschule ließ, während sie vor sich hin redete, ihre Augen über die Wiesen vorm Fenster gleiten. »Wer hat denn wissen können, dass alles so kompliziert wird?«

Ihr Blick landete wieder im Inneren des Raums, blieb am Kreuz an der Wand hängen und folgte den Blutstropfen, die dem Gekreuzigten über die Brust rannen. »Was weißt du über deinen Vater, Maria?« Als Maria nicht antwortete, sprach sie weiter. »Es ist nicht so wichtig, Mädchen. Du kannst ja auch gar nichts dafür. Du wirst bei uns bleiben, natürlich wirst du das. Das Schulgeld ist bezahlt und die Schwestern sind mit dir zufrieden. Gott will dir seinen Schutz nicht entziehen und von dem Unterricht wirst du viel profitieren können, wenn du, so wie bisher, bescheiden und fleißig deinen Teil tust. Aber im Chor singen … das geht jetzt nicht mehr.«

Es dauerte, bis Maria bemerkte, dass sie entlassen war. Hatten die Mädchen also doch recht gehabt.

Am nächsten Tag war Wochenende und Wochenende war Heimurlaub. Der war in den letzten Monaten vom Großvater häufig abgesagt worden, der Mutter gehe es nicht so gut, hieß es. Bisher hatte sie noch nichts von ihm gehört, dieses Wochenende würde sie also nachhause dürfen.

Der Mutter und dem Großvater verschwieg sie ihre Unterredung mit Schwester Bernadetta. Die Mutter fragte sie nach der Schule aus, nach dem Chor, forderte zum Vorsingen auf und war eigentlich wie immer. Aber sie war wieder etwas blasser geworden und irgendwie weniger. Diesen Gedanken schob Maria schnell wieder weg.

Am Sonntag nach dem Mittagessen verteilten sich der Großvater und die Mutter auf den Sofas im Wohnzimmer. Maria schlich in das Zimmer, das sie früher mit der Mutter geteilt hatte und in dem jetzt bei ihren Besuchen ein Feldbett aufgeklappt wurde. Leise die Schranktür öffnen. Fast zufällig den Schuhkarton finden, nach dem sie gesucht hatte. Maria hob behutsam den Deckel an. Innen war die Schachtel mit verblichenem Seidenpapier ausgeschlagen. Eine getrocknete Rose, ein paar Fotos, ein paar Postkarten – diese motivlosen Postkarten, die man auf der Vorder- und Rückseite beschreiben konnte, die die Briefmarke schon fertig draufgedruckt hatten. Maria musterte eines der Fotos genauer: ihre Mutter mit einem Mann. Sie saßen in einem Cabrio, er hatte lachend den Arm hinter ihren Schultern auf den Autositz gelegt. Maria blätterte die Postkarten durch. Die Briefmarken waren abgestempelt, daneben befand sich noch ein Stempel: »Strafvollzugsanstalt Stein«. Unterschrieben waren sie mit: »Matthias«.

War die Mutter schon wach? Schnell packte Maria die Karten und Fotos zurück in die Schuhschachtel. Vorsichtig legte sie die Rose oben drauf, schob die Schuhschachtel behutsam unter die dicken Winterpullis. Kontrollblick: Der Schrank sah aus wie zuvor, fand Maria. Das

Foto mit der cabriofahrenden Mutter und ihrem ... Vater? ... packte sie zu ihrem Sparbuch, dessen Versteck sie kannte, weil es ihr von der Mutter immer wieder eingeschärft worden war, für den Fall, dass etwas passieren sollte. Daneben fand sie einen Personalausweis auf ihren Namen. Den Ausweis hatte sie der Mutter abgetrotzt, mit dem Hinweis, dass der Chor ja vielleicht verreisen müsse und sie dann bereit sein wolle. Die Mutter hatte etwas von Geldverschwendung gemurmelt, schließlich dem Drängen nachgegeben, aber darauf bestanden, den Ausweis selbst zu verwahren.

Beim Abendessen, kurz bevor Maria ihre Sachen packen und zurück ins Internat gehen würde, fragte sie ihre Mutter, wo eigentlich ihr Vater sei. Die Gabel des Großvaters quietschte über den Teller, als hätte er nie geübt, mit Besteck zu essen.

»Im Ausland ist er«, die Antwort der Mutter wurde mit Zeitverzögerung und garniert von einem entschuldigenden Blick auf den Großvater serviert. Der warf sein Besteck auf die Stoffserviette neben dem Teller und verschwand im Nebenzimmer.

»Kommt er wieder zurück?« Marias Frage zielte auf den Vater, dass der Großvater verschwunden bleiben würde, konnte sie sich ausmalen.

»Frag nicht so viel. Iss lieber auf.«

Am Montag aß Maria ihr Frühstück, saß ihre Schulstunden ab, aß ihr Mittagessen, machte ihre Hausaufgaben und vertrödelte den Nachmittag. Am Dienstag spielte sie mit der Gabel im Frühstück rum, saß ihre Schulstunden ab, kostete das Mittagessen, machte ihre Hausaufgaben und saß den Nachmittag im Park ab. Am Mittwoch aß sie ihr Frühstück, saß ihre Schulstunden ab, ignorierte ihr Mittagessen, machte ihre Hausaufgaben und vertrödelte den Nachmittag. Sie schlich in die Nähe des Musikzimmers und belauschte ein Gespräch von Schwester Dorothea mit einer Mitschülerin. Nein, hörte sie da, es sei nicht denkbar, dass Maria dieses Jahr wieder zum Chor zurückkehrt, leider. Schwester Dorothea schien zu seufzen. Die Mitschülerin wurde vor Freude rot, sie hatte eine gute Stimme und ausreichend Ehrgeiz. Nur an Marias Qualitäten hatte es bisher nicht herangereicht. Mit einem Klumpen im Bauch belauschte Maria, an die Tür gelehnt, die Chorprobe, summte die Übungen leise mit. Aus Angst entdeckt zu werden, schlich sie sich nach oben in ihren Schlafsaal. Sie legte sich ins Bett, überdachte ihre Lage. Klosterschule ohne Chor, undenkbar. Absolut nicht machbar. Zurück nachhause, zu ihrer schmalen Mutter und ihrem schweigsamen Großvater? Denkbar, aber nicht schön. Maria packte ihre Schultasche aus, versteckte die Schulbücher unter ihrem Bett. An deren Stelle packte sie das Foto ihrer Eltern und eines von der Mutter allein, das Sparbuch, den Ausweis und was noch Platz hatte: Unterwäsche, T-Shirts, eine Hose und einen Pulli, Socken.

Am nächsten Tag aß sie ihr Frühstück, saß den Unterricht ab, aß ihr Mittagessen und schlich aus der Klosterschule, stieg am Dorfplatz in den Bus, fuhr in die nächstgelegene Stadt und dort zum Bahnhof. Sie setzte sich auf eine Bank. Ließ die Beine baumeln, wartete darauf, dass der Zug in die Hauptstadt einfuhr. Neben ihr stand ein älteres Ehepaar und diskutierte darüber, wer die Tickets eingesteckt hatte. Aus dem Bahnhofsrestaurant quollen Gesprächsfetzen, raues Lachen und ein paar Rauchschwaden. Wenn sie sich anstrengte, konnte sie die Autos hören, die den Vorplatz des Bahnhofes passierten. Die wenigsten blieben stehen. Der Zug in die Hauptstadt fuhr mit ein bisschen Verspätung ein. Als er den Bahnhof verließ, war die Bank, auf der Maria gesessen hatte, leer.

Abwarten, Kaffee trinken

Vor dem Fenster lärmt eine Großstadt, die nicht an doppelt verglaste Fenster glaubt. Sie glaubt an Tourismus und daran, dass man sich von einem Ende einer Via oder Piazza zum anderen immer noch am besten durch Zuruf verständigt. Draußen vor dem Fenster ertönt eine Sprache mit Nachdruck und dramatischer Sprachmelodie, die Mia ein wenig auf die Nerven geht, aber sie spricht nicht über Mia. Mia ist anonym. So weit die guten Nachrichten.

Hinter dem Fenster, also drinnen, ist es still. Die Wohnung ist hässlich, aber groß. So, als ob sie Mias Depression den nötigen Raum geben will. Mia hängt in einer Warteschleife. Sie tut immer noch so, als würde sie mit den italienischen Freunden an einem Großprojekt arbeiten, aber niemand, der zählt, nimmt sich Zeit für sie. Die lokalen Wichtigtuer, die sich mit ihr treffen, sind sogar für einen One-Night-Stand zu wenig lohnend. Hier will niemand mit den Barozzis am gleichen Strang ziehen. Mario wird enttäuscht sein und erleichtert zugleich. »Wir haben es versucht«, wird er zur Großmutter sagen und sich dann in der *Susibar* einen schönen Abend machen. Die Wohnung, die Mia über einen der lokalen Wichtigtuer angemietet hat, ist angeblich sicher. Das heißt: Mia geht den anderen Kurzmietern aus dem Weg und lässt niemals, absolut niemals Wertgegenstände herumliegen.

Bis gestern wohnte sie mit einem Trupp aus Ciudad Juarez zusammen. Die waren in Rom, um ihre Abnehmerkontakte zu pflegen. Ob wirklich nur das eigene Sortiment vertrieben wurde, ob die Zahlen, die bei ihnen eintrafen, stimmten. Dabei sollten sie eigentlich wissen, dass sie das nichts anging. Die Zahlen waren zur Kenntnis zu nehmen. Das war immerhin Italien. Da kannst du ja gleich bei der *Cupola* um Einsicht in die Bücher bitten. Jedenfalls waren die Südamerikaner verschwunden, ob freiwillig oder nicht, ist Mia egal. Fabio ist weg, heimgefahren. Es ist sicherer so. Jetzt traut sie sich endlich, den Rucksack auszupacken. Hängt Kleider in die Schrankregalkombi. Belädt die Waschmaschine. Auf dem zerschundenen Terrakottaboden liegen ein paar Zeitungen, aus denen Mia bisher keine Informationen, die sie betreffen, gefiltert hat. So weit immer noch die guten Nachrichten. Sie hat nichts von Louise gehört, nichts von Sophie, auch nichts von Fabio. Ganz schön viel Funkstille auf einmal.

Sie zieht sich um, frische schwarze Jeans und T-Shirt. Geldtaschencheck, Handycheck, Lippenstiftcheck. In Italien, hat Mia festgestellt, ist *ein* Make-up unauffälliger als *kein* Make-up. Also schminkt sich Mia. Stöckelschuhe wären besser, aber Mia will mobil bleiben. Also Turnschuhe. Als sie die Tür zusperrt, muss sie grinsen. Die sichere Wohnung ist die Einzige im ganzen Haus ohne extra Sicherheitsschloss. Muss sie um die Kunstwerke Angst haben? Nimm, so wird dir genommen. Andererseits. Wenn, was statistisch wahrscheinlich ist, der Einbrecher ein Mann ist, und, was statistisch genauso wahrscheinlich ist, er sich eher für Computer, Kameras und Geld interessiert, dann fallen ihm die Fotos nicht mal auf. Sonst ist nicht viel zu holen in der Wohnung. Nichts jedenfalls, was Mia gehört. Außerdem wird eine schützende, schutzgeldkassierende Hand über die Wohnung gehalten und die südamerikanischen Kollegen sind weg.

Mia läuft die Stiege runter, lässt zwei Haustüren hinter sich zufallen und verlässt die Straße. Sie kommt an einer Trattoria vorbei, die gerade ihren Dienst aufnimmt. Ein Mann kurbelt die Rollbalken hoch, ein anderer stellt Sonnenschirme auf. Während er die Schirme aufspannt, singt er laut und ungeniert. Schon wieder Puccini. Neben dem Ton, aber nicht sehr. Mia verzeiht ihm sofort. Sie kennt den Wunsch, eine Melodie aus sich rauszulassen. Wenn sie was mag an dieser Stadt, dann die Beherztheit, mit der Männer auf der Straße singen. Sie nimmt es als Zeichen.

Die SMS kommt mitten unter den Tintenfischnudeln, die Mia nicht recht schmecken wollen. »La Repubblica«, steht da, »was weißt du darüber?« Und: »S.«

»S.« steht in diesem Fall für Susanne. Mia winkt ihrer Kellnerin, lässt sich die Rechnung und einen Grappa bringen. Den stürzt sie in einem Zug runter. Schnaps ist keine Lösung, aber ein Grappa gut gegen Panik. Susanne hat sicher Gründe für ihr Interesse an italienischen Tageszeitungen.

Mia verlässt das Lokal in erzwungener Langsamkeit. Sie biegt ein paar Mal planlos um Ecken, kauft eine *Repubblica*. »FURTO«, tönt es in Großbuchstaben, »FURTO NEL MUSEO DELL'ARTE«. Den Rest versteht Mia nicht. Den kann sie sich aber denken. Es geht los.

Großstadttaggespenster

Die Bustüren drucklufteten sich zu. Irgendein Gang legte sich ein und der Bus brummte sich in Fahrt, bog um eine Kurve und war weg. Wurde sie schon vermisst? Egal.

Nach der Ankunft des Zuges im Endbahnhof packte Maria ihre Schultasche, ging durch eine große Halle mit farbigem Marmorboden, fuhr mit einer schiefen Rollbahn abwärts. Sie lief ein paar Schritte über farbigen Marmor zu einer zweiten Rollbahn und staunte über die Halle, in die sie langsam, sehr langsam hinunterrollte. Irgendjemand drängte sich laut fluchend an ihr vorbei. Maria folgte dem Menschenstrom raus aus dem Bahnhof, vorbei an Fahrrädern ohne Sattel, mit arg verrosteten Ketten und dunklen Flecken auf dem Asphalt darunter. Sie stieg in die nächste Straßenbahn ein, ließ sich durch die Straßen ruckeln. Genoss das Rattern der Schienen, mochte das Schaukeln der Waggons, erschrak, als ein bartstoppeliger Mann sie nach irgendetwas fragte und ihr eine schmutzige Hand entgegenstreckte. Sie schüttelte den Kopf, sprang an der nächsten Station hinaus.

Ein Bus blieb vor ihrer Nase stehen. Ohne groß nachzudenken, stieg sie ein. Es war egal, wo sie landete. Haltestelle. Drucklufttürzuschlagen, Abfahrtsgeräusche. Jetzt stand Maria da und versuchte sich daran zu erinnern, warum sie weggelaufen war und wohin sie eigentlich wollte.

Weiter. Die erste Straße rechts, die zweite links, dann drei Blöcke geradeaus, dann wieder links, geradeaus, rechts, links. Maria hatte die Orientierung verloren, das machte aber nichts. Sie wusste ja auch noch immer nicht, was sie suchte. Eine Telefonzelle vielleicht. Sie konnte daheim anrufen und ihrer Mutter von ihrem Gespräch mit der Schwester Oberin erzählen. Sagen, dass sie nicht mehr in die Klosterschule gehen wolle, dass sie wieder daheim wohnen wolle und normal zur Schule und am Nachmittag Gesangsstunden. Maria blieb stehen. Sie drehte um und machte sich auf den Weg zurück zur Bushaltestelle, zurück zum Bahnhof.

Maria ging geradeaus, sie ging rechts, links, sie ging geradeaus, sie ging rechts, sie ging länger geradeaus, sie ging links, sie ging links, sie ging links, sie ging geradeaus. Sie hätte schwören können, dass sie den Weg genau zurückverfolgt hatte, aber sie kam weder an einer Bushaltestelle vorbei noch an einer Telefonzelle. Sie ging schneller, es war ihr ein bisschen kalt. Immer mehr Fenster wurden von Licht erhellt. Maria war nicht besonders glücklich mit der Entwicklung ihres Ausflugs. Durst hatte sie und Hunger. Vielleicht, überlegte sie sich, wenn sie jemanden um Hilfe fragte, wenn sie irgendwo ein Telefon fände und einen warmen Platz zum Warten. Mama anrufen. Sich holen lassen.

Maria ging schneller. Eine Straße, die den anderen, durch die sie heute gelaufen war, ziemlich ähnlich sah. Drei oder vier Stockwerke, graue Wände. Sie drückte die Augen zu, sie drehte sich ein paar Mal um sich selbst. Machte die Augen auf und ging auf das Haus zu, das sich in ihrem Blickfeld ausbreitete. Vor der Haustür rätselte sie über die Namen, las Hojac, Böck, Tanos, Racic, Racic, Barozzi, Zivonijovic, Müller vom Klingelbrett ab. Bevor Maria sich entscheiden konnte, wo sie läuten wollte, summte die Tür und eine Frau lief, die Jacke zuknöpfend, aus dem Haus und die paar Stufen zum Gehsteig runter.

Maria schlüpfte durch, bevor die Tür zufallen konnte. Die Treppe rauf. 1. Stock, 2. Stock, 3. Stock. Maria hatte keine Lust, an einer der Wohnungstüren zu läuten. Sie hatte keine Lust, mit ihrer Bitte vorzusprechen, wollte nicht erklären, warum sie schnell mal bitte das Telefon benutzen müsse. Mochte nicht sagen, dass sie von zuhause weggerannt war und das jetzt bereute und könnte sie bitte ein Glas Wasser haben? Maria beschloss, nicht zu läuten. Sie würde wieder rausgehen, auf die Straße, sie würde eine Bushaltestelle finden und dann den Weg zurück zum Bahnhof. Von dort aus würde sie schon wieder heimfinden oder einen Menschen, dem sie diese Aufgabe zuteilen konnte. Einen Polizisten zum Beispiel. Also wieder runter. Im zweiten Stock bemerkte sie einen Lichtkegel, der auf den Flur fiel. Eine der Wohnungstüren war nur angelehnt. Maria blieb außerhalb des Lichtkegels stehen und lauschte in die Wohnung hinein, versuchte, aus den Geräuschen irgendetwas herauszulesen. Ihr Herzschlag beruhigte sich langsam. Im Hintergrund konnte sie den Straßenverkehr vorm Haus hören. Der Lift setzte sich in Bewegung. Sonst Stille.

Ein Glas Wasser, dachte sich Maria, ein Klo und ein Telefon. Maria machte ein paar Schritte auf die Tür zu, schob sie vorsichtig auf, flüsterte: »Hallo«. Sie schob sich ein paar Schritte in den Gang der Wohnung hinein. »Ist da jemand?«

Maria wunderte sich nur wenig darüber, dass keine Reaktion erfolgte. Leise zu sein, hatte sie in der Klosterschule gelernt. Aber sie konnte sich nicht dazu durchringen, sich entschlossener bemerkbar zu machen. »Hallo? Ist da jemand?«

Maria machte einen Schritt und noch einen, machte die Augen zu und machte noch einen Schritt, machte die Augen wieder auf und fand sich mitten in einem fremden Wohnzimmer wieder. Darin stand ein riesiger Fernseher, vom Fernseher weg ging ein Kabel, das Kabel lag auf dem Couchtisch und schlängelte sich durch die Luft Richtung Couch. Maria musste so richtig dringend aufs Klo. Auf der Couch saß eine alte Frau, hatte Kopfhörer auf und schaute dem Fernseher beim Flimmern zu. Klar hatte die Marias Flüstern nicht gehört, aber wie sollte Maria sich jetzt bemerkbar machen, wo sie doch schon mitten im Raum stand? Unentschlossen verlagerte Maria ihr Gewicht von einem Bein aufs andere. Vor der Frau stand ein Glas mit irgendwas auf dem Couchtisch. Maria wusste nicht, ob sie zuerst grüßen sollte oder nach einem Glas Wasser und dem Klo fragen. Oder ob sie sich umdrehen sollte und loslaufen, weg, so schnell sie halt konnte.

Plötzlich fiel hinter Marias Rücken die Wohnungstür ins Schloss. Sie drückte sich im Wohnzimmer an eine Wand, wunderte sich darüber, dass die Frau auch auf den Knall nicht reagiert hatte. »Mama«, schrie eine Stimme, »Mama, du hast schon wieder die Tür offen gelassen!«

Ein Mann betrat das Zimmer, beladen mit einer prallvollen Plastiktasche, die er neben sich auf den Boden stellte. Der Mann ging auf die Frau zu, achtete darauf, dass er in ihr Blickfeld trat und ihr zuwinken konnte, bevor er sie berührte. Die Frau erschrak trotzdem, lächelte aber, als sie den Kopfhörer abnahm. Im Zimmer krachte es plötzlich ziemlich laut nach Fernseher. Die Frau trug eine Bluse aus einem schimmernden Material und eine Perlenkette. Ihre Haare waren ein bisschen schlampig hochgesteckt, so als hätte die Frau sich ziemlich viel Mühe mit ihrer Frisur gegeben, wäre dann aber vor dem Fernseher immer wieder eingenickt.

»Hallo, Mario«, sagte sie. Die Stimme war schön, eine tiefe Altstimme, ein bisschen heiser vielleicht. Außerdem sprach die Frau zu laut: »Schön, dass du mich besuchen kommst. Wie geht es Susanne?«

Mario lächelte und küsste seine Mutter auf beide Wangen, murmelte etwas von lieben Grüßen und von einem dringend nötigen Termin zum Einstellen des Hörgerätes. Dann drehte er sich um, wohl um die Tragetaschen aufzuheben und in die Küche zu bringen. Als er Maria sah, die versuchte, möglichst unauffällig an der Wohnzimmerwand in der Nähe des Gangs zu lehnen, so an der Wand dieser fremden Wohnung zu lehnen, als hätte sie dort irgendetwas zu suchen, erstarrte der Mann.

»Wer bist du? Was machst du hier?«

Er drehte sich zu der alten Frau um. »Mama? Wer ist das?«

Seine Stimme klang böse, sie klang verärgert, sie klang verwundert, sie klang aber auch gelangweilt, sie klang so, als wäre Marias Erscheinen nicht der einzige Ärger, der ihn an diesem Tag davon abhielt, nachhause zu gehen, zu duschen und ein Bier vor dem Fernseher zu trinken. Marias Stimme zitterte, als sie sagte, dass sie Maria heiße. Sie hätte gern nach einem Glas Wasser gefragt, sie versuchte sich an den Chor zu erinnern und an das, was man tun konnte, wenn die Stimme nicht so richtig das tat, was man von ihr wollte. Ihr fiel nichts ein. Sie räusperte sich, was Schwester Dorothea mit angehobenen Augenbrauen quittiert hätte, weil Räuspern nie gut für die Stimme war und man es sich nicht früh genug abgewöhnen konnte.

»Ich …«, fing sie an.

Mario drehte sich um. »Siehst du, Mama, das passiert, wenn du immer die Tür offenlässt. Ich hab' dir doch gesagt, ich hab' einen Schlüssel.«

Die Frau lächelte hilflos. Er drehte sich wieder um. »Wie lange bist du schon hier? Hast du was geklaut?«

Mit zwei schnellen Schritten war er bei ihr und hatte ihr die Schultasche abgenommen, bevor sich Maria vor ihm erschrecken konnte. Den Inhalt leerte er vor sich auf den Boden, betrachtete unwillig die Unterhosen, die T-Shirts, das Sparbuch.

»Ich …«, stammelte Maria.

»Was willst du?«

Die alte Frau hatte sich vom Sofa hochgekämpft. Irgendetwas hatte geächzt, Maria hätte nicht sagen können, ob es die Möbel waren oder die Frau selbst. Sie kam näher, warf Maria einen prüfenden Blick zu. »Die hat doch nichts geklaut, Mario. Das sieht man doch auf einen Blick.« Ihre Stimme war wieder zu laut, aber weniger heiser als vorher.

Ihr Sohn klaubte sich durch Marias Besitz, stopfte die T-Shirts und die Unterwäsche zurück in die Schultasche. Auf das Foto von Marias Mutter warf er nur einen flüchtigen Blick. Das zweite Foto reichte er seiner Mutter weiter, nur um es ihr sofort wieder aus der Hand zu nehmen und Maria damit zu konfrontieren.

»Wer ist das?«, fragte er.

»Meine Mutter.«

»Und der andere?«

»Mein Vater, glaub' ich.«

Mario musterte das Bild konzentriert.

»Das ist interessant«, sagte Mario, mehr zu sich selbst als zu seiner Mutter oder zu Maria.

»Was hat sie gesagt? Jetzt biete ihr doch wenigstens ein Glas Wasser an«, mischte sich seine Mutter ein.

»Kann ich kurz aufs Klo?«, fragte Maria.

»Ist sie das?«

»Sie sieht ihm nicht ähnlich.«

»Wo ist er eigentlich? Man sollte glauben, das hier hätte sein Interesse geweckt?«

»Das sieht ihm wieder mal ähnlich.«

»Er ist auf dem Weg.«

»Was macht sie denn hier?«

»Sie ist so …«

»Wie alt bist du?«

»Wie heißt du?«

Maria warf fischstumme Blicke auf die versammelten Fremden, die sich über ihrem Kopf Gesprächsfäden zuwarfen.

Da war die alte Frau, die Maria mochte, weil sie ihr einen Orangensaft gegeben hatte, der aber nicht so gut geschmeckt hatte, der ein bisschen bitter gewesen war. Da war Mario, er stand am anderen Ende des Raums, lehnte neben einer Frau, die in lauter verwaschenen Rottönen gekleidet war. Es war nicht die Wohnung von vorher, oder zumindest nicht das gleiche Zimmer. Der Raum war dunkel und erinnerte sie an die Schwester Oberin, obwohl er mit verschnörkelten Möbeln vollgestellt war, die Schwester Bernadetta in ihrem Büro oder überhaupt in der Klosterschule nie dulden würde. Es roch auch nicht wie in der Klosterschule. *Klang* es ähnlich? In der Schule lag immer ein Geräusch unter der Oberfläche. Ein Kichern, das erschrocken abgebrochen wurde. Ein Satz, der geflüstert wurde, oder gleich nur gedacht. Maria hörte sich im Raum um. Dann war da noch ein Unbehagen, das bestimmte Gefühl, auf der Hut sein zu müssen. Maria hatte Angst vor einem Tadel, mehr noch, sie hatte Angst davor, was es in diesem Raum hieß, eine Unterrichtsstunde lang still in der Ecke stehen zu müssen.

»Wie heißt du?«, wiederholte die Frau in Rot ihre Frage.

»Maria«, murmelte Maria, so leise sie sich traute.

»Ach, ich weiß nicht«, mischte sich die Frau mit dem verärgerten Blick und dem sehr geraden Mund ein und legte das Foto aus Marias Schultasche weg, »was beweist das schon?«

Die alte Frau schaute verständnislos.

Die Frau mit dem geradegezogenen Mund wiederholte den Satz, der Blick der Älteren blieb verständnislos.

»Was beweist das schon?«, schrie die wütende Frau und hing leise die Frage an, ob es wirklich zu viel verlangt wäre, wenn sich auch mal eine der anderen um die Ohrenarzttermine der Mutter kümmern könnte. Die alte Frau lächelte nach wie vor freundlich.

»Sei still«, murmelte Mario, »hör endlich auf, dich immer zu beklagen.«

Die Angesprochene wurde rot im Gesicht, entschuldigte sich halblaut und lehnte sich zurück, den Mund säuberlich zu einem sehr geraden Strich sortiert.

Dann war da noch die andere Frau. Maria konnte den Blick nicht abwenden. Sie hatte so etwas noch nie gesehen. Ehemals weiße, jetzt fast purpurverwaschene Leggins trafen auf einen engen, ehemals weißen Jeans-Minirock mit ein paar rotbraunen Schlieren. Die helle rotfleckige Baumwollbluse, die sie drüber trug, passte sowieso nicht dazu. Maria wunderte sich darüber, wie Farben, die sich so wenig unterschieden, so wenig zusammenpassen konnten. Trotzdem fand sie die Frau schön oder zumindest beeindruckend. Die hielt sich sehr gerade, schien abzuwarten.

Die mit Leder beschlagene Tür schwang auf. Sie sah so schwer aus, dass sie hätte knarzen müssen. Maria dachte an einen Turner aus einem ihrer Kinderbücher, an den dreieckig geformten muskulösen Oberkörper, an die unendliche Kraft. Mindestens so einer müsste da jetzt reinkommen, niemand sonst konnte eine Tür so aufschwingen lassen. Aber es stolperte ein blondes Mädchen in einem dunkelgrünen Samtkleid mit Schleife, das Maria nur deshalb nicht fürchterlich fand, weil sie vermutete, dass sie beim ersehnten Soloauftritt als Sängerin etwas Ähnliches tragen würde, in den Raum und zeigte mit dem Finger auf Maria, was diese unhöflich fand und schlecht erzogen.

»Ist sie das?«

»Warte draußen, Sophie. Und wenn du Matthias siehst, sag ihm, er soll sich beeilen.« Mario warf einen ungeduldigen Blick auf die Uhr. »Man könnte meinen, das hier wäre ihm wichtig genug.«

Sophie warf einen Blick auf Maria, drehte auf ihren Lackschuhen um und rannte raus, ohne sich um die Tür zu kümmern. Das Klappklappklapp ihrer Schuhe wurde leiser, ihre Stimme war aber noch erstaunlich laut, als sie rief: »Matthias, da ist ein Mädchen im Zimmer und alle warten auf dich!«

Kein Klappklappklapp mehr, dafür näherten sich Männerschritte. Der Mann, der das Zimmer betrat, war dunkelhaarig, ein wenig zu gebräunt, ziemlich groß und hatte Sophie im Arm, die so tat, als würde sie sich wehren, doch ihr hochroter Kopf verriet die Zufriedenheit darüber, auf Matthias' Arm wieder ins Zimmer gebracht zu werden.

»Du hast dir Zeit gelassen.«

Der Angesprochene setzte Sophie ab. Die schob sich sofort hinter ihn, in der berechtigten Hoffnung, übersehen zu werden. Matthias warf einen Blick in die Runde, musterte die Anwesenden einzeln, verweilte kurz bei Mario, nickte ihm zu. Sein Blick blieb an der Frau mit dem Strichmund hängen.

»Hallo, Louise.«

Worauf der Strichmund schiefer wurde und das Rot im Gesicht einen Farbton tiefer. Louise blieb ihm den Gruß schuldig.

»Was ist denn so dringend?«

Die alte Frau machte ihn mit einer Handbewegung auf Maria aufmerksam.

»Kennst du das Mädchen?«

Maria hatte sich an die zu laute Stimme gewöhnt. Sie suchte den Blick der alten Frau, aber die betrachtete den dunkelhaarigen Mann, von dem Maria vermutete, dass er sie anstarrte, was ihr unangenehm war. Sie vermied, in seine Richtung zu sehen, konzentrierte sich lieber auf das Teppichmuster. So verpasste sie sein Achselzucken. Mario machte ein paar Schritte auf ihn zu und reichte das Foto weiter. Matthias warf einen Blick darauf, wollte es schon weglegen, warf dann noch einen Blick drauf.

»Woher hast du das Foto?«

Wieder tat Maria sich schwer, seine Stimme einzuordnen. Neugierde schien mitzuschwingen, ein leises Lächeln vielleicht. Als sie den Blick hob, war aber keine Spur dieses Lächelns in seinem Gesicht zu finden. Maria murmelte immer noch so leise sie sich traute, leiser eigentlich. Die Wörter »Schuhkarton«, »Schlafzimmer« und »Mutter« waren trotzdem zu hören. Nur die alte Frau drehte sich hilfesuchend in Marios Richtung. Der winkte ab.

»Das ist also deine Mutter. Wie geht es Johanna?« Maria zuckte mit den Achseln. Als Nachsatz und als wäre ihm gerade eine Idee gekommen, schob Matthias noch eine Frage hinterher: »Wie alt bist du, Maria?«

Maria schaute verlegen auf den Teppich. Sie blieb ihm die Antwort schuldig.

»Bleibt die Frage, was sie in Mamas Wohnung gemacht hat. Wie hat sie uns gefunden? Was will sie von uns?« Marios Stimme hatte einen Unterton, den Maria nicht einordnen konnte. Sie krallte sich mit ihren Blicken am Teppich fest.

Matthias wartete geduldig. Als sie den Blick hob – vielleicht um einen Kontrollblick durch das Zimmer laufen zu lassen, vielleicht um einen Blick auf den zu werfen, von dem alle hier zu vermuten schienen, dass er ihr Vater war –, fing er ihn ab, lächelte sie an und fragte leise: »Was hast du in der Wohnung gesucht?«

»Ich musste aufs Klo. Ich bin von zuhause weggerannt. Ich bin elf.«

Die Frau mit dem Strichmund stellte ihr Glas ziemlich hart auf dem Couchtisch ab. Matthias schaute nicht so aus, als wäre er mit Marias Antwort glücklich.

Wir holen dich da raus!

Mia mag es nicht, wenn Fabio und Sophie gemeinsame Sache machen. Deshalb verdampft ihre Freude darüber, Fabio zu sehen, rückstandslos. Mia hat eben die Tür ihres römischen Unterschlupfs geöffnet – und da sitzt er. Tür auf und da lungert er auf den Steinstiegen herum, als wären sie bequem. Tür auf und da hockt Fabio mit einem Lächeln auf den Lippen, als wäre er gerade wenig bekleidet aus einer Tortenattrappe gesprungen. Er springt auf, macht einen extravaganten Hüftschwung und nimmt Mia kurz in den Arm. Leider sagt er dann das Falsche. Er sagt: »Sophie wartet unten.«

Mia stellt vorsichtig ein Bein hinter sich, verlagert zögernd ihr Gewicht, greift nach dem Reißverschluss ihrer Jacke und zieht ihn nach oben. Sie will sich ihr Zurückweichen nicht anmerken lassen. Fabio sieht aus wie immer. Lächelt verschmitzt und freundschaftlich und freut sich offensichtlich, Mia zu sehen. Mia hat einen kurzen Flashback zur Nacht nach dem Diebstahl, an den gemächlichen, muskelkaterbeeinträchtigten Freundschaftssex, der half, Adrenalin und Anspannung abzubauen. Der half, dem unfreundlichen Zimmer ein bisschen Heimat einzuimpfen. Der sich schließlich von der Erschöpfung nicht mehr beeinträchtigen ließ, sodass Mia die verbleibenden Tage mit den sehr anzüglichen Blicken der Südamerikaner zurechtkommen musste.

Mit einem Ruck, den sie sich selbst gibt, zieht sie die Tür hinter sich zu. »Lass uns gehen.«

Sie beschleunigt auf der Treppe. Einen Halbstock tiefer dreht sie sich um. »Worauf wartest du?«

Auf Fabios Gesicht ist von seinem Tortenattrappensprung nichts mehr zu sehen. Er wippt auf seinen Zehenspitzen, lässt wortlos seinen Schwerpunkt nach vorne fallen und gerade als Mia denkt, jetzt fällt er, zieht er ein Bein hinterher und nimmt zwei Stufen auf einmal. Aber da läuft Mia auch schon.

Das Kaffeehaus unten ist gemütlich, der Kaffee nicht schlechter als sonst wo in der Stadt, also ausgezeichnet, es gibt W-LAN, eine erlesene Bücher- und Weinsammlung und ein Stammpublikum aus italienischen Bauarbeitern. Wie das zusammenpassen soll, ist Mia nicht klar. Sie wird freundlich gegrüßt, sie grüßt freundlich zurück und spürt, wie Fabio hinter ihr verwundert die Augenbrauen hochzieht. Oha, die international gesuchte Kunstdiebin hat ein Stammlokal, soll das wohl heißen. Immerhin, ins Internet geht sie von hier aus nicht. Hier, in diesem Kaffeehaus betrinkt sie sich, wenn ihr die Abende zu lang werden und es sind ihr schon ein paar Abende zu lang geworden.

Sophie sitzt in einem der Lehnsessel im hinteren Lokalbereich. Blöd, denkt Mia, die Sessel sind so groß, dass man ziemlich laut reden muss, wenn man sich verständigen will, und nur weil Rom so tut, als könne es keine Fremdsprachen, muss man ja nicht gleich gegen den Wind pinkeln und selbst so tun, als könne niemand in Rom Fremdsprachen, zum Beispiel Deutsch. Vor Sophie steht ein Weinglas, Sophies Hand tippt konzentriert und hibbelig zugleich auf ihrer Handytastatur. Fabio lässt sich in den Sessel gegenüber fallen, Sophie schaut hoch und ihr Lächeln ist so ansteckend, dass Mia fast schon versucht ist, einen Stuhl für ihr schlechtes Gewissen zu holen. Trotzdem wäre ihr Fabio alleine willkommener gewesen.

»Sophie.«

Fabio winkt der Kellnerin. Mia winkt ab und geht selbst zur Bar. Die paar Sekunden für sich kann sie gut brauchen, sie muss dringend ihre schlechte Laune abschütteln. Sie weiß nicht genau, warum sie sich von Sophie gestört fühlt. Sie hätte, nimmt sie an, gern mit Fabio auf ihr Abenteuer angestoßen, sie hätte gern was nachbesprochen, sonst gibt es doch keinen Grund, warum sie mit Fabio unbedingt allein sein will, oder? Drei Gin-Tonics auf einem Tablett, Mia zahlt sofort, obwohl sie gar nicht müsste, sie übt ihr Lächeln. Es muss sitzen, wenn sie an den Tisch zurückkommt, wenn sie Fabio und Sophie wieder unter die Augen tritt. Mia balanciert das Tablett durch den Raum, setzt sich neben Sophie, setzt sich neben Fabio, sie stoßen an. Mia lächelt.

»Was für ein Erfolg!« Sophie ist natürlich zu laut, aber niemand kann wissen, welchen Erfolg sie meint, niemand kann wissen, worum es geht, und abgesehen davon versteht sie ja auch niemand, hoffentlich. »Es war sogar in Österreich in der Zeitung, weißt du?« Sophies Augen leuchten. »Die Sammlung gehört irgendwie irgendwem in Österreich. Die sind sauer, kannst mir glauben. Mama ist ekstatisch. Presse ist gut für den Marktwert.« Sie senkt ihre Stimme, versucht sich darin, zu flüstern. »Wo hast du das Bild?«

Mia verrührt ihre Eiswürfel. *Bilder*, korrigiert sie innerlich. Nicht *ein* Bild, eine *Serie*.

»Weiß Susanne, dass ihr hier seid?« Mia kann die Frage nicht verhindern.

»Susanne weiß doch immer alles.« Fabios Antwort, aber hoffentlich als Scherz gemeint.

»Du immer mit deiner Susanne. Ist doch egal, was Susanne weiß.« Sophie, so sorglos. »Außerdem ist Susanne mit diesem Ion beschäftigt. Die tüfteln was aus. Zum Glück haben wir unser eigenes Projekt.« Mia versucht mit Fabio Blickkontakt aufzunehmen. Versucht auszuloten, was daheim los ist. Sophies Stimme driftet ein und aus: »Mama freut sich so … sonst nicht … Mario … neulich beim Ausgehen … nicht, dass du denkst, ich hätte …« Sophie redet, Fabio schaut immer knapp an Mia vorbei. »Ich hab' dem Typen ordentlich was erzählt ... aber ich mein' ... was erlaubt sich der ...« Sophie holt mit Blicken Zustimmung bei Fabio ein. Der lächelt zurück. Daran ist nichts verdächtig und trotzdem registrieren die Haare auf Mias Unterarmen ein Unbehagen. Das ist neu, denkt Mia, Fabio verhält sich komisch. Sophie verhält sich seltsam. Sogar sie selbst verhält sich anders als sonst. »Aber weißt du, ich hab' schon Zweifel, ist dir das noch nie ... und Mama wird immer fordernder ... als wäre schlimm, wie ich lebe ... Susanne ... denkbar ein schlechter Zeitpunkt ... ich müsse mich zusammenreißen ... und Mario ... Sinn für Höheres ... dankbar ... Mia?«

Mia zuckt mit den Achseln, sie hat nicht darauf geachtet, was Sophie erzählt, ist sich nicht sicher, welche Reaktion von ihr erwartet wird. Fabio starrt vor sich auf den Tisch.

»Prost«, sagt Mia schließlich. Sophie unterbricht ihren Redefluss kurz, die Gläser klirren.

»Er hat gesagt, ich wäre ... und ich mein', wie komm ich dazu ...«

»*Wer* hat *was* gesagt?«

»Na, *Mario*! Hörst du überhaupt zu, Mia?«

»Wir sollten nach Basel«, unterbricht Fabio.

»Warum?«

»Ich muss sowieso Geld in die Schweiz schaffen. Bar. Fahren wir gemeinsam.«

Sophies Armreifen klimpern, sie schaut irgendwie irritiert, will mit einem Griff zu ihrem Handy davon ablenken. Sie hat eine Meinung dazu, hält sich aber raus, sagt ihr Griff zum Handy. Das geht sie eigentlich alles nichts an. Sie sitzt nur zufällig da. Sagt der Griff zum Handy. Problem ist nur: Der Rest ihres Körpers sagt was anderes.

»Basel wird dir gefallen.«

Fabio ist so *matter of fact*, dass Mia sich kurz wundert, ob sie überhaupt eine Wahl hat. Andererseits. Will sie in Rom bleiben und sich weiter betrinken? Will sie zurück in die *Susibar*? Will sie Ion wieder über den Weg laufen? Will sie sich Susannes Fragen stellen? Das SMS hat sie noch nicht beantwortet. Nicht gut. Mia will Susanne noch ein paar Tage aus dem Weg gehen, will über ein paar Sachen nachdenken. Mia will so tun, als wär sie ihr eigener Chef. Susanne sieht das wohl anders. Mario auch. Aber egal. Sie werden sich schon daran gewöhnen. Mit einem Handzeichen ordert sie an der Bar noch eine Runde Gin-Tonics. Die Kellnerin winkt freundlich zurück. In ihrem Lächeln schwingt Erleichterung mit. Die frustrierte Österreicherin hat also doch Freunde. Mia hat genug von Rom. Und in der Schweiz ein Postfach, in dem sich *Prepaid*-Karten und ein paar Barschecks stapeln.

»Unsere Einzahlungen machen wir doch immer in Zürich. Oder Genf. Was ist in Basel?«

»Kunstmesse.«

Zweimal umsteigen, dreimal umsteigen, Mia scrollt sich genervt durch die Fahrplanliste ihres Smartphones. Den Frühzug haben sie versäumt, kein Wunder eigentlich, keiner von ihnen reißt sich ums Aufstehen. Der nächste fast direkte Zug nach Basel, der Einzige, bei dem man nur in Milano umsteigen muss, fährt erst in Stunden.

Sophie sitzt im Taxi zum Flughafen.

»Bist dir sicher?«, hat Mia noch gefragt. Müsste sie gestohlene Kunstwerke schmuggeln, würde sie sich von Flughäfen fernhalten.

»Sicher, Süße, wir sehen uns in Wien. Wann immer du kommst.«

Sophie hat sie zum Abschied umarmt wie eine Wolke Parfum, künstlich und ein bisschen zu intensiv, aber wirkungsvoll. Wie das Versteck der Fotos: Sie haben sie in ein Fotoalbum eingeklebt, nicht mit *Uhu*, sondern mit Plastikecken, die den Fotos nichts anhaben können, sie haben einen Nachmittag damit verbracht, sich ähnliche Fotoserien auszudenken, sich gegenseitig geknipst und Abzüge machen lassen. Sophie hat recht. Wem fällt schon ein semi-ambitioniertes Fotoalbum auf bei einer jungen Frau, die wohl gern mal irgendwas mit Kunst machen würde. Der Flughafen wird überhaupt kein Problem sein. Das Problem haben Mia und Fabio.

Der Frühzug nach Basel ist weg.

»Flug?«

Mia winkt ab. Sie hat es nicht eilig. Vor ihnen breitet sich die Ewige Stadt in alle Richtungen aus.

»Such lieber die Schließfächer.«

Eine halbe Stunde später lungern sie auf einer Bank im Park der *Villa Borghese* herum, vermeiden jeden Aussichtspunkt, der theoretisch und mit viel Fantasie einen Blick auf das *Museo dell'Arte* erlauben könnte und trinken Saft mit was Stärkerem aus Plastikflaschen, die sie in einem Supermarkt gekauft haben. Sie kauen auf Pecorino und Weißbrot herum. Es ist ein Frühstück und es ist ein Triumph.

»*Scheiß* Plan«, prostet Mia Richtung Fabio.

»*Dein* Plan«, trinkspruchtder zurück.

»Du warst so schnell weg.«

Es hat einige Anläufe gebraucht, das Mantra ihrer letzten Tage auszusprechen. Fabio antwortet nicht, er schaut sie an, unsicher und vorsichtig und irgendwie zärtlich, aber auch wie ein großer Bruder. Mia fühlt sich zu alt für einen großen Bruder. Hat aber auch keine Alternativrolle für Fabio parat. Trotzdem ist sie froh, dass Fabio nicht auf ihren Satz reagiert. Es ist besser so, denkt er wohl. Aber Vernunft hat sie selbst. Und es ist eben *nicht* besser so.

»Basel«, sagt sie schließlich, »war ich noch nie. Du?«

Fabio nickt. Erzählt was von einer Wohnung, die er angemietet hat. Erzählt von einem Kontaktmann. Der hat Pläne für die *Art Basel*. Personalpläne, Pläne der Sicherheitsvorrichtungen. Erzählt von dem *ganz großen Ding*, das sie drehen werden. Das ihr Leben so verändern wird, als wär's ein Vorher-Nachher-Bild. Erzählt davon, wie sie endlich was zählen werden bei den Barozzis. »Dann sind endlich mal *wir* dran!«, sagt er. Wen er mit »wir« meint, bleibt allerdings offen.

Mia fragt nicht nach, ob Mario eingeweiht ist. Oder einverstanden. Sie denkt nicht an Matthias. Oder an Susanne. Wenn sie Glück hat, hat Fabio sich um eine Ausrede für sie bemüht. Wenn sie Pech hat, macht sie Urlaub, unangekündigt. An und für sich ist das ein Kündigungsgrund. Ein Allianzenaufkündigungsgrund. Und über ihr *Standing* innerhalb des Clans macht Mia sich keine Illusionen.

Stand up, get up

Maria erwachte mit dem sicheren Gefühl, sich auf etwas freuen zu können. Ihre Finger streichelten über die cinderellarosa Bettwäsche, die sich so anders anfühlte als die steifweißen Klosterschulbettlaken. Sie war weich und kuschelig und roch überhaupt nicht nach Kernseife, aber auch nur ein Stadtkind konnte dem Weichspüler glauben, dass die Bettwäsche wie eine Frühlingswiese roch. Sie roch nach Plastikblumen. Sie roch fantastisch. Sophie schlief. Maria streckte sich, streckte ihre Beine Richtung Boden aus und freute sich über den Teppich. Freute sich über die Wärme im Zimmer, obwohl sie überzeugt war, von der Hitze wach geworden zu sein. Schön, dass sie hier keine Hausschuhe brauchte. Sie schlich sich aus dem Zimmer.

Maria zog die Tür leise hinter sich zu. Sie konnte nicht anders, daheim beim Großvater, daheim in der Klosterschule, überall hatte gegolten, Türen gehörten geschlossen und zwar geräuschlos, aber auch nicht zaudernd. Sie schlich den Gang entlang, der im Gegensatz zum Zimmer mit einem dunklen Parkettboden ausgelegt war. Ihre Füße waren kaum zu hören, der kühle Boden fühlte sich gut an. Maria folgte der Treppe nach unten.

Der Boden hier war wieder mit einem Teppich ausgelegt, zu beiden Seiten des Gangs gingen Türen ab. Maria konnte Stimmen hören, sie ging auf die Geräusche zu. Hinter einer angelehnten Tür befand sich eine Küche, am Küchenblock lehnte Matthias und verrührte Milch oder Zucker oder Schnaps in einer Tasse Kaffee. Neben ihm stand ein ehemals weißes, irgendwie schmutzig rotstichiges Kleid.

»Du bist dir also sicher?«

Matthias rührte weiter. Maria schob vorsichtig, Millimeter für

Millimeter und fest darauf bauend, dass die Scharniere gut geölt waren, die Tür etwas weiter auf. Sie hatte Glück, die Tür gab keinen Laut von sich.

»Was hast du jetzt vor?«

Matthias rührte schweigend weiter.

»Was ist mit Johanna?«

»Was soll sein?«

»Also bitte, Matthias. Die Frage liegt wohl auf der Hand. Habt ihr Kontakt gehabt, Johanna und du?«

Matthias nickte.

»Wir haben uns manchmal geschrieben. Briefe. Postkarten. Ich hab' ja Zeit gehabt.«

»Und sie hat dir nichts von Maria erzählt?«

Matthias schüttelte den Kopf, griff nach der Kaffeekanne. Susanne schwieg gedankenversunken. Matthias drehte sich um, riss die Tür auf und griff nach Marias Arm.

»Was hast du gehört?«

Ihr Gesichtsausdruck war Antwort genug.

»Ich möchte heim.«

Susanne nickte und schickte sie ihre Sachen holen, fragte Matthias, ob sie die beiden begleiten sollte. Der winkte ab.

»Weißt du wohin, kennst du deine Adresse?«, fragte sie noch und warf einen Blick auf Maria.

»*Ich* weiß sie«, antwortete Matthias.

Susannes Blick blieb nachdenklich, als sie antwortete: »Natürlich.«

»Weißt du, wo du bist?«

Maria schüttelte den Kopf. Matthias nickte zufrieden. Mit einer Handbewegung zeigte er auf eine Faschingsmaske, bei der die Augenschlitze verklebt waren. Mario habe ihn gebeten, ihr die Augen zu verbinden, immer verrückter würde der, sein Schwager nämlich. Verwechselte die Barozzi-Wohnung mit einem supergeheimen *bat cave*. Dabei stünden die Barozzis im Telefonbuch. Und außerdem: Es wäre ja nichts Verbotenes passiert, es wäre genau genommen überhaupt nichts passiert. Maria schaute geradeaus. Matthias drehte unschlüssig an den Knöpfen des Autoradios herum.

»Ich habe Johanna angerufen, gestern Abend.«

Maria schaute auf ihre Hände, die sich in ihrem Schoß verknoteten.

»Sie hat sich Sorgen gemacht, Maria. Es geht mich nichts an. Aber ich mein', sie hat schon Probleme genug.«

Matthias warf Blicke in den Rückspiegel, nach vorne, in den Seitenspiegel, über seine Schulter nach hinten und von der Seite aus auf seine Tochter, als hätte er die Rolle des väterlichen Freundes für eine TV-Serie einstudiert. Wahrscheinlich, überlegte Maria, hatte er wirklich ziemlich viel ferngesehen in den letzten Jahren. Was machte man auch sonst im Gefängnis?

»Was hat sie gesagt am Telefon? Ist sie bös'?«

Maria dachte an ihre Mutter und daran, dass sie bei jedem Treffen ein bisschen blasser und stiller gewesen war in der letzten Zeit. Sie konnte sich nicht vorstellen, dass sie böse war. Dafür brauchte man Energie.

»Sie freut sich, dass es dir gut geht und du wieder heimkommst.«

Matthias drehte seinen Oberkörper zu ihr. »Mach das nicht noch mal. Johanna geht es nicht gut und … Es waren schlimme Tage für sie.«

»Ihr habt euch geschrieben?«

Matthias nickte.

»*Sie* hat mir geschrieben«, präzisierte er schließlich. »Ich hab' manchmal geantwortet.«

»Aber du hast nichts von mir gewusst?«

Matthias schüttelte bestätigend den Kopf. Maria dachte darüber nach. Es kam ihr unwahrscheinlich vor, dass ihre Mutter nichts von ihr erzählt hatte. Was wäre denn sonst in den Briefen gestanden? Was wäre von ihrem Leben noch übrig, wenn man Maria und den Alltag in der Bäckerei wegließ. Hatte ihre Mutter über Brotsorten geschrieben?

»Warum warst du im Gefängnis?«

Matthias schwieg.

»Darf ich dich was anderes fragen?«

Matthias nickte.

»Wie hast du mich heute in der Früh bemerkt?«

Matthias schwieg. Dann drehte er sich zu Maria: »Wie meinst du das?«

»Meistens bemerkt mich niemand. Meistens erschrecken die Leute, wenn ich plötzlich neben ihnen stehe. Ich weiß auch nicht, warum.«

ARTig in Basel

Und plötzlich wieder Alltag. In einer Stadt, in der Mia die Sprache beinahe versteht. In einer Stadt, in der Nicht-Auffallen weniger leicht fällt als sonst wo. Basel ist calvinistisch geprägter Prunk und Protz, soll heißen: Jeder schaut genau auf das Handgelenk seines Nächsten, schätzt die Uhr nach Markennamen und Ausführung und *mostly* nach ihrem Wert, aber schlicht sein soll sie halt trotzdem.

Nach zwei Tagen kann Mia einen *Maserati* und einen *Rolls Royce* am Motorengeräusch erkennen, am dritten Tag hat sie das Umrechnen in Euros endgültig aufgegeben – es ist einfach zu deprimierend, sogar für sie, die sich ja einen unbegrenzten Frankenvorrat aus den Taschen der einheimischen Bevölkerung holen kann. Die sauber gestapelten, versteckt importierten Euroscheine haben sie nach einem ausgeklügelten System auf verschiedene Schweizer Konten eingezahlt.

Fabio rümpft häufig die Nase. Und es stimmt natürlich. Verglichen mit Rom, in dem ungeschminkte Frauen per definitionem Touristinnen sind, in dem eine Frau mit überkniehohen Dalmatiner-Kunstlederstiefeln, in Dalmatiner-Leggins, einem weitschwingenden Dalmatiner-Kunstfellmäntelchen und einem Dalmatiner-Kunstfellhut zwar auffällt, aber noch nicht automatisch eine Kunstaktion oder eine Comicfigur-Vorlage ist, tut sich in Basel modetechnisch nicht viel. Grau ist hier eine Farbe, der Rollkragen ein Ausschnitt.

»Mamma mia«, murmelt Fabio verärgert, dabei sollte er ja aus Wien einiges gewöhnt sein.

Kann aber sein, dass das gar kein lifestylekritischer Kommentar war. Fabio hat einiges am Hals. Sein Kontaktmann ist plötzlich, wenn auch nicht völlig überraschend, in der Strafanstalt Pöschwies unabkömmlich. Auf ihn zu warten, würde den Zeitrahmen des Projekts *Art Basel* um das eine oder andere Jahrzehnt sprengen. Die Hoffnung, die Pläne der Sicherheitseinrichtungen am Messegelände von der Frau des Neohäftlings zu bekommen, zerschlägt sich, als diese ihre Liebe zu ihrem Exfreund, einem aufbrausenden Zuhälter, der seinen *Maserati* immer zu hochtourig fährt, wie Mia findet, wiederentdeckt und diesem quasi als Morgengabe den Besitz – auch den digitalen – des einsitzenden Ehemanns übergibt. Fabio traut ihm nicht. Mia mag ihn nicht. Die beiden betrachten die Quelle als versiegt.

»Madonna mia«, flucht Fabio, als Mia ihm gesteht, dass sie einem Mitarbeiter der Bewachungsfirma, zuständig für allgemeine Hallenbewachung – hier zitiert Mia aus dem Anmachspruch –, beim zweiten Date eine Portion gerade serviertes, also noch ziemlich heißes Rösti über die grauen, wollenen Anzughosen geleert hat. Unabsichtlich, wie sie mit einem Augenaufschlag beteuert hat, absichtlich, wie Fabio richtig vermutet. »Aber«, so Mia zu Fabio, »hallo, ich bin der Gabriel und ich bin zuständig für die allgemeine Hallenüberwachung bei der *Art Basel*« wäre doch wirklich ein schlechter Anmachspruch und am Ende hätte sich besagter Gabriel noch als verdeckter Ermittler entpuppt, weil: Ist doch verdächtig, wenn sie jemand einfach so anspricht und dann arbeitet der zufällig bei der *Art Basel*.

»Der hat den *Art-Basel*-Flyer, der vor dir auf dem Tisch gelegen ist, gesehen, das hat er doch gesagt«, Fabio will den Kontakt nicht einfach ziehen lassen, es ist zurzeit ihr einziger. »Ruf ihn an.«

»Langweilig ist er, Mundgeruch hat er, und als ich aufs Klo gehen wollte und ihm im Vorbeigehen die Geldtasche aus dem Sakko gezupft hab' … schau' nicht so, ich hätte sie zurückgegeben! Ich wollte ihn nur ein bisschen kennenlernen. Aber er muss ja gleich auf meinen Hintern grapschen.«

»Miamiamia«, sagt Fabio, und: »Sei nicht so zimperlich.«

»Ich entscheide, wann, ich entscheide, mit wem, und bei Gabriel entscheide ich mich für nein, sicher nicht und nie.«

»Du bist doch sonst nicht so.«

Mia sucht auf dem Tisch, der zwischen ihnen steht, nach einem passenden Wurfgeschoß. Taten sprechen einfach deutlicher als Worte. Zwischen ihnen liegen nur ein Feuerzeug und eine Zeitung, zum Werfen zu leichtgewichtig, wie Mia findet. Wenn Fabio eine Frau ohne Prinzipien und mit prinzipieller Verfügbarkeit will, soll er sich an den gemeinsamen *maserati*fahrenden Freund wenden, schimpft sie noch, hat aber, genau wie Fabio, nicht sehr viel Energie in den Streit investiert. Außerdem weiß sie, dass Fabio recht hat. Sie ist sonst wirklich nicht so zimperlich. Es war nur ein Griff auf den Arsch. Das Röstischmeißen war vorschnell. Vor allem, weil es passiert ist, bevor sie rausfinden konnte, ob Gabriel Einzelstandüberwachung macht oder Hallenpatrouillen, ob er Zugang zum Videoüberwachungssystem hat, ob er den Chef gut kennt, ob er ihr einen Job in seiner Firma besorgen kann und der Rest findet sich von selbst, wenn man die Augen offen hält und gründlich sucht. Dieser Röstischmeißfrühstart, der schmerzt, auf den trifft Mias Definition von hysterischer Überreaktion ziemlich genau zu. Vielleicht liegt es ja an Luzern.

»Fahren wir heim«, sagt Fabio.

»Wir geben auf?«

Mias Gegenwehr ist halbherzig. Sie weiß selbst, dass es höchste Zeit ist, wieder mal nach Wien zu fahren.

People not enchanted

Mario ist sauer. Damit ist zu rechnen gewesen. Schon Rom war nicht vom Familienrat bewilligt, von Basel nie die Rede gewesen. Basel ist auch egal, ums Wegsein geht's. Das sei unfassbar unprofessionell gewesen, sie habe ihn so was von im Stich gelassen, und der Versuch, eine Gesangsstudentin zu casten, na ja, reden wir nicht darüber, er habe bis eben gerade noch gute Laune gehabt, aber Mia … Kunden, wichtige Kunden hätten nach ihr oder besser gesagt nach Mias Stimme gefragt, und die Mädchen sowieso, das Trinkgeld wäre lausig gewesen, mehr als eine der Tussis hätte ihm, *ihm* nämlich, *ihm* damit gedroht, zur Konkurrenz zu gehen. Das hätte sich aber erledigt. Das würde wieder eine Zeit lang dauern, bevor die ihm noch mal blöd kämen, aber die Umstände, die Strapazen, und das mit dem Trinkgeld … das spürt man ja auch an der Bar, also beim Umsatz und so und überhaupt, wo wäre sie denn gewesen, wie viel Urlaub könne man denn machen, er für seinen Teil könne sich überhaupt nicht erinnern, wann sein letzter Urlaub, aber morgen rechne er fix mit ihr, es jammerten eh schon wieder alle, auch und vor allem der Jonas.

Mia wundert sich. Sophie hat doch versprochen, Fabio und Mia bei Mario zu entschuldigen. Fabio hat doch gesagt, er wäre im Auftrag von Mario als Geldkurier in der Schweiz. Warum hat ihr niemand den Rücken freigehalten? Sie zieht schließlich die Onkelkarte. Joker ist die keine.

»Spar dir dein Onkel Mario, nenn mich nicht Onkel Mario, ich bin nicht dein Onkel Mario, ich bin dein Chef und überhaupt: *so* nicht! *So* sicher nicht!«

»Onkel Mario …«

Marios Blick warnt deutlich davor, weiterzureden. Mia hat plötzlich die Nase sehr voll von allem. Wenn sie dran denkt, wie sie früher vor Mario gezittert hat, wie versteinert sie sich von Marios erstem ihr geltenden Wutausbruch gefühlt hat. Worum ist es gegangen, damals?

Hat Fabio Mist gebaut und sie hat ihn gedeckt? Oder hat Selina ihnen irgendwelche Probleme gemacht? Egal. Heute geht es um die *Susibar*. Großer Wurf ist das keiner. Mario, Drittligist unter den kriminellen Großhirnen. Oft wütend, meist selbstzufrieden. Plötzlich hat sie keine Lust mehr, seine Launen unwidersprochen einzustecken.

»Zahl mir halt was, wenn du willst, dass ich mich an Arbeitszeiten halte.«

»Bist du deppert? Bist wo ang'laufen? Ihr seids aber wirklich alle gleich. Irgendwelche Mangelerscheinungen? Geld? Schmuck? Identitäten? Ausweise? Nein? Dacht' ich mir's doch. Wir arbeiten hart für diese Familie, alle arbeiten wir hart, und wie kommst du mir? Bezahl mich, Onkel Mario, oder … Oder *was*? Drohst mir jetzt auch mit der Konkurrenz? Flittchen seid ihr, alle seid ihr Flittchen, eine Kreditkarte ohne Limit, ja, das wollt ihr, aber das mit der Gegenleistung, da tut ihr dann immer überrascht, davon wollt ihr dann noch nie was gehört haben.«

Mario stellt seine Espressotasse hart auf dem Holztisch ab, steht auf und lässt Mia stehen. Auf halbem Weg dreht er sich noch mal um.

»Wenn du glaubst, dass dich der Matthias beschützen kann oder will …!«

Mia starrt in Marios verzerrtes, tiefrotes Gesicht, von dem man mit jedem Jahr mehr Stirn sieht. Schwitzende Lippen, ein Finger, der ordentlich in der Luft wackelt, bevor er sich mit vier anderen zu einer Faust ballt, die sich dann doch löst, um nach den Zigaretten zu greifen, die am Tisch liegen geblieben sind. Sie kennt Marios Stimmungen. Das »Flittchen« nimmt sie nicht persönlich. Die Tirade klingt so, als hätte er wieder mal Wickel mit einer seiner Mätressen, mit denen Susanne ganz gut zu leben scheint, die aber mit Susanne oft nicht gut leben können und sich Hoffnungen machen auf einen Aufstieg zur Ehefrau. Trotzdem, dass Mario ihr droht, ist neu. Und damit, dass Matthias sie nicht beschützen kann, hat er wohl recht. Ob er will, das kann Mia nicht beurteilen.

Die Tür schlägt hinter Mario zu. Verblüfft schaut Mia ihm nach.

Verblüfft ist sie vor allem über sich selbst. Warum widerspricht sie auch? Bringt ja nichts, Mario zu reizen. In die *Susibar* wäre sie ohnehin gegangen, morgen. Vielleicht liegt es ja wirklich an Luzern.

Mia scannt den Raum. Die Pizzeria ist mit Lametta und Luftballons geschmückt, die rot karierten Tischdecken sind entfernt worden und weißes Leinen soll Festlichkeit verbreiten. Susanne will das verhindern. Stößt, wenn sie sich unbeobachtet fühlt, Rotweingläser um. Tropft, wenn sie trinkt, Wein auf ihr ehemals weißes Seidenkleid und auf die Tischdecken. Susanne sieht rot. Das macht sie aber immer. Mia weiß nicht, warum sie es tut, beachtet es auch nicht weiter.

Fokuswechsel. Strichmundfrau und Großmutter Barozzi. Großmutter gestikuliert. Louise schweigt. Fokuswechsel. Möglichst weit von seiner Frau entfernt steht Matthias neben einem schwitzenden Mario. Der redet. Tupft Schweißperlen von seiner hohen Stirn. Das Taschentuch ist so rotfleckig wie sein Gesicht. An einem ist Susanne schuld, am anderen sein Blutdruck. Fokuswechsel. Sophie an der Bar. Familienfesttaugliche Bluse, aber zerknittert. Makelloses Make-up. Nervöse Finger auf Nasenhöhe. Wann hat Sophie das letzte Mal geschlafen? Neben Sophie ein Anzugträger. Dreht sich um, reicht ihr ein Sektglas. Es ist Fabio. Sie hat ihn im Anzug nicht erkannt. Der passt nicht zu Fabio, so angegossen passt er. Hat er den von Sophie?

Mias Pulsschlag beschleunigt sich. Sophie nimmt Fabio das Glas aus der Hand und stürzt den Sekt runter. Sie schaut verärgert. Die Bewegung, mit der Fabio Sophie ein zweites Glas Sekt in die Hand drückt, wirkt verstörend eingeübt. Fokuswechsel. Fünf Männer, die sich so viel Mühe geben, nicht nach Schlägertrupp auszusehen, dass sie einer sein müssen. Die Konkurrenz. Fokuswechsel. Ion. Umgeben von zwei älteren Männern mit ähnlichen Tattoos. *Meet the family.* Stellungswechsel. Mia kommt neben der Großmutter zu stehen.

»Alles Gute!«, flüstert sie und ist überrascht, dass die sehr alte Frau sich zu ihr umdreht. Mit zitternder Hand stützt Großmutter Barozzi sich auf ihrer Sessellehne ab und versucht aufzustehen. Mia will sich zu ihr hinunterbeugen. Die Clan-Großmutter winkt ab, stößt auch Mias Hand weg. Die Ewigkeit, die sie fürs Aufstehen braucht, ist schon wieder länger geworden, findet Mia. Ist die Großmutter krank? Sie ist auf jeden Fall gut gelaunt. Ihre Umarmung macht ihre Schattenhaftigkeit noch stärker deutlich, sie ist aber auch herzlich, sie geht Mia ans Herz.

»Mia«, sagt die Großmutter, »schön. Ich hab's dem Mario doch gesagt. Lass das Kind in Ruh, hab' ich gesagt, zu meinem Geburtstag ist sie wieder da. Aber jetzt, Mia, jetzt holst du mir einen Sherry, so einen dreifachen, wie du deinen Espresso trinkst. Die Langweiler meinen, Alkohol tut mir nicht gut. Was wissen die schon!«

Fokuswechsel. Sportwetten-Rob steht bei der Chefin der *Eden Bar*. Nagelstudio-Silvana trinkt mit einem Zuhälter aus Fünfhaus, der Name fällt Mia grad nicht ein. Polizeichef Braun tigert unauffällig durch die Menge, versucht freundliche Präsenz zu zeigen, ohne aufzufallen. Mario steht mit versteinerter Mimik neben einer Abordnung Georgier. Der Regionszuständige der Albaner. Fokuswechsel. Ein paar ältere Herren schreiten würdevoll die Treppe runter. Speckige Lederjacken, dicke Brillen und Pomade im Haar. Rote Wangen, Übergewicht und schlecht versteckte Schusswaffen. Dass sich die Mafia ihr Aussehen von Blockbusterfilmen diktieren lässt, findet Mia immer schon amüsant. Aber warum sollen sie sich auch nicht ein bisschen in Szene setzen, unantastbar wie sie sind? Mario könnte der Versuchung auch nicht widerstehen. Leider fehlt für einen Wiener Strizzi die Hollywoodvorlage. Fokuswechsel. Sophie und Fabio sind nicht zu sehen, stehen wahrscheinlich mit einer Zigarette vor der Tür. Oder eher: Sophie mit der Zigarette in der Hand, Fabio mit dem Feuerzeug, Sophie mit dem Redefluss, Fabio mit unruhigen Beinen, Sophie mit dem Augenaufschlag, Fabio mit der Aufmerksamkeit. Jetzt bloß nicht an Luzern denken. Stellungswechsel.

Bis zur Bar sind es nur ein paar Schritte. Sie bestellt bei Hassan einen dreifachen Sherry und einen ebensolchen Espresso. Rundumblick. Ion macht Anstalten, Richtung Bar zu gehen. In ihre Richtung.

Er wird von einem seiner Begleiter zurückgehalten. Susanne hat sich zu ihnen gestellt. Ion wird gebraucht. Wofür?

»Harter Tag, was?«

»Nicht so hart wie deiner.«

Hassan ist kaum zu erkennen. Er hat eine blaue Gesichtshälfte mäßig erfolgreich überschminkt. Die Schwellung verzieht sein Gesicht wie bei einem Picasso. Er bewegt sich vorsichtig, vermeidet ruckartige Bewegungen und die Nähe zu allem, was hart und fest ist: den Wänden, der Bar, dem Leben.

»Wo bist denn du dagegengelaufen?«

»Wurde abgefangen. Weißt eh, Gumpendorfer Straße, wir waren auf Tour. Hatten ordentlich Bares dabei. Sie waren mehr und besser bewaffnet.«

Mia zieht Luft zwischen den Zähnen durch, pfeift leise beim Ausatmen.

»Wer?«

»Abschaum. Wir haben ihnen das Zeug eh gegeben. Gab keinen Grund für grob. Völlig unnötig. Koksen wahrscheinlich zu viel. Und jetzt schau sie dir an: Schicken einfach wen und tun so, als gäb's keinen *beef* mit uns.«

Hassan spuckt aus, wischt die Spucke aber sofort weg. Wirft einen ängstlichen Blick auf Louise.

Mia sieht sich um. Die Georgier geben sich um Deeskalation bemüht. Mario ist tief in ein Gespräch verwickelt. Vielleicht bemüht er sich um ein Abkommen mit der Konkurrenz. Was wohl die Verhandlungsbasis ist? Mia legt kurz eine Hand auf Hassans Unterarm. Drückt. Mitleid ist unangebracht. Körperkontakt ist Trost. Hassan verschwindet in der Küche. Sie trommelt leise mit ihren Fingern einen Rhythmus auf die schmierige Oberfläche. Hört in sich hinein. Das Lied ist da. Kein breiter Strom heute, aber es fließt. Sie hätte nichts gegen *stealth mode*. Käme gern zu Ruhe. Möchte ein bisschen nachdenken. Über Fabio. Und Sophie. Ion. Der Clan. Die ganze Kunstscheiße. Ist sie sicher? Wenn schlecht zu scheiße wird, schießt es Mia plötzlich durch den Kopf, dann ist sie Ballast für die Familie. Etwas, das man leicht abwerfen kann, um die Spuren zu verwischen. Das hat Fabio doch gemeint in Luzern? Oder nicht? Sie tastet nach dem Bund ihres Rocks. Darin eingearbeitet ist ein Geheimfach mit Pass, Kreditkarten, Bargeld. Ein in die Kleidung eingenähter Fluchtweg.

Ein Blick über die Schulter. Das Familienkarussell hat sich weitergedreht, ohne dass Matthias, Louise und Mario sich mehr als einen halben Meter einander angenähert hätten. Susanne steht in Marios Nähe. Von Sophie und Fabio keine Spur. Mia dreht sich zurück zur Bar und starrt in Selinas ziemlich wütende Augen. Steckt wohl immer noch gelegentlich mit Hassan unter einer Decke.

»Sag deinem Vater, dass er sich bei mir melden soll. Pronto. Morgen in der *Susibar*.« Selina dreht sich um und verschwindet wieder in der Küche. Was macht die hier? Eines der *Susibar*-Mädchen, noch dazu eines, das sich für eine ernst zu nehmende Konkurrenz der Strichmundfrau zu halten scheint, sollte nicht hier sein. Darum versteckt sie sich wohl in der Küche. Der steht das Wasser bis zum Hals. Wie kommt sie sonst auf die Idee, dass Mia hilfreich sein könnte? Wie kommt sie auf die Idee, Mia hätte irgendeinen Draht zu Matthias? Sie greift nach dem Espresso und dem Triple-Sherry. Will zur Großmutter gehen, ihr ein Geschenk machen. Dreht sich um und rennt gegen Susanne. Die nimmt ihr das Glas ab, winkt Hassan und schickt ihn mit dem Sherry zur Großmutter. Mias »Danke, gut«, »Nicht viel«, »Alles beim Alten« quittiert sie mit einem nachdenklichen Blick.

»Du hast meine SMS nie beantwortet«, sagt Susanne schließlich. »Du hast Mario verärgert. Hast du alles unter Kontrolle? Muss ich etwas wissen?«

Mia versucht sich nichts anmerken zu lassen. Keine Anspannung. Keine Sorgen. Keine Entfremdung.

»Es gibt ein Konsortium, das kauft Kunst. Als Wertanlage. Sie haben ein neues Interesse an weiblicher Kunst. Als glaubten sie, Niki de Saint Phalle und andere würden in Zukunft beträchtlich im Wert steigen. In *naher* Zukunft. Weißt du etwas drüber?«

Mia schüttelt den Kopf.

»Was weißt du über den Diebstahl in Rom?«

Mia versucht ihr Gesicht still zu halten. Schaut auf den Boden.

»Dann halt nicht. Kümmere dich um Ion. Er ist wichtig für die Familie.«

Susanne wartet auf eine Reaktion, als keine kommt, lässt sie sich zurück in den Festtrubel ziehen. Grüßt viele, stellt sich kurz zu Mario und den Georgiern. Bleibt in der Nähe von Ions Familie. Mia bleibt in der Nähe ihrer Gedanken. Jetzt hat sie Susanne also enttäuscht. Es ist möglich, dass schlecht gerade zu scheiße geworden ist. Mia braucht einen Aktionsplan. Eine Absicherung. Eine Exit-Strategie. Die Versuchung, ihr Lied wachzurufen, ist größer als zuvor. Aber sie ist nicht hier, um zu verschwinden, sie ist nicht hier, um unterzutauchen.

»An was denkst du?«

Plötzlich steht Fabio neben ihr. Der dunkelbraune Anzug passt perfekt zu seiner Haut, zu seinen Haaren, zu seinen Augen. Den hat Sophie ausgesucht, da ist sich Mia sicher. Warum interessiert sich Sophie auf einmal für Fabios Kleidungsstil? Betont unbekümmert lehnt ihr *partner in crime* neben ihr an der Bar. Übertrieben gelassen legt er seinen Arm hinter Mias Rücken auf der Bar ab. Er riecht wie immer und ein bisschen nach Rauch.

»An Luzern«, antwortet Mia.

Fabio reagiert nicht. Schaut Mia an, mit einem Blick, aus dem sie nichts lesen kann, der ihr, der hartgesottenen Kriminellen, aber die Knie weich macht. Was ist denn los mit ihr? Sie lässt ein bisschen Schweigen zwischen ihnen stehen, bevor sie sich von der Bar abstößt.

»Pass auf deinen Anzug auf, die Bar klebt.«

Sie macht ein paar Schritte auf die Barozzi-Männer zu. Wäre doch gelacht, wenn sie nicht ein paar Worte zu ihrem Vater sagen kann, wäre doch gelacht, wenn Mario am Ende des Abends immer noch böse auf sie ist. Und falls doch, morgen Abend in der *Susibar* kann sie alles wiedergutmachen.

Schraubstockig und strichmundig

»Du musst jetzt tapfer sein, Maria.«

Schwester Bernadetta warf einen skeptischen Blick auf das vor ihr sitzende Mädchen. Die Schwester Oberin war nicht recht bei der Sache. Sie sollte Trost spenden, etwas sagen über Gott und seine Gnade und den Himmel und so weiter, aber erstens fand sie nicht, dass der Himmel ein geeigneter Aufenthaltsort für eine uneheliche Mutter war, und zweitens fiel es ihr schwer, die Ringe unter den Augen und die getrockneten Tränen für bare Münze zu nehmen. War nicht genau *dieses* zerknirschte Mädchen ein paar Tage nach ihrer letzten Unterredung verschwunden, ausgerissen, einfach abgehauen? So als kümmerte sie sich gar nicht um die Mutter und deren Sorgen? Ganz zu schweigen vom Ruf der Klosterschule. Wie die Mutter, so die Tochter. Jetzt saß Maria vor ihr, als wäre nichts gewesen, saß im Unterricht, nahm an den Chorproben teil. Sie hätte die Chorteilnahme nicht erlauben sollen. Sie war weich geworden. Maria, hatte Schwester Dorothea appelliert, singe doch so gern. Und die anderen Mädchen sporne es an.

Johanna Bauernfeind war also tot. Auch dazu hätte Schwester Bernadetta etwas zu sagen, wenn jemand danach fragte. Bei jedem Kirchgang – Johanna Bauernfeind war in der Einhaltung ihres Versprechens gründlich gewesen – war ihr deren Blässe ein Dorn im Auge gewesen. Sie hatte zuerst an Drogen gedacht, sich dann aber selbst eine Närrin geschimpft. Sie sollte nicht auf die einfachen Antworten hereinfallen, auch wenn diese ihr verführerisch vor der Nase herumtanzten. Aber sie machte sich nichts vor: Johanna Bauernfeind hatte keine Drogen genommen, Johanna Bauernfeind, da würde sie einiges drauf verwetten, war auch nicht krank gewesen. Sie nahm an, Johanna Bauernfeind hatte einfach genug gehabt von allem und Mittel und Wege gefunden. Das war eine Sünde. Eine schwere. Und jetzt sollte sie, Schwester Bernadetta, der Tochter dieser Sünderin etwas vom Himmel erzählen. Nur weil im Totenschein etwas Unauffälliges stand. Herzversagen, wahrscheinlich.

»Wann ist das Begräbnis? Natürlich. Am Sonntag. Nun ja, ich nehme an, dass unser Chor dort singen wird. Es würde seltsam aussehen, wenn du nicht mitsingen würdest, aber in Anbetracht der Tatsachen und aus Respekt vor deiner Trauer und angesichts deiner emotionalen Instabilität kann ich dir natürlich keinen Solo-Part geben. Aus der Übung bist du ja auch.«

Maria zuckte bei der Erwähnung des Chors kurz zusammen, fiel aber sofort wieder in ihre starre Position zurück.

Beim Begräbnis trug sie einen dunkelblauen Faltenrock, eine weiße Rüschenbluse unter einem schwarzen Pullover und Lackschuhe, die drückten. Ihr Großvater neben ihr schaute fassungslos auf den aufgebahrten Sarg. Maria dachte darüber nach, dass sie auf der Suche nach den zu kleinen Lackschuhen den Schuhkarton ihrer Mutter in ihrem Schrank versteckt gefunden hatte. Sie hatte ihn nicht aufgemacht, sich nur darüber gewundert, wie er dahin gekommen war, was sich ihre Mutter wohl dabei gedacht hatte, als sie ihn unter ihren Winterpullis hervorgeholt und in den Schrank ihrer Tochter geräumt hatte.

Der Großvater griff nach ihrer Hand. Er hielt sie fest. Er tat ihr weh. Er sah sehr alt aus. Der Gottesdienst zuvor war eine Tortur gewesen. Schwester Bernadetta hatte sehr konkrete Anweisungen gegeben und die Chorleiterin war auf Marias Feilschen gar nicht erst eingegangen. Sie solle sich schämen. Ihre Mutter sei tot und das Einzige, woran sie denke, wäre ein Solo-Part.

Maria hatte, wie von Schwester Bernadetta angeordnet, in der zweiten Reihe stehen müssen. Immerhin hatte sie durchsetzen können, dass der Chor Johannas Lieblingslied einstudiert hatte, oder zumindest eines, das ihr gefallen hätte: *Amazing Graze*. Bei der zweiten *bridge* verpatzte sie dann absichtlich den Einsatz. Schwester Dorothea schaute so verdattert, dass Maria den nächsten Einsatz fast wirklich verhaut hätte. Aber ihre Mutter würde wissen, warum sie sich versungen hatte, ihre Mutter hätte verstanden, dass sie gehört werden wollte, wenn sie Abschied nahm, und wenn sie dafür *falsch* singen musste, dann musste sie das eben tun. Die Idee war ihr gekommen, als der Chor ordentlich und gemessen den Kirchengang entlangging. Sie hätte beinahe aufgelacht, so einfach und schön erschien ihr die Lösung. Dann investierte Maria ein paar Sekunden und dachte darüber nach, was das eigentlich hieß, falsch singen. Ein bisschen zu tief, vielleicht. Nein, besser zu früh, aber laut und überzeugt. Ein bittersüßer Ton, dachte sie, und überholte den Chor, als er sich bei *that saves a wretch* motiviert in die Kurve legte.

Marias Hand tat weh, ihr Großvater spielte Schraubstock mit ihr und hatte sich nicht besonders gut unter Kontrolle. Maria dachte darüber nach, ob ihre Mutter stolz auf sie wäre, ob sie ihr den Ausflug in die Stadt vergeben hatte. Bei ihrer Rückkehr hatte sie nicht viel zu ihr gesagt, sie nur in die Arme genommen, und Maria war erschrocken, wie wenig ihre Mutter geworden war, wie wenig Körper. Der Großvater hatte ihr jeden Abend beim Essen mit der Einlieferung ins Krankenhaus gedroht, aber Johanna Bauernfeind hatte immer nur müde abgewinkt. Als er seine Drohung wahrgemacht hatte, war es zu spät gewesen. Maria verstand nicht, was genau passiert war, der Arzt hatte ernst und wütend zugleich ausgesehen.

Vorher in der Kirche glaubte sie einen Augenblick lang, sie hätte Matthias gesehen, ganz hinten, halb von einer Säule verdeckt. Aber jetzt war er nicht zu finden und sie konnte schlecht nach ihm suchen, mit ihrem Schraubstockgroßvater an der Hand. Viele aus dem Dorf waren gekommen, um Johanna Bauernfeind das letzte Geleit zu geben. Maria und der Großvater drückten Hand um Hand um Hand und es nahm kein Ende. Sie müsse jetzt stark sein. Sie müsse jetzt besonders brav sein und lieb zu ihrem Großvater. Schön habe sie gesungen. Behüten möge sie wer.

Theresa stand bedrückt in einer Ecke und winkte ihr zu, wann immer sie konnte. Reni, Johannas beste Freundin aus Schulzeiten, war völlig außer sich. Schon in der Kirche hatte sie ihr Schluchzen kaum unterdrücken können, jetzt drückte sie Maria an sich und flüsterte ihr zu, dass es so vielleicht das Beste sei und dass Johanna sicher glücklich sei, dort wo sie jetzt wäre, und wie hätte sie nur einfach so gehen können, und was solle denn jetzt werden, und sie verstehe es einfach nicht und was solle sie, und wie gehe es dem Großvater und kämen sie zurecht und warum hätte sie denn nichts, aber sie hätte einfach nichts bemerkt. Und sich zum nicht Bemerkten nichts gedacht.

Alle kamen mit zum Leichenschmaus. Der Großvater saß schweigend am Tisch. Als er sich, Maria hinter sich herziehend, verabschiedete, blieben die meisten sitzen und tranken weiter.

Das Wohnzimmer war zu groß für die beiden. Der Großvater saß in seinem Lieblingssessel und starrte ins Leere. Marias Mutter hatte nicht mehr viel Luft verdrängt in der letzten Zeit, aber die Leere, die sie zurückließ, war enorm. Maria konnte kaum atmen. Sie dachte an die Schuhschachtel und darüber nach, warum sie solche Angst davor hatte, sie aufzumachen.

Es läutete an der Tür. Der Großvater reagierte nicht. Es war offensichtlich, dass er niemanden sehen wollte. Maria war unschlüssig. Jede Ablenkung war ihr willkommen, na ja, fast jede. Sie wusste nicht, wie sie den Abend hinter sich bringen sollte, sie wusste nicht, was sie zum Großvater sagen sollte. Sie wusste, warum ihr so zum Heulen war, aber sie wusste nicht, warum sie nicht weinen konnte. Sie ging zur Tür und war diffus erleichtert, als Matthias vor ihr stand. Beinahe freute sie sich sogar über die Frau mit dem Strichmund, die neben ihm stand.

Luzern in the sky with diamonds

Seit sie denken kann, denkt Mia besser, wenn sie singt. Seit sie singen kann, kann sie das Denken gelegentlich auch abschalten. Die *Susibar* ist kein Ort zum Denken, die *Susibar* wird selten mit Denken in Verbindung gebracht. Die Tänzerinnen haben Mia mit einem barschen »Wurde aber auch Zeit« begrüßt. In Selinas Kopf hat Mias Achselzucken eine Gedankenspirale in Bewegung gesetzt, schließlich war das Achselzucken die Antwort auf ihre Frage nach Matthias. Aber Matthias auf Selinas Auftauchen beim Fest hinzuweisen, warum hätte Mia das tun sollen? Jede hat ihre eigenen Sorgen und Selinas Sorgen waren ihr immer schon egal. Wenn sie an früher denkt ... An die Selina von früher, an die frühreife, blasierte *bitch*, die ihre Vorteile immer gegen Fabio und Mia und die anderen ausspielte ... Warum sollte Mia auch nur *einen* Finger für sie krumm machen? Selinas Gedankenspirale schraubt sich nach unten, ihre Mundwinkel auch. »Was weißt du schon von Matthias' Plänen?«, zischt sie, dann dreht sie Mia mit dramatischer Geste den Rücken zu. Der Kommentar trifft, obwohl Mia am Vorabend genau das Gleiche gedacht hat.

»Matthias kommt nicht«, gönnt sie sich eine billige Rache, obwohl sie das, genau genommen, nicht weiß. Aber die Chancen stehen gut. Matthias lässt sich zurzeit nicht oft in der *Susibar* sehen. Vielleicht fällt Selina ihm lästig. Vielleicht hat er auch einfach eine neue Lieblingsbar gefunden. Selina bewahrt Haltung. Aber ihre Angst ist spürbar. Blütezeiten haben ein Ablaufdatum. Selinas Aufblühen hat früh eingesetzt. Noch kann sie das Verblühen mit Schlaf, Cremes und Lichteffekten hinauszögern, aber dreißig ist sie jetzt auch schon und die Karte, auf die sie gesetzt hat, zeigt wenig Stichkraft. Mia kann Selina gut verstehen. Matthias ist auch in ihrem Leben eine große Unbekannte. Mitgefühl mit Selina hat sie aber keines.

Jonas hat ihr mit einem halb leeren Wodka-Tonic-Glas zugeprostet, den Drink hinuntergestürzt und einen neuen bestellt. Bin gleich fertig, sollte das heißen, oder: Wir können gleich loslegen, dann, wenn sich das Zittern in der Hand etwas gelegt hat. Mia ist im Umkleideraum verschwunden und hat sich einen goldglitzernden Body in die Hand drücken lassen, obwohl sie Gold nicht mag. Sie hat den schwarzen Wickelrock von gestern über den Body drapiert. In den breiten Stoffgürtel ist ein Geheimfach eingearbeitet. Im Geheimfach warten ein Reisepass (eine den Barozzis unbekannte Fälschung), eine Kreditkarte (nicht geklaut, dafür gedeckt), ein Zettel mit Zugangsdaten zu verschiedenen Bankkonten. Ihr Sparbuch: anonym und ein Andenken an ihre Mutter. Das Geld hat vorwiegend Mia eingezahlt.

Mia ist bereit zum Verschwinden. Ohne mit der Wimper zu zucken, könnte sie alles hinter sich lassen. Einfach abhauen. Noch fühlt sie sich gehalten, noch findet sie Gründe zum Bleiben: Fabio und Sophie. Matthias. Mia fühlt sich nicht gefährdet, aber zunehmend prekär. Mia mag den Gedanken einer allzeit bereiten Exit-Strategie, führt gerne ihre Reißleine mit sich.

Selina ändert ihre Strategie. Sie beugt sich über Mia, nimmt ihr das Puder aus der Hand, macht sich bereit, ihr beim Schminken zu helfen. Aus der Nähe sieht sie anders aus. Älter, denkt Mia zuerst. Krank, entscheidet sie sich um. Irgendwie fertig. Vielleicht Drogen. Arbeiten in der *Susibar* ist wie *crystal meth*, nur langsamer: Am Anfang fühlst du dich mächtig, begehrt, beschleunigt, aber die Kohle kriegt immer wer anderer, die Batterie ist irgendwann leer. Schlecht für die Zähne ist es auch. Als Selina über einen Witz, den eine der Tänzerinnen gemacht hat, lacht, sieht Mia eine Zahnlücke aufklaffen, die ihr neu ist. Selina macht sich immer noch an ihrem Gesicht zu schaffen. Ihre Hände sind Mia vertraut, beinahe zärtlich. Kann sein, dass sie sich nicht sonderlich mögen. Aber sie kennen sich schon lange. Das zählt auch. Selinas Finger morsen ihr etwas auf die Haut. Mia fehlt leider die Lesefähigkeit. Früher hat die Vi sie öfter geschminkt. *Die Vi.* Mia denkt an ihre Stimme, an ihr Charisma, an das Loch, das sie in Mias Leben hinterlassen hat. Es ist nicht das erste. Da ist Theresa, die Kindheitsfreundin. Da ist Matthias, der nie auf irgendwas reagiert. Da ist Schwester Dorothea. Da ist Reni, die Freundin ihrer … Da ist die Mutter, die weniger und weniger geworden ist und dann war sie weg. Mias Innenleben ist so zugespachtelt wie ihr Gesicht unter dem Bühnen-Make-up. Sie ist ein zubetoniertes Sumpfgebiet. Da lebt nicht mehr viel. Da wurde planiert und asphaltiert und jetzt ist sie ein Parkplatz, auf dem selten ein Auto steht und nie für lang. Außer Fabio. Außer Sophie, auch wenn die oft auf Mia vergisst. Außer Susanne, auch wenn die gerade von ihr enttäuscht ist. Mia kann noch nicht weggehen. Sie ist hier noch nicht fertig.

Bleiben also. Aufstehen. Durch die Tür gehen. Bühnenschatten suchen. Singen. Sie sieht aus den Augenwinkeln, wie Jonas von der Bar wegstürzt. Soll er rennen. Nur um ihn zu ärgern, beginnt sie mit Queen: *Radio Gaga*. Aber Jonas ärgert sich nie. Die *Susibar* ist eh fast leer, da ist ein kleines Experiment wirklich kein Problem, da darf Mia mit Queen auch mal aus der Rolle fallen.

Die erste Besucherspitze ist schon auf dem Weg zu Kind und Kegel, ist nach erfolgreichem After-Work-Poppen bereit für den Abend mit der Familie. Die zweite Besucherwelle lässt noch auf sich warten. Mia sucht im Dunkeln nach bekannten Gesichtern. Sie kennt Jonas, klar, sie kann Selina mit einer der anderen an der Bar lehnen sehen, beide mit einem Gin-Tonic in der Hand, den kein Kunde für sie gezahlt hat; die Kunden sitzen vereinzelt im Dunkeln. Selina hat sich vorerst freigegeben. Sie kennt Hassan hinter der Bar, sein Gesicht verfärbt sich grad grünlich, zeigt schon ein paar gelbe Stellen.

Die *Susibar* im Auge behalten, das schafft sie mit *einer* Hemisphäre. Die andere Gehirnhälfte muss sich dringend um was anderes kümmern. Was genau ist in Luzern passiert? Was genau hat sich in Luzern verändert? Luzern war doch nur ein Tagesausflug, Luzern war doch nur einen Tag lang so tun, als wären Fabio und sie ein Touristenpärchen und nicht Schmalspur-Bonnie und Möchtegern-Clyde. Mia und Fabio sind nach Luzern gefahren, um Geldtaschen zu angeln. Weil sie keine Lust auf Zürich hatten. Dann hat sie der altmodische

Charme der Stadt für sich eingenommen, beim Überqueren der Kapellbrücke haben sie sich, ohne groß darüber zu reden, darauf geeinigt, dass sie blaumachen wollen. Nur rumlaufen, in ein Restaurant gehen oder noch besser: einen Burger essen. Auf keinen Fall an einem Plan rumtüfteln, nicht an die *Art Basel* denken. Kein Ziel haben, aber dafür begrenzte Geldmittel, so wie *echte* Menschen, so wie die anderen. Sie haben zwei Ami-Gören ins Visier genommen, haben sich ihnen an die Fersen geheftet, unbemerkt natürlich; Mia sowieso, aber auch Fabio hat sich als verdeckter Ermittler ganz gut gemacht. Die zwei Mädels waren ein Volltreffer. Es gibt keine besseren *tourist guides* in Sachen planloses Flanieren, als zwei amerikanische Mädchen auf dreiwöchiger Europareise.

Mia hat irgendwas mit einem Löwen gesehen und den See natürlich, wie sollte man den auch übersehen? Wieder und wieder die Kapellbrücke und die ganze gnadenlose Postkartenschönheit von Luzern als Gesamteindruck, den die beiden Amis mit »awesome!« kommentiert haben. Mit müden Füßen sind sie den Frauen gefolgt, hoffend, dass die nicht durchmachen wollen oder auf einer Parkbank schlafen, aber nein: Die Unterbringung war ein weiterer unverhoffter Volltreffer. *Welcome to the Jailhotel*, bitte erwarten Sie keinen Komfort.

Und dann liegen Fabio und Mia auf einer durchgelegenen Doppelmatratze, fast so groß wie der Raum selbst, umgeben von authentisch dicken mittelalterlichen Steinmauern. An Ausbruch, also Ausgehen ist nicht zu denken, an das Bestellen einer Pizza auch nicht, das würde die Atmosphäre zerstören. Die dicke Holztür mit Eisenbeschlägen und Sichtfenster wird sich erst wieder für das Frühstück öffnen. So haben sie es ausgemacht. Sie spielen Gefängnis. Aber *for real*. Beide haben Hunger. Beide hätten Lust auf ein Bier oder einen Cocktail. Aber, so Fabio, eigener Wille und Jailhotel, das passt nicht zusammen.

»Stell dir Matthias in so einer Zelle vor«, lacht Mia plötzlich.

»Nicht lustig«, kommentiert Fabio, dem irgendwas die Laune verdirbt, »stell dir lieber *mich* vor. Oder *dich*.«

»Oder Sophie«, lacht Mia immer noch.

»Sophie musst du dir nicht vorstellen«, bleibt Fabio ernst. »Bevor Sophie im Gefängnis sitzt, sitzen *wir*. Dafür sorgt der Clan. Frag doch den Matthias. Bevor denen was passiert, passiert es dir. Oder, noch wahrscheinlicher: *mir*!«

Eigentlich lacht Mia immer noch. Der Tag ist perfekt. Der Ausflug hat jede Menge Anspannung von ihrem Zwerchfell genommen. Dann denkt sie daran, dass sie immer ermutigt wird, alleine auf Tour geht, ohne Sophie. Sie denkt daran, dass sogar das Flüstern verstummt, wenn Mia nach dem Grund für Matthias' Einsitzen fragt. Sie denkt daran, dass sie zwar falsche Pässe besitzt, aber kaum einen, den die Familie nicht kennt. Und den hat sie sich nur besorgt, weil sie Susannes Aussagen zu Ende gedacht hat. Und aus einem diffusen Unbehagen heraus. Bisher hat sie sich beschützt gefühlt, von Matthias und ihrem *Standing* in der Familie. Auf jeden Fall beschützter als ihre WG-Freunde. Aber was, wenn Fabio recht hat? Was, wenn Fabio mehr darüber weiß, was damals mit Matthias passiert ist? Was, wenn ihre eigene Vorsicht nicht genügt? Sophie ist nicht besonders gründlich in ihren Vorsichtsmaßnahmen. Sophie denkt nicht nach, bevor sie etwas tut – *fuck the consequences.*

»Was ist mit Matthias?«, flüstert sie.

»Shhht«, macht Fabio und nimmt ihre Hand. »Nicht heute. Das verdirbt uns nur den Abend.«

Seine Finger wandern über ihren Unterarm.

»Wenn wir schon Knastbruder und Knastschwester sind, Mia«, sagt er, »dann müssen wir rummachen. Das gehört sich so. Gibt ja keinen Fernseher oder sonst irgendeine Ablenkung.«

Mia findet die Argumentation wenig schmeichelhaft, aber auch keinen Grund, Fabio von sich zu weisen, als er erst ein Bein über sie legt und dann den Oberkörper nachschiebt. Sie hat Fabio immer schon gern geküsst, hat seine Haut immer schon gern auf sich gespürt. Fabio und Mia sind Freunde, kein Paar, daran ändert auch der Hautkontakt nichts, schon seit Jahren ändert der Sex daran nichts. Sie sollte ihn nach Sophie fragen, was sie in Rom gemacht hat zum Beispiel, warum Fabio sie nach Rom mitgenommen hat. Aber das ist anstrengend, Mia ist müde, Wien ist weit weg. Mia ist heute nichts als Haut und Sinnlichkeit, ihr Sinn für später versteckt sich sonst wo. Sie kann ihn morgen fragen oder post-sex oder in einer Woche. Sie löst sich von Fabio, zieht ihr T-Shirt über den Kopf und knöpft sein Karo-Hemd auf.

»Schade, dass dein Hemd nicht gestreift ist.«

Das ist, woran Mia denkt, wenn sie an Luzern denkt. Sie lässt den Blick durch die Bar gleiten: Mario ist gekommen und lächelt zufrieden. An der Stange tanzt ein Mädchen, das sie nicht kennt, und das, aber das ist nur Mias Meinung, noch ein paar *moves* lernen muss. Die kleinen Marmortischchen mit den gemütlichen Polstersesseln haben sich gefüllt. An einem Ecktisch hockt Ion, scheint sie zu beobachten. Prostet ihr zu, als er bemerkt, dass sie in seine Richtung schaut, dass sie aus ihrer Trance wieder aufgetaucht ist. Mia hat keine Ahnung, wie viel Zeit vergangen ist, seit sie ihre Denk-Sing-Session gestartet hat. Sie hört sich selbst zu. *Desire is hunger is the fire I breath.* So schlecht kann es gar nicht sein, wenn man beim Denksingen bei Patti Smith landet: *Because the night.*

Susanne, denkt Mia weiter, Susanne wäre mit dem Ergebnis ihres Denksingens nicht unzufrieden. Jetzt wäre es nur gut zu wissen, was das Ergebnis eigentlich war.

Strichmundschule

Die Frau mit dem Strichmund hieß Louise. Jeden Tag beim Aufwachen sagte Maria sich den Namen vor. Sie hatte Angst, die Frau versehentlich »Strichmund« oder irgendwas anderes Blödes zu nennen. Maria wollte sich nicht darauf verlassen müssen, dass die Strichmundfrau Humor hatte. Sie konnte sich aber genauso wenig dazu entschließen, sie im Kopf Louise zu nennen. Matthias war verschwunden. Maria hatte keine Ahnung, wo er war. Irgendwo in der gleichen Stadt, nahm sie an, aber er wohnte woanders, er wohnte bei der Strichmundfrau und bei Sophie und war so wenig greifbar wie vor ein paar Monaten, als sie noch nichts von seiner Existenz gewusst hatte. Maria wollte sich nicht eingestehen, dass er ihr fehlte. Sie kannte ihn ja gar nicht. Louise, und das fand Maria gut, wohnte ebenfalls nicht mit ihr in einer Wohnung, schaute aber oft vorbei, um nach dem Rechten zu sehen.

Die Wohnung, in der Maria wohnte, war unübersichtlich. Jedes Mal, wenn sie einen Gang entlangging, landete sie in einem Zimmer, mit dem sie nicht gerechnet hatte. Es gab Stiegen, es gab Türen, es gab Zimmer hinter den Türen. Maria hatte Heimweh nach den klaren »Hier muss ich draußen bleiben«-Richtlinien der Klosterschule. Sie fürchtete bei jeder Tür, die sie öffnete, dahinter jemanden bei etwas zu überraschen. Ob sie vor dem *jemanden* oder dem *etwas* mehr Angst hatte, wollte sie gar nicht so genau überprüfen.

Susanne tauchte häufig aus einer der Gangfluchten auf. Es gab Kinder, jünger als sie, aber auch ein paar ältere. Die Jungen wohnten zu zweit in einem Zimmer, zu dritt oder zu viert, die Älteren manchmal auch allein. Maria hatte ein Zimmer für sich, das war gut. Sie nahm an, dass die Strichmundfrau dafür gesorgt hatte, oder Matthias. Sie hatte auch einen Schlüssel für die Zimmertür. Aber ein Schloss, das hatte sie hier schnell gelernt, war ein Ziergegenstand, nichts weiter.

In diesem Haus zu wohnen, fühlte sich beinahe so an wie im Internat. Am Vormittag wurden sie mit einem Kleinbus zu verschiedenen Schulen gebracht, nach dem Unterricht dort auch wieder abgeholt. Am Nachmittag gab es Förderunterricht unter Susannes Leitung und Halbtagesausflüge. Beim Förderunterricht steckte Maria in der Gruppe der Allerkleinsten, was sie wurmte. Aber jedes Mal, wenn sie dachte, jetzt hätte sie es geschafft, jetzt würde sie endlich aufsteigen, damit sie nicht mehr ganz so auffällig die Größte ihrer Gruppe wäre, bimmelte die Kleiderpuppe wie wahnsinnig, oder sie hatte wieder einen peinlichen Fehler beim Fluchtweg-Suchbild oder Wertsachen-Memory gemacht, oder sie konnte nicht erkennen, ob eine Überwachungskamera bloß eine Attrappe war oder echt.

Die anderen in der Gruppe lachten sie aus, freundlich und überlegen. Nur einer hielt sich mit seinem Spott zurück. Er hieß Fabio und war eigentlich auch schon zu alt für die Gruppe. Fabio hatte keine Probleme damit, eine Geldbörse aus den Taschen der mit kleinen Glöckchen gesicherten Puppe zu ziehen, seine Hände waren flink und geduldig zugleich. Er hatte Schwierigkeiten mit den anderen Lerninhalten, war gerade erst aus Italien hergezogen und sein Deutsch noch nicht auf Augenhöhe.

Die anderen Kinder trainierten auch am Wochenende. Mia hingegen wurde jeden Samstag gegen Mittag von der Strichmundfrau, »Louise«, flüsterte Maria sich den Namen leise vor, abgeholt. Dann wurde sie in eine Badewanne gesteckt, so als ob die Strichmundfrau nicht so recht davon überzeugt war, dass Marias Wohnung ein Bad hatte, obwohl sie die doch bei jedem Besuch inspizierte. Danach musste Maria seltsame Kleider anziehen und den ganzen Nachmittag durch die Wohnung spazieren, sich setzen, aufstehen, eine Tasse Tee trinken, ins Nebenzimmer gehen, wieder hereinkommen, klopfen, knicksen, das Besteck anders halten und ganz anders sprechen. Am Ende durfte sie noch kurz mit Sophie spielen. Sophie war die Tochter der Strichmundfrau. Nicht die Tochter von Matthias. Sophie war eine *echte* Barozzi. Vielleicht achtete Matthias deshalb so darauf, Sophie zu bevorzugen, wenn er manchmal vorbeischaute, ein kleines Geschenk brachte und nach ihrem Tag fragte. Samstag spätabends fiel Maria wie gerädert ins Bett, der Strichmund verfolgte sie bis in ihre Träume und wurde in diesen gerader und gerader, schmaler und schmaler. Sonntags wurde sie zum Barozzi-Familientreffen mitgenommen. Matthias bestehe darauf, so Louise mit sehr schmalem Mund. Immerhin.

Bei den Barozzi-Familientreffen saß die sehr alte Frau am Kopfende des Tisches und viele der Gespräche der Barozzi-Familie drehten sich um sie. Andere Gespräche drehten sich um früher. »Dein Großvater, Mario, der hatte Format. Das war ein anderes Kaliber. Gezittert haben sie vor dem.« Die Männer standen im Zimmer herum, bis sie eine Ausrede fanden, um zu verschwinden. Sie tranken sich in Stimmung. Riefen sich gegenseitig zum Telefon oder ins Hinterzimmer. Wenn Gäste da waren, bekam Maria von den Männern und auch von Susanne nur wenig zu sehen. Matthias lächelte ihr gelegentlich aus der Ferne zu, wusste aber nichts zu ihr zu sagen und machte sich auch nicht die Mühe, darüber nachzudenken.

Susanne war nicht bei jedem Treffen dabei, aber oft genug. Sie ist keine Barozzi, genau wie du, erklärte ihr die altkluge Sophie, die immer da war und meistens mit ihr spielte. Onkel Mario hätte sie nie geheiratet, außerdem mochte die Omama ihren Kleidungsstil nicht. Oder ihre Mutter. Erst als Sophie das sagte, fiel Maria auf, dass Susanne wirklich immer diese rotstichig verwaschene Kleidung trug und immer verschiedene Schichten übereinander.

Trotzdem freute Maria sich auf die Sonntage. Denn nach dem zweiten Gang und vor dem Dessert befragte die sehr alte Frau, Sophies Omama, ihre Enkelin üblicherweise nach Fortschritten am Klavier, die diese genauso üblicherweise *nicht* gemacht hatte. Nach einer besonders übungsfaulen Woche hatte Sophie sich daran erinnert, dass Maria ihr vom Chor erzählt hatte und winkte sie zu sich ans Klavier. Sie stellte fest, dass ihre mangelnde Fingerfertigkeit sich ganz gut hinter Marias Stimme verstecken ließ. Falls die sehr alte Frau den Trick durchschaute, ließ sie es sich nicht anmerken und nahm Marias Vorsingen gut gelaunt zur Kenntnis. Die Woche darauf stellte sie vor Beginn des Hauskonzerts sogar das Hörgerät lauter. Manchmal wanderten ihre Augen unverwandt zwischen den Familienmitgliedern hin und her, manchmal schimmerten ihre Augen, wenn Maria ein Lied sang, das sie besonders mochte. Maria versuchte, sich diese Lieder zu merken. Als Susanne an einem dieser Sonntage zuhörte, fragte sie nach dem verebbten Applaus leise, ob Maria eigentlich Gesangsunterricht erhalte.

Der Strichmund wurde wieder etwas schmaler. Maria habe auch so noch sehr viel zu lernen, wenn schon etwas Zusätzliches, dann wohl Ballett, sehe denn niemand außer ihr diese entsetzliche Haltung und die mangelhafte Anmut, sie wisse gar nicht, wie sie das alles schaffen solle, vielleicht sei es auch schon zu spät, aber niemand könne sagen, sie habe sich nicht redlich bemüht.

Matthias schaute nachdenklich in Marias Richtung. Dann lächelte er. Wenn sie Lust hatte … Wenn sie sonst zurechtkam … Maria bekam vom Familienrat Gesangsunterricht bewilligt, zweimal die Woche, unter der Bedingung, jetzt aber wirklich mal Fortschritte zu zeigen. Ausbildung sei wichtig. Ohne Bildung, wie solle da das Geschäft florieren?

Zwei Wochen später stiegen sie und Fabio eine Altersgruppe auf. Louise verzichtete immer öfter darauf, Maria schon am Samstag abzuholen. Die Sonntage aber, das Familienessen, das Vorsingen, das Plaudern mit Sophie, das alles blieb.

Schlafende Hunde

Die *Susibar*-Tür fällt hinter Mia zu. Die Helligkeit ist ein Schlag ins Gesicht. Es ist so spät geworden, dass es früh ist. Am Gürtel Verkehr. Ganz unmetaphorisch. Ohne Rotlicht, aber mit schlechter Laune, Abgasen, Hupkonzert und überhaupt keiner Bereitschaft, für den Nächsten zu bremsen. Das Licht ist verwaschen. Der Dreck. Der Lärm. Der Gestank. Das ist Mias Leben. Das abgegriffene Pink der *Susibar*. Das Grau der nächtlichen Beutezüge. Das Zerren der Familie. Das Taxi, das nicht zu bekommen ist, wenn sie wieder mal viel zu spät aus der *Susibar* rauswankt. Das reicht nicht. Müde greift sie nach ihrem Handy und ruft ein Taxi. Fällt sie halt auch heute wieder wie ein Klotz ins Bett. In *ihres*. Nicht in Fabios. Der macht sich rar. Schläft oft woanders. Steckt, wenn er in der Wohnung ist, mit Ion zusammen. Freut sich offensichtlich, dass einer der Jungs in die WG verpflanzt wurde. In der Leitung tutet etwas, schaltet um auf Warteschleifenmusik. Hoffentlich hat Falco einen Anwalt, der die Rechte auch nach seinem Tod verwertet. Jede zweite Wiener Firma spielt Falco auf ihrem Anrufbeantworter. Fast so schlimm wie Mozart. Ein Auto bremst scharf, löst ein Hupkonzert und eine Fastkarambolage aus. Mia macht sich nicht die Mühe, hochzusehen.

»Mia!«

Ion. In einem Auto, das nicht zu ihm passt. Oder doch. Ein verbeulter Polski Fiat. Türkis. In die Jahre gekommen. Aber die Reifen sind so neu, dass es Mia misstrauisch macht.

»Ich bring' dich heim.«

Mia versucht sich ihre Erleichterung nicht anmerken zu lassen. Sogar Ions Gesellschaft ist besser als *Susibar*-Blues allein. Sie lässt das Handy in ihre Hosentasche gleiten, faltet sich in das schuhschachtelgroße Auto.

»Deins?« Die Ironie in ihrer Stimme prallt an Ion ab. Sein Lächeln verrät echten Besitzerstolz. Jeder nach seiner Fasson.

Der Innenraum des Autos ist erstaunlich gemütlich. Wie bei der Bereifung hat Ion auch hier nicht am Geld gespart. Das Soundsystem tiefstapelt äußerlich, aber der Klang lässt Zweifel daran aufkommen, dass die Boxen original sind. Aus dem Kassettenschlitz hängt ein Kabel. Daran hängt ein ziemlich slickes MP3-Device. Aus den Boxen pumpt was Gutgelauntes.

»*Parazitii*, rumänischer Hiphop.« Ion hat ihren Blick offensichtlich bemerkt.

Mia stößt mit dem Fuß gegen eine silberne Thermosflasche. Greift danach. Schraubt den Verschluss auf. Riecht. Sie weiß nicht, was sie erwartet hat. Eiskaffee mit Rum? Kühl gelagerten Rotwein? Es riecht ekelerregend.

»Was ist das?«

»Wie *Red Bull*, aber Eigenbau. Rezept von meiner Bunica, meiner Oma.«

»Was ist drin?«

»Alles, was beschleunigt. Kaffee, mit Kräutern versetzter Honig, Chili, Ochsengalle. Meine Oma hat immer auch ein bisschen Amphetamin reingemischt, aber das ist nichts für mich. Kannst du kosten …«

Mia nimmt einen Schluck. Es schüttelt sie, aber der Schock rückt sie zurecht. Macht sie wacher. Sie fahren immer noch den Gürtel entlang, sind schon fast bei der Spittelau. In der Tiefgarage der Wirtschaftsuni parkt Ion den Wagen.

»Was soll das? Ich dachte, du bringst mich heim.«

»Wir müssen einen Umweg machen.«

Ion greift nach hinten, zieht eine Laptoptasche nach vorne. Packt aus und legt Mia ein *ThinkPad* auf den Schoß, das neu aussieht.

»W-Serie«, kommentiert Ion, als müsste ihr das was sagen. »Klapp es auf.«

Das Notebook fährt hoch, war nur im Schlafmodus. Ion nickt ihr zu.

»Welches Passwort?«

Ion grinst und zeigt auf den Fingerabdruckscanner. Mia wirft ihm einen verärgerten Blick zu.

»Probier's einfach.«

Mit dem Daumen verreibt Mia ein bisschen Schweiß auf ihrer Fingerspitze. Sie zieht den Finger über den Scanner. Staunt, als auf dem Bildschirm ein grünes Häkchen anzeigt, dass ihr Abdruck akzeptiert wird.

»Wie zum Teufel ...«

Ion trommelt mit seinen Fingern auf dem Lenkrad. Scheint zu überlegen. Dann lächelt er sie an. Offen. Ohne Hintergedanken. So, als hätte er ihr nicht gerade offenbart, dass er im Besitz ihrer Fingerabdrücke ist.

»Kennst du Magdalena Zeiser?«

Mia zuckt vage mit den Achseln. Es ist einer ihrer gefälschten Pässe. Einer von denen, die die Barozzis kennen. Einer von den biometrischen. Falls sie mal in die Staaten muss. Aber woher weiß Ion von Magdalena Zeiser? Er hat jedenfalls keine Lust mehr auf Frage-Antwort-Spiele. Schaut unbeteiligt aus dem Fenster und pfeift. Der Computer hat sich hochgefahren. Auf dem Desktop ist nur ein einziges Icon. »Mia« steht drunter. Sie doppelklickt. Was soll sie auch sonst tun. Die etwas altmodische Oberfläche des VCL-Players öffnet sich. Ein Video beginnt. Es zeigt Susanne.

Feldforschung

»Der Bus ist da! Beeilt euch!«

Maria schaute sich um: Fabio zog gerade seine Turnschuhe an, Selina wachelte verärgert mit ihren Händen in der Luft, sie hatte sich gerade die Nägel lackiert und andere Sachen im Kopf. Judith stand verloren im Raum herum. Carmen suchte ihre Jacke, Ion spielte mit dem *Gameboy*, den er irgendwie auf- oder umfrisiert hatte. Maria mühte sich an der fest gebundenen Schleife ihrer Turnschuhe ab. Doppelter Kreuzknoten auf Slip gelegt, so nannte Judith das. Rechts über links, binden, dann links über rechts, ja nicht andersrum. Ihre Augen waren groß, als sie Maria erklärte, was man alles falsch machen konnte, schon beim Schuheanziehen.

Den anderen nach und runter in den Hinterhof. Der Bus wartete schon. Neben ihm stand ein Mann und rauchte, nickte, als er die Gruppe auf sich zukommen sah, lächelte süßlich und anerkennend in Selinas Richtung.

»Hassan heißt der. Der hat mal bei uns gewohnt«, flüsterte Fabio ihr zu, schob sie vor sich her auf die hinterste Sitzbank und setzte sich neben sie.

Geschickt fädelte sich der Bus durch den Wochenendverkehr. Sie verließen die Stadt, fuhren auf der Autobahn Richtung Süden. Über zwei Stunden später kletterten sie aus dem Bus, der Fahrer teilte sie in Zweiergruppen ein, deutete in verschiedene Richtungen. Maria hatte Pech und zog Selina als Partnerin. Die stürmte mit großen Schritten los und verschwand. Maria versuchte ihr zu folgen, bog ab und prallte auf Selina. »Geh mir aus den Augen, Kleine«, zischte die und ging davon.

Maria stand da. Was sollte sie jetzt tun? Alleine losziehen? Sie wusste, dass die Erträge der Gruppen verzeichnet wurden, aber eben auch als Gruppenergebnis. Selina war weg. Maria war es nicht egal, was in Susannes Heft über sie stand. Es war ihre erste Gelegenheit, zu beweisen, dass sie etwas gelernt hatte. Sie wollte die Gesangsstunden nicht riskieren. Und überhaupt. Fabio, das wäre etwas anderes gewesen, mit Fabio hätte Maria sich diesen Nachmittag zugetraut. Fabio wusste, was er tat. Selina hatte anderes im Kopf und Angst um ihren Nagellack. Selina hatte keine Lust, im Team zu arbeiten. Selina hatte gar keine Lust zu arbeiten. Punkt.

Maria machte sich auf den Weg. Sie konzentrierte sich darauf, sich in der richtigen Geschwindigkeit durch die fremde Stadt zu bewegen. Wer läuft, fällt auf, wer schleicht, fällt erst recht auf und kommt außerdem nicht vom Fleck. Sie tat so, als wüsste sie, wohin mit sich, ließ sich treiben. Es war reiner Zufall, dass sie einen Platz fand, an dem ein Markt stattfand. Jede Menge Menschen drängelten sich zwischen Ständen hindurch, die Würste, Selbstgebackenes, dunkles Öl in dunklen Flaschen, Flechtkörbe und Ähnliches anboten. Wie hatte Susanne gesagt: »Sucht euch einen Platz, an dem die Menschen abgelenkt sind, an dem sie nicht auf ihre Taschen und vor allem nicht auf euch achten. Sucht euch einen Platz, an dem sich niemand drüber wundert, wenn ihr euch ein wenig an sie drängt.«

Perfekt. Aber da sah sie Ion und Judith. Zwei Teams auf einem Platz, das erhöhte die Wahrscheinlichkeit, gefasst zu werden. Maria ging weiter, landete bei einem Einkaufszentrum. Ausverkauf. Warum nicht?, dachte Maria und gab sich alle Mühe, zwischen den Kleiderständern zu verschwinden. In der Nähe der Umkleidekabinen blieb sie stehen. Sie hörte der Verkäuferin zu, die einer Kundin relativ geduldig erklärte, warum sie ein reduziertes Karo-Hemd nicht mehr zurücknehmen könne, auch wenn sich die Käuferin in der Taillenweite ihres Mannes eklatant verschätzt habe. Die Tasche der Kundin klaffte auf, Maria konnte eine Lesebrille und die oben aufliegende Geldtasche gut sehen. Sie nahm ein T-Shirt vom nächsten Ständer, legte es als Alibi auf das Pult. Fieberhaft suchte sie trotz des Rauschens in ihrem Kopf nach einer passenden Frage für den Fall, dass die Verkäuferin auf sie aufmerksam wurde: Gibt's das auch mit Streifen? Geht das beim Waschen ein? Ist das nicht aufrichtig hässlich? Aber sie sorgte sich umsonst, die Verkäuferin nahm keine Notiz von ihr, argumentierte nach wie vor die Rücknahmepolitik des Hauses.

Mit der linken Hand angelte Mia in der Kundinnenhandtasche, versuchte, auf keinen Fall am Taschenleder anzukommen. Unterzog die Kundin dabei einer genaueren Betrachtung. Die rote Tönung verdeckte das Grau am Haaransatz nur mangelhaft. Ihr dunkelblauer Rock war mit ein paar Ziernähten aufgemotzt. Sie trug braune Seidenkniestrümpfe unter den braunen Riemchensandalen, die unter dem Knie endeten und ins Fleisch einschnitten.

Vorsichtig drehte Maria den Kopf nach hinten, ihre Hand war immer noch in der Tasche, ihre Finger berührten das Kunstleder der Börse. Der Fluchtweg hinter ihr war frei. Sie atmete durch, zog ihre Hand zurück, ließ die Geldtasche in ihre Hosentasche gleiten, atmete aus. Drehte sich um und ging betont langsam: nur kein Aufsehen erregen! Sie widerstand der Versuchung, sich zwischen zwei Kleiderständern auf den Boden gleiten zu lassen, einfach liegen zu bleiben. Ihr fiel der graue Nachwuchs wieder ein und die abgetretenen Sandalen. Sie warf einen Blick um sich, dann nahm sie zwei Pullis vom Ständer und ging zu den Umkleidekabinen. »Zwei Stück«, bestätigte sie und ließ sich den Plastikjeton in der passenden Farbe in die Hand drücken. Sie zog den Vorhang vor, drehte einen Pulli nach außen, damit es so aussah, als hätte sie ihn probiert. Sie durchsuchte die Geldtasche, nahm alle Scheine bis auf zwei Fünfer raus und steckte sie in ihre Hosentasche. Mit Pullis, Plastikjeton und Geldtasche in der Hand ging sie zur Verkäuferin, drückte ihr alles in die Hand und sagte: »Passt nicht. Die Geldtasche hab' ich auf dem Boden gefunden.« Die Verkäuferin machte sie auf, sah die Scheine und die Karten und lächelte Maria an: »Ist noch alles da. Ich werde die Kundin ausrufen lassen, hoffentlich ist sie noch im Haus. Möchtest du warten? Vielleicht bekommst du eine Belohnung?«

Maria schüttelte den Kopf und murmelt vage etwas von einer Mutter, die vor der Tür wartete. Sie eilte nach draußen, spürte das Lächeln der Verkäuferin in ihrem Rücken. Ärgerte sich über sich selbst. Zehn Euro drinnen zu lassen, wo sie sowieso schon unter Druck stand und Selinas Anteil miterwirtschaften musste! Ein unnötiges Risiko einzugehen, nur wegen ein paar grauen Haaren und den abgetretenen Sandalen! Andererseits. Sie hatte gerade zum ersten Mal in ihrem Leben etwas geklaut. Sie war nicht erwischt worden. Als sie um die erste Ecke bog, sprintete sie los, obwohl sie wusste, dass sie das nicht sollte. Aber sie musste das Adrenalin abbauen und wollte nicht in der Nähe des Geschäfts bleiben.

»Und dann?«

Susannes Stimme klang neutral und freundlich. Susanne hatte Maria am Montag von der Schule abgeholt, um das Wochenende zu besprechen. Maria kaute auf einem Burger rum. Sie war zum Mittagessen ein- und zur Nachbesprechung vorgeladen. Spezielles Einzeltraining, das sei ganz normal nach dem ersten Mal, hatte Susanne sich beeilt zu versichern. Maria war skeptisch. Wenn es so normal war, warum hatte sie noch nie davon gehört? Und warum rechtfertigte Susanne sich dafür?

Sie rührte mit einer Pommes im Ketchup herum, überlegte, was sie antworten sollte. Sie konnte Susanne nicht so richtig einschätzen. Bei Mario wüsste sie, was sagen: irgendeine erfundene Geschichte. Nicht irgendeine. Die, die sie sich im Kopf für genau so ein Gespräch zurechtgelegt hatte. Die Strichmundfrau? Die käme gar nicht auf die Idee zu fragen. Matthias? Siehe Mario. Oder Strichmundfrau. Aber Susanne? Zum einen hatte Susanne ihr die Gesangsstunden ermöglicht, zum anderen hatte Susanne ihr die Gesangsstunden ermöglicht. Soll heißen: Zum einen war Maria daran interessiert, Susanne nicht zu täuschen, zum anderen kannte Susanne Maria aber auch als Einzige gut genug, um sich nicht so leicht täuschen zu lassen.

»Ich hatte keine Lust mehr«, gab sie schließlich zu.

»Aber euer Ergebnis war ziemlich gut, eigentlich«, warf Susanne ein, »besonders, wenn man bedenkt, dass Selina den Nachmittag wohl mit Hassan verbracht hat.« Susanne seufzte. Maria zuckte mit Achseln.

»Woher hast du das Geld?«, fragte Susanne nochmal nach.

»Ich hab' gesungen«, antwortete Maria ziemlich mürrisch. Dann lächelte sie und biss in den Burger. Die größte Schwierigkeit war es eigentlich gewesen, die in ihrer Kappe gesammelten Münzen in Scheine umzuwandeln. Sie hatte dann doch eine Tour durch die Marktstände gemacht. Einer der Verkäufer hatte sie grantig angeschnauzt, ob sie fürs Gifteln nicht noch ein bisschen zu jung sei, ein paar hatten skeptisch geschaut, aber dann doch gewechselt, einige waren richtig froh, ihren Münzbestand auffrischen zu können, ohne den Stand verlassen zu müssen.

»Bekomm' ich jetzt Probleme?«, fragte sie Susanne.

Susanne schüttelte den Kopf.

Maria wollte fragen, ob Selina Probleme bekommen würde, stellte aber mitten im Gedanken fest, dass es ihr egal war.

Flucht nach vorne

»Du weißt, was zu tun ist«, hat Susanne im Video gesagt und Mia weiß es, aber sie hat keine Lust. So fühlt es sich also an, wenn schlecht zu scheiße wird und die Scheiße schon knietief steht. Sie braucht eine Idee, aber sie hat keine. Auf Zeit spielen, wie geht das? Louise und ihre Bilder … Mia hatte von Anfang an ein schlechtes Gefühl bei der Sache. Sie hätte auf sich hören sollen. Jetzt muss sie auf Susanne hören.

Sicherheitstechnisch sind die Barozzis auf dem neuestem Stand. Besser ausgerüstet sind nur noch Mario und Susanne und ein paar Leute von der Konkurrenz. Aber jede Festung hat eine Sicherheitslücke. Ein unbekümmerter Mensch ist eine verlässliche Sicherheitslücke. Im konkreten Fall heißt die Sicherheitslücke Sophie. Nach einer guten Party ist der mühsam gemerkte, wöchentlich wechselnde Eingangstürcode weg. Sophie neigt dazu, sich ein Hintertürchen offen zu lassen. Denn drei Meter am Spalier hochzuklettern, fällt Sophie, wenn sie zugekokst heimkommt, leichter, als zwischen den Blitzen in ihren Synapsen nach der richtigen Zahlenkombination zu suchen. Oder den Eltern unter die Augen zu treten. Sie sollte ausziehen, denkt Mia nicht zum ersten Mal. Hotel Mama mag billig sein, aber ums Geld geht es bei den Barozzis eigentlich nicht. Um den Komfort vielleicht. Und natürlich um Kontrolle.

Sophies Fenster steht offen. Sophie liegt im Bett, angezogen und geschminkt. Neben ihrem Kopf ein Schminkspiegel, eine Supermarktbonuskarte und Reste vom Schlafengehenkoks. Sophie schläft. Dass das überhaupt möglich ist. Vom Fenster aus kann Mia nicht sehen, ob Schlaftabletten auf dem Nachttisch liegen oder ob Sophie zum Wodka gegriffen hat, was sie auch manchmal tut und was ihr beim Schlafen hilft, wie sie sagt. Vom Fenster aus kann Mia aber sehen, wer neben Sophie liegt. Neben Sophie liegt Fabio. Hat sie es doch gewusst. Mia schiebt den Gedanken an Fabio konzentriert zur Seite. Sie hat ein Regal gebaut für Gefühle, die ihr im Weg sind. Die sie nur kurz zur Seite schieben will, um sie später in Ruhe zu betrachten. Nur ist irgendwie nie später. Sophie und Fabio also. Kein Problem. Fabio schuldet ihr keine Rechenschaft. Sophie schuldet ihr gar nichts. Mia sucht in sich nach der Ruhe, die sie braucht, um zu verschwinden, ohne den Raum zu verlassen. Summt. Schwingt ein Bein über den Fensterrahmen, verlagert vorsichtig den Körper, schafft es ins Zimmer rein, ohne eine Geräuschexplosion zu verursachen. Hört, wie ihr Blut in den Adern schlägt.

Schritt für Schritt tastet sie sich an Sophie und Fabio vorbei, öffnet die Tür. Schritt für Schritt schleicht Mia den Gang entlang und die Treppe hinunter. Alles still. Ins Wohnzimmer. Kurz sondierend stehen bleiben. Bis hierher hat sie es ohne Licht geschafft. Sie zieht ihr Handy aus der Tasche, drückt die Tastenkombination, die eine Art Notlicht wachruft. Mia nähert sich dem Bücherregal. Sie summt vor sich hin. Melodielos, fast schon unrhythmisch. Sie greift nach der *Lederstrumpf*-Buchattrappe, öffnet sie und nimmt die weißen Baumwollhandschuhe heraus. Ihre Hand schiebt zwei der Lederbuchattrappen zur Seite und findet den Schalter, drückt ihn. Das Bücherregal dreht sich gemächlich zur Seite. Nachdenklich schaut Mia auf das Elektronikschloss. Dann tippt sie 1-2-3-4-5-6 ein. Der Werkscode ist immer einen Versuch wert. Mia ist fast enttäuscht, als ihr ein Klicken klarmacht, dass sie sich soeben Zugang zu Louise Barozzis Privattresor verschafft hat.

Die Luft im Tresorraum ist stickig und abgestanden. Die Zierlichtgirlanden verfälschen die Farben der Gemälde, aber sogar hier ist das

Saint-Phalle-Bild ausdrucksstark. Das Fotoalbum mit den Antin-Fotos liegt auf der Kommode, in der Mia die Erbschmuckkopien vermutet. Mia schlägt es auf und blättert. Sie mag die Fotos. Sophie und sie haben sich Mühe gegeben. Ihre Lieblingsserie zeigt Sophie in einem Stadion in Tibernähe. Sie leckt einer vermoosten, übergroßen und viel zu starken und schönen Skulptur die Zehen ab, sie legt sich zwischen Mosaikbilder, die körperlich viel zu ertüchtigte Menschen beim Langlaufen, Tennis- und Hockeyspielen und beim Kriegführen zeigen. Sophie exponiert sich gern, mit einer *Schamlosigkeit* – Mia fällt kein besseres Wort ein für die inszenierte Intimität von Sophies Posen –, die ihr beim Fotografieren fast den Atem genommen hat.

Mia nimmt sich ihr Lieblingsbild raus. Wie die Antin hat Sophie sich einen falschen Schnurrbart aufgeklebt und versteckt ihre Haare und Teile ihres Gesichts unter einem breitkrempigen Schlapphut. Mia blättert weiter und landet bei einem der Originale. Die Künstlerin steht unter einem Baum, sonst passiert nicht viel. Trotzdem ist das Bild verstörend. Mutig und beunruhigend und am falschen Platz. Es sollte in einem Museum hängen, nicht in einem Panzerschrankraum rumliegen, auch nicht in einem, zu dem man sich so leicht Zugang verschaffen kann. Schnell jetzt, es ist schon sehr spät, auch wenn keiner der Barozzis früh aufsteht.

Mia legt das Fotoalbum zur Seite, tastet den darunterliegenden Papierstapel ab. Es würde sie interessieren, warum Mutter Barozzi ausgeschnittene Kochrezepte, Hochglanzfotos von ihren Lieblingscelebrities und ein paar Artikel über den Kunstmarkt im Schranksafe aufbewahrt. Es geht sie aber nichts an und kann ihr darüber hinaus egal sein. Mia kniet sich hin, untersucht auch die unteren Regalfächer. Dokumente, Bargeld, ein Vorrat Kreditkarten und Reisedokumente für die ganze Familie. Die Kopien des Erbschmucks. Ein paar Schundhefte: *Romana*-Romane, *Julia*, *Mylady*.

Im untersten Fach findet Mia die gesuchten Leinwandrollen. Stirnrunzelnd zieht sie sie raus, entrollt sie. Louise Barozzi hat sich wieder mal an *Malen nach Zahlen* versucht: ein Porträt von Angelina

Jolie, eines von Marilyn Monroe. Aber auch die Niki de Saint Phalle leuchtet ihr entgegen, sogar die Oswald und die Macheiner wurden kopiert. Louise Barozzi hat sich Mühe gegeben. Mehr Mühe, als mit den Bildern an der Wohnzimmerwand. Gerade deshalb wundert Mia sich darüber, dass die Bilder im Tresor sind und nicht an der Wand draußen präsentiert werden. Am meisten wundert sie aber, dass Susanne von den Fälschungen gewusst hat, sie im Video dazu aufgefordert hat, die Originale im Tresor mit Louises Fälschungen zu vertauschen. Mia wirft noch mal einen prüfenden Blick auf die Bilder. Nimmt die Originale von der Wand, steckt sie eingerollt ein und hängt Louises Nachbauten an deren Stelle. Auch das Fotoalbum nimmt sie mit.

Mia schiebt sich vorsichtig aus dem Tresorraum hinaus, drückt, so leise sie kann, die Panzertür hinter sich zu, bringt das Bücherregal wieder in Stellung. Mit den Fingern tastet sie nach dem *Lederstrumpf*-Bucheinband, sie will die Handschuhe zurücklegen, sie will so wenig Spuren wie möglich hinterlassen. Fast geschafft. Mia macht sich leise, gräbt in sich nach Tonfolgen. Sie muss jetzt nur noch unbemerkt aus der Wohnung rauskommen, denkt sie sich. Scheiße, denkt sie sich, als plötzlich Licht aufflammt.

»Was hast du hier zu suchen?«, zischt jemand aus der Richtung der Tür.

Mia dreht sich um.

Matthias, in einem zu modischen Pyjama, wie Mia findet. Sie lässt die Arme sinken. Summt weiter ihre Melodie vor sich hin. Sinnlos. Aber beruhigend. Matthias starrt sie an. Wütend. Mia kann sich nicht erinnern, ihren Vater schon einmal wütend gesehen zu haben, nicht als sie anfing, in der *Susibar* zu singen, nicht als sie anfing, mit Jungs rumzuhängen, nicht wegen ihr. Sie starrt zurück. Versucht auszuloten, was jetzt passieren wird. Matthias startet sein Gesicht neu. Die Wut verschwindet hinter der für ihn typischen Gleichgültigkeit. Er macht starre Miene zum Spiel. Aber hinter der Ausdruckslosigkeit, die Matthias für cool hält oder für die er gewichtige Gründe hat, arbeitet es. Eine Hand krallt sich in die Pyjamahose. Eine, die mit Affen bedruckt ist. Paul Frank oder ein billiger Nachbau. Viel zu jugendlich für Matthias. Sagen lässt sich das nicht. Genauso wenig, wie sie erklären kann, was sie hier macht. Nie lässt sich was sagen zu Matthias. Mit der anderen Hand hält ihr Vater die kleine schmucklose *Glock*, ein Geschenk von Louise. Entsichert. Matthias' Lippen bewegen sich, aber falls er was sagt, spricht er so leise, dass Mia nichts hören kann. Die Waffe zeigt abwechselnd auf die Tresortür, auf die *Malen-nach-Zahlen*-Bilder an den Wohnzimmerwänden, auf den Teppich und auf Mia. Matthias schaut entgeistert. Und trotzdem ist es wie immer mit Matthias: Es passiert *nichts*. Er sichert die *Glock*, dreht sich um und geht. Mia lauscht ihm nach, er tappt barfuß den Gang entlang, sie hört, wie er im Bad den Wasserhahn andreht, sich vielleicht das Gesicht wäscht. Oder die Hände. Sie hört, wie er die Tür zu seinem und Louises Schlafzimmer auf- und hinter sich zuzieht. Dann hört sie nichts mehr.

»Alles klar?«, hat Ion gefragt, als er sie daheim abgesetzt hat. Ihr Fahrer bei diesem Job, beim Einbruch in die *Casa Barozzi*. Ihr wütender Blick ist an ihm abgeprallt. Sie hat genickt, als er sie nach den Bildern gefragt hat. Auftrag ausgeführt, alles in Ordnung, können wir jetzt bitte schlafen gehen. Danach Schweigen. Eine Fahrt durch eine Großstadt am frühen Morgen, dann, wenn sogar das Tageslicht irgendwie künstlich wirkt. Irgendwas spielt im Autoradio. Manchmal wirft Mia einen Blick auf Ion. Manchmal tut sie so, als würde sie Ions Blicke auf sich nicht bemerken. Sie sollte wütend auf ihn sein. Sogar dazu ist sie zu müde. Außerdem, was tut er denn schon groß, außer seine Pflicht?

Der türkise Polski Fiat kommt vor der Eingangstür in zweiter Reihe zu stehen. Mit einer Hand greift sie nach der Türverriegelung. Die klemmt. Sie kurbelt das Fenster runter, öffnet die Tür von außen. Hat Ion eine Kindersicherung in die Beifahrertür einbauen lassen? Kann ihr egal sein. Mit einem Knall lässt sie die Türe zufallen.

»Warte!«

Mia ist schon bei der Haustür, als Ion sie zurückruft. Er lehnt in ihre Richtung, schafft es fast mit dem Kopf durchs Autofenster, so klein ist das Auto. Eine Hand hat er vorgestreckt. In der Hand hält er einen Flyer. Sie macht die paar Schritte auf ihn zu, nimmt den Flyer in die Hand. Das Tinguely Museum in Basel.

Großvater ist auch nur ein scheiß STS-Song

Maria hatte sich fast daran gewöhnt, dass Matthias keine Notiz von ihr nahm. Manchmal nahm sie das Foto in die Hand, das Matthias mit ihrer Mutter im Cabrio zeigte. Das Foto ihrer Mutter nahm sie oft in die Hand. Ihr Vater war selten greifbar, so gut wie nie in der Nähe. Selbst bei den Familientreffen redete er kaum mit ihr. Er redete überhaupt wenig, aber trotzdem. Es wurde *über* ihn geredet. Manchmal. Matthias tauchte in den Gesprächen auf, wie jemand, der genau dort war, wo er sein sollte, aber halt immer woanders, nicht in Marias Nähe.

Wenn jemand sie adoptiert hatte, dann Louise. Bullshit, niemand hatte sie adoptiert. Sie war wieder in einem Internat, aber halt mit anderen Lernzielen. Sie nahm Gesangsstunden, die liebte sie. Susanne war interessant. Sophie war okay, auch wenn sie immer wieder die Hierarchie zwischen ihnen betonte. Sie mochte Fabio. Ihre Mutter war tot. Ihr Großvater stand nicht zur Debatte. Ihr Vater offenbar auch nicht.

Schon wieder Montag, schon wieder Mittwoch, schon wieder Samstag. Samstags kam manchmal die Strichmundfrau oder ihr Fahrer und holte sie ab. Diese Samstage konnte Maria nicht leiden. Besser waren die Ausflüge mit den anderen, die Fahrten nach anderswo, Griffe in fremde Taschen inklusive. Besser waren die Nachmittage in der Werkstatt, wo sie lernte, welcher Dietrich wo wie passte oder wie man mit einem Glasschneider umging. Wer die Gebrüder Sass waren und was sie falsch gemacht hatten. Aus Fehlern kann man lernen, sagte Susanne, in unserem Metier ist es besser, von den Fehlern anderer zu lernen. Besser waren die Nachmittage in der Wohnküche, wo sie von Susanne erfuhren, welche Kamera gerade welchen Schwarzmarktwert hatte, welches Handy abhörsicher war, wenn man es wie behandelte, und wie man einer polizeilichen Überwachung entging. Umso verblüffter war sie, als sie eines Samstags die Küchentür aufschob, um sich ein Frühstück im Kühlschrank zu suchen, und in der Küche stand Matthias und durchsuchte die Kästchen. Maria blieb in der Tür stehen und schaute ihm zu.

Matthias' Jeans waren wie immer – wenn man bei den paar Treffen bisher von *immer* sprechen konnte – eine Nummer zu eng und schwarz. Diesmal war sogar das Hemd schwarz, mit Rüschen auf der Brust. Die Ärmel hatte er bis zu den Ellbogen hochgekrempelt, er durchsuchte die Küchenkästchen systematisch und schlampig zugleich. Das letzte knallte er mit einem Fluch zu, drehte sich um und fuhr zusammen.

»Jesus, Maria, du hast mich erschreckt.«

Maria reagierte nicht. Wie immer, wenn sie dann doch einmal vor Matthias stand, fiel ihr absolut überhaupt nichts ein, was sie zu ihm hätte sagen können. Jetzt wohnte sie schon über ein Jahr bei den Barozzis, doch ihr Vater war der große Unbekannte, auch wenn er sie zögernd anlächelte, wie eben grad. Dann schaute er wieder ernst.

»Zieh dir was Schönes an, wir haben was vor.«

Der Verkehr war zähflüssig. Am Autobahnzubringer staute es, Matthias wunderte sich darüber, samstags, vor allem so früh am Nachmittag und stadteinwärts sollte eigentlich weniger los sein. Aus nervendem *stop 'n' go* wurde ein noch ärgerlicheres Stopp.

»Unfall«, mutmaßte Matthias. Maria antwortete nicht. Es war eigentlich erst ein paar Stunden her, dass Matthias sie abgeholt hatte. Eigentlich sollte sie sich über ein paar Stunden mit ihm freuen. Aber ihr fiel immer noch nichts ein, was sie zu ihm sagen konnte, und wenn sie ehrlich war, war sie mit den Gedanken ganz woanders.

Sie hatte keinen Gedanken an ihr Fahrziel verschwendet gehabt, sie war neben ihrem Vater ins Auto gestiegen und hatte angenommen, dass etwas Schönes auf sie warten würde. Okay, Matthias war nicht der Typ, der mit einem Mädchen, das er wohl als seine Tochter anerkennen musste, in den Zoo ging oder ins Museum, aber trotzdem. Irgendetwas hätte ihm ja einfallen können. Kino vielleicht oder *McDonald's* oder eine Pizzeria. Vielleicht auch ein besonderer Auftrag, vielleicht wollte er endlich wissen, wie sie sich bei der Arbeit anstellte, vielleicht hatte er auf einmal einfach Lust, Zeit mit ihr zu verbringen? So unwahrscheinlich war das doch gar nicht, oder?

Egal, was sie sich erwartet hatte. Als sie auf dem Krankenhausparkplatz einer Kleinstadt, die ihr vom Namen her durchaus vertraut war, parkten, war sie auf jeden Fall enttäuscht. Sollte sie den wartenden Patienten die Geldtaschen klauen? Maria hatte keine Lust. Sie fand es unnötig unnett, Menschen Geld zu klauen, die ohnehin mit den Nerven fertig waren. Es war auch überhaupt keine Herausforderung. Nichts, womit man angeben konnte. Nichts, was man Fabio erzählen konnte, der dann lächeln würde. Nichts, was ihren Vater stolz machte.

Matthias schien den Weg zu kennen oder sich an den am Boden aufgemalten Farbcodes orientieren zu können. Der Gang war hell und freundlich. Es roch gleichzeitig krank, verschwitzt und frisch geputzt. Niemand beachtete die beiden, niemand nahm ihr Kommen und Gehen zur Kenntnis. Entnervt und im Dunkeln tappend wollte Maria gerade ihren Vater fragen, was sie hier sollte. Das Türschild mit dem Schriftzug »Bauernfeind« machte die Frage überflüssig und verschaffte Maria eine kurze Sekunde Vorbereitungszeit.

Natürlich, der Großvater. Dass sie nicht gleich daran gedacht hatte.

Jetzt saßen sie wieder gemeinsam im Auto, ein alter Volvo, der überhaupt nicht zu Matthias passte, wie Maria fand, aber was wusste sie schon von Matthias. Der schaute konzentriert geradeaus, obwohl der *stop 'n' go*-Vorstadtverkehr nach wie vor auf Stopp gestellt war. Im Radio redeten zwei gut gelaunte Moderatoren über Samstagabendpläne. Maria hatte keine. Morgen beim Familientreffen würde Louise wieder jede Menge an ihr auszusetzen haben; wenn morgen vorbei war, würde Maria Louise wieder jede Menge Sorgen bereitet haben, mit dem Sitz ihres Kleides, mit der Haltung ihrer Schultern, mit ihren Händen, von denen sie sowieso nie so recht wusste, wohin damit. Sie tauchte den Löffel zu spät in die Suppe oder zu früh, sie redete zu leise oder zu laut, fragte das Falsche, sprach, ohne gefragt zu werden oder antwortete nicht richtig. Erzählte Louise Matthias von ihren Maria-Sorgen? Beschwerte sie sich? Hielt Matthias sich *deshalb* von ihr fern? Weil er die Meinung der Strichmundfrau teilte und von Maria enttäuscht war? Oder gelangweilt? Andererseits. Ihr Vater ging der Strichmundfrau meist genauso mühelos aus dem Weg wie ihr.

Matthias nahm die rechte Hand vom Lenker, Maria schaute seinen Fingern dabei zu, wie sie an den Armaturen herumdrehten, die Radiostimmen wurden leiser. Maria ließ ihren Blick den Arm hinaufkriechen, kam bis zu den schwarzen Hemdsärmeln, nicht weiter. Irgendwo weiter oben schaute Matthias in eine andere Richtung. Sein Profil lag im Dunkeln.

»Das war ziemlich kindisch«, unterbrach Matthias das Schweigen.

Das fand Maria eigentlich nicht. Kindisch war es, wenn man seine Jeans eine Nummer zu eng trug, obwohl man sogar für die *midlife crisis* schon zu alt war. Kindisch waren Rüschenhemden mit hochgekrempelten Ärmeln. Kindisch war es, beim Wegfahren aus dem Krankenhaus eine Gummispur auf dem Parkplatz zu hinterlassen. Kindisch war das Gegenteil von erwachsen. Also war es auch kindisch, wenn man seine Tochter zu sich holte, dann aber überhaupt kein Interesse an ihr zeigte. Kindisch war es auch, wenn man besagte Tochter dann an einem Samstag abholte, mit ihr zu einem Krankenhaus fuhr, sie mit keinem Wort vorwarnte und dann erwartete, dass sie so funktionierte, wie man das gern hätte.

»Hast du die Mama wegen Louise verlassen?«

»Geht dich nichts an«, murmelte Matthias, das Gesicht weggedreht.

Maria ließ sich mit ihrer Reaktion Zeit, sie wusste keine und es wurde auch keine erwartet. Matthias schien an etwas anderes zu denken. Als er den Gang einlegte, um wieder ein paar Meter nach vorne zu rollen, bis er fast an der Stoßstange des Vorderautos ankam, legte sie nach. Er wünschte sich, vermutete sie, ebenso sehr aus diesem Auto raus, wie sie selbst.

»Oder wegen dem Knast?«

Matthias warf ihr einen kurzen Blick zu, musterte sie für einen Augenblick von der Seite.

»Warum warst du denn im Knast?«

Die Frage blieb unbeantwortet. Erstaunt war Maria darüber nicht. Aber ein paar Minuten später nahm Matthias das Gespräch wieder auf. Besser gesagt: ein *anderes* Gespräch.

»Dein Großvater wird nicht mehr gesund. Mir egal, was zwischen euch war, mir ist auch egal, ob dir egal ist, wenn er stirbt. Aber ich will keine Aufmerksamkeit. Ich kann keine rumschnüffelnde Fürsorge brauchen. Das Adoptionsverfahren läuft noch, dein Großvater kann sich noch beschweren, obwohl er offensichtlich froh war, als er dich losgeworden ist.«

Wieder ein paar Meter *go*. Dann wieder *stop*. Weiter hinten hupte es.

»Wir besuchen ihn also ab jetzt. Und du sprichst mit ihm. Über das Wetter. Über die Gesangsstunden. Über was weiß denn ich. Was Harmloses. Erzähl ihm, dass es dir gefällt bei uns.«

Im Auto wurde es still, abgesehen von den Radiostimmen natürlich, die sich mit Musik abwechselten. Heimweh hatte sie, stellte Maria unvermittelt fest. Und nicht nach der Barozzi-WG.

»Es gefällt dir doch bei uns?«

Sie sehnte sich nach ihrem Bett im Zimmer der Mutter. Im Haus des Großvaters. Ohne Mutter war es nur noch das Haus des Großvaters. Der Großvater stand nicht zur Debatte. Außerdem lag er im

Krankenhaus. Sie biss die Zähne zusammen. Im Kopf summte sie eine Melodie, zog sich auf eine ihrer Tonleitern zurück. Malte sich ein Zimmer aus, eins mit einer Tür, die konnte sie aufmachen, den Gang runtergehen in die Küche und dort stand ihre Mutter. Matthias ließ das Auto wieder weiterrollen.

»Ich will eine Stereoanlage.«

Maria hätte ihren Satz gern als ein verschleiertes Friedensangebot verstanden gewusst, aber eigentlich war es ein Kaufangebot. Mit ordentlich Rabatt. Matthias grinste sie von der Seite an.

»Dann besorg dir eine.«

Einen Song lang schwiegen beide. Ein weiterer war halb durch, bevor Matthias sich zu einem Nachsatz hinreißen ließ.

»Man könnte glauben, du hast nichts bei uns gelernt, Maria. Wenn du die Stereoanlage von mir willst, kauf' ich dir eine. Aber ist es nicht viel logischer, wenn du dir selbst eine besorgst? Das hast du doch gelernt bei uns. Macht doch auch Spaß, oder? Musst du nachher nicht mal Danke sagen oder nett zu deinem Großvater sein. Oder zu Louise. Oder zu mir.«

Matthias' Hand zeichnete eine vage Welle über das Armaturenbrett. Die Welt da draußen gehört dir, schien sie zu sagen. Nimm sie dir einfach.

»Mit Louise war ich schon verheiratet, als ich Johanna kennengelernt habe. Eine Barozzi lässt sich nicht scheiden. Dumme Geschichte. Auch das mit dem Knast. Unnötig, eigentlich. Vermeidbar. Aber dann eben doch nicht. Das ist Familie. So ist das. Kann man nichts machen.«

Den Rest der Fahrt verbrachten sie schweigend. Auch auf den weiteren Fahrten, jeden zweiten Samstag, zum Großvater redeten sie wenig. Viele waren es nicht. Zu seinem Begräbnis fuhr Maria mit der Strichmundfrau. Matthias war beschäftigt, was im Ort mit einem Grundtenor der Erleichterung unkommentiert zur Kenntnis genommen wurde. Theresa war da. Aber viel erzählen konnte Maria nicht. Reni kam nicht. Die Stereoanlage besorgte Maria sich selbst.

Briefversteckwechsel

Und noch etwas besorgte Maria für sich. Einen wetterfesten Aktenkoffer, den sie zu verstecken begann. Zuerst in der WG. Sie probierte alles Mögliche aus: ausgeklügelte Arrangements, angepickte Haare, verschiedene Schlösser, den Keller, den Dachboden, ein Loch in der Matratze. Doch was auch immer sie probierte, es gab Anzeichen dafür, dass jemand sich Zugang zu ihrem Koffer verschaffte. Der leer war. Sie hatte nichts zu verbergen, weil sie nichts hatte.

Ihr erstes erfolgreiches *hideout* entdeckte sie eher zufällig. Sie spielte mit ein paar der anderen und stolperte in ein unversperrtes Haus, flitzte dort in den Keller. Wiener Altbauten, stellte sie fest, hatten ein Kellerproblem. Sie hatte nicht gewusst, dass Keller so riechen konnten. Klar, dass da niemand Wertvolles untergebracht hatte. Auch klar, dass sich einige Mieter gar nicht die Mühe machten, ihr Abteil zu versperren.

Maria begann ihren Radius zu erweitern, sichtete Altbaukeller, wählte ihr Haus mit Bedacht. Folgte einem der Bewohner, als er ausging, klaute ihm in einer Bar ausreichend weit vom Haus entfernt seine Haustürschlüssel und zur Sicherheit auch die Brieftasche. Wartete ein paar Monate. Das Schloss wurde nicht ausgetauscht. Zu teuer, wahrscheinlich. Und wie soll der Dieb auch wissen, wo man wohnt, wenn man in einer Innenstadtbar ausgeraubt wird?

Maria nahm ihren Koffer, packte, was sie wegsperren wollte: ein paar Fotos, ihre Musikhefte aus der Klosterschule, ihr Sparbuch. Und natürlich die Briefe. Die Zeilen, die Johanna und Matthias während seiner Zeit im Gefängnis ausgetauscht hatten. Maria hatte den Schuhkarton mit den Briefen nach dem Begräbnis des Großvaters aus dem Haus geholt. Das Haus gehörte jetzt ihr, wurde seit dem Tod des Großvaters von den Barozzis verwaltet und als Gästehaus mit sehr schlechter Auslastung, aber sehr guten Bilanzen geführt. Es lebe der Fremdenverkehr, ein Hoch auf die Gastronomie, so Mario manchmal. Maria wusste nicht viel darüber. Es interessierte sie auch nicht. Mit dem Haus hatte sie abgeschlossen.

Im Schuhkarton waren ein paar Briefe, wenige Postkarten, solche mit vorgedruckten Marken drauf, die hinten auch beschreibbar waren. Zuerst dachte Mia, alle Briefe und Postkarten wären von Matthias. Aber sie täuschte sich. Die Postkarten waren von Matthias, und ein Brief – der letzte:

Johanna!

Siehst, jetzt bekommst du einen Brief. Jetzt, beim Abschied komme ich deiner Bitte doch nach. Mein Ansuchen um Straferlass ist durch, ich gehe nächste Woche frei. Hab' mich wohl gut genug geführt.

Ich weiß nicht, was jetzt kommt. Aber mit dem Schreiben ist Schluss. Briefe sind für Gefängnisse, meine Zeit im Gefängnis ist vorbei.

Ich lege dir deine bei. Ich habe sie gesammelt, kann sie aber nicht mitnehmen. Will auch nicht. Briefe und Gefängnisse, du weißt schon.

Pass auf dich auf. Matthias.

Mia griff zum ersten Brief ihrer Mutter.

Lieber Matthias!

Ich hab' lang überlegt, ob ich schreiben soll. Jetzt, wo ich angefangen habe, weiß ich nicht, was. Falsch. Mein Brief an dich ist noch keine Zeile lang und schon gelogen. Ich weiß, was ich schreiben könnte, ich habe es auch schon geschrieben, ein paar Mal, aber jedes Mal hab' ich den Brief zerrissen. Ich bin so wütend auf dich. Und der Papa erst. Du hast ja sein Gesicht gesehen, als er uns erwischt hat. Na ja, hat sich nicht viel geändert seither. Oder doch.

Ich hab' versucht, dich zu erreichen, aber du warst weg. Wie verschluckt. Zum Glück les' ich Zeitung. So weiß ich jetzt wenigstens, wie ich dich erreichen kann. Ich würd' dich gern besuchen, ich würd' so gern dein Gesicht sehen, ich hab' einiges zu erzählen, aber … Ich weiß nicht. Ich würd' dich gern sehen, aber wie soll ich das anstellen? Ich hab' Haus-

arrest. Für immer, glaub' ich. Egal, du kannst mir zurückschreiben, wenn du willst. Papa ist eh immer in der Bäckerei. Wenn die Post kommt, bin ich allein zuhause.

Ich sehn' mich so nach dir. Ich denk' jeden Tag daran, wie du mich mit dem Auto abgeholt hast. Wie wir einfach so durch die Gegend gefahren sind, ich hab' bis dahin gar nicht gemerkt, wie schön es hier ist. Ich hab' mir eine Kassette aus deinem Auto geklaut, ist dir das aufgefallen? Die spiel' ich jetzt am Abend vor dem Einschlafen, mit Kopfhörern, damit niemand was merkt. Schreib' mir doch.

Hanna.

Lieber Matthias!

Ich hoffe, du hast meinen Brief bekommen. Ich laufe jeden Tag zum Briefkasten, ich hab' ein bisschen Sorge, dass der Briefträger meinem Vater was erzählt, aber bisher hat er ja gar nichts zu erzählen, außer natürlich du hast geschrieben und er hat den Brief gleich meinem Vater gezeigt, aber das glaub' ich nicht. Papa war nichts anzumerken. Hast du mir geschrieben? Er ist immer noch bös', ich darf grad mal zur Schule gehen, aber muss danach sofort in die Bäckerei, ihm helfen, behauptet er, mich im Auge behalten, behaupte ich. Es ist fürchterlich. Nicht mal meine Freundinnen dürfen mich besuchen, in den Schulpausen versteck' ich mich mit Reni am Klo. Rauchen, reden. Die einzige Chance dazu. Aber ich hör' mit dem Rauchen auf.

Ich fühl' mich allein. Mindestens ein Jahr noch, bevor ich wegkann, aber wo soll ich denn hin? Schön wär's, zu dir zu kommen, in deine Nähe. Vielleicht kannst du mir helfen, einen Job zu finden und ein Zimmer. Aber, Blödsinn. So wie die Dinge liegen, kannst du wohl nicht viel für mich tun. Und wenn man der Zeitung glauben darf, bist du so schnell nicht wieder draußen.

Was ist denn passiert? Was hast du denn gemacht?

Schreib mir doch.

Deine Hanna

Hallo Matthias.

Warum schreibst du nicht? Hast du mich vergessen? Bist du zu beschäftigt? Womit denn? Ich hab' ja keine Ahnung, was man so macht im Gefängnis, arbeitest du? Ich arbeite jetzt. Halbtags, ja, in der Bäckerei. Papa meinte, es wäre so das Beste. Meine Zeugnisse schauen nicht gut aus. Ich glaub' nicht, dass ich im Herbst zurück zur Schule gehe. Lieber was sparen. Weggehen von hier.

Deine Kassette ist gestern schon wieder gerissen. Scheiße. Ich wunder' mich, dass überhaupt noch Musik drauf ist, besteht doch nur noch aus Tixo.

Ich fühl' mich nicht so gut. Hier im Dorf ist auf einmal alles anders. Ich steh' nur mehr daneben, schau' zu, wie alles den Bach runtergeht. Als hätt' ich was verbrochen. Blödsinn, erwischt hat's mich halt. Nur Reni ist noch nett zu mir. Sie kommt am Abend manchmal vorbei, Papa sagt nicht viel dazu. Ich bin ihm egal, glaub' ich. Aber in einer Woche gibt's Zeugnis und dann ist sie weg. Über den Sommer. Sie macht ein Austauschprogramm, sie geht nach Australien. Dort ist jetzt Winter, sagt sie. Kannst du dir das vorstellen? Ich würd' so gern mitfahren. Aber ich häng' hier daheim rum, kann maximal zum Badeteich fahren. Wobei. Ich hab' ziemlich zugenommen, das wollt' ich dir eigentlich nicht erzählen, aber ich hab' keine Lust, im Badeanzug vor dem Dorf rumzulaufen. Die reden so schon genug.

So, ich bring' den Brief gleich zur Post, dann bekommst du ihn vielleicht noch vor dem Wochenende. Lass von dir hören. Ich dreh' hier noch durch.

Hanna.

PS: Du hast gesagt, dass du mich magst. Erinnerst du dich nicht mehr? Mir ist schon klar, du hast nichts gesagt von Freundin oder Ehe oder so was, geht jetzt wohl auch schlecht, aber du hast doch gesagt, dass du mich magst. Ich hab' mir das doch nicht eingebildet? Hab' ich mir das eingebildet?

Hanna.

Ich hab' deine Briefe bekommen. Was willst du von mir? Angeben damit, dass du einen im Knast kennst? Geh weiter zur Schule. Ist doch Unsinn, was du machst. Grüß Reni, sie soll auf sich aufpassen. Australien, wer hätte das gedacht.

M.

Lieber Matthias.

Deine Karte war gemein. Zum Glück macht grad der Leo Ferialdienst bei der Post, der hat mich ausgelacht, aber er hat es immerhin für sich behalten. Jeder liest eine Postkarte, jeder. Das hier ist ein Dorf, da bleibt so was nicht lange geheim. Zum Glück hat Papa nichts mitbekommen, er hat sich immer noch nicht beruhigt. Ansonsten ist die Arbeit in der Bäckerei gar nicht so schlimm, die Leute schauen zwar ein bisschen blöd, aber ich hab' das Gefühl, sie gewöhnen sich daran, dass ich dasteh'.

Ich kann's nicht ändern, ich vermiss' dich. Jetzt wo Reni weg ist, umso mehr. Kannst du dich daran erinnern, wie wir in die Stadt gefahren sind? Ich hab' daheim gesagt, ich schlaf' bei Reni, bin auch zu ihr, aber schließlich durchs Fenster rausgeklettert und zum Bahnhof, dort hast du schon auf mich gewartet. Wo ist Reni?, hast du gefragt, aber die wollte nicht. Die wollte noch lernen. Weil ja die Eltern den Austausch im Sommer nur erlauben wollten, wenn sie keinen Dreier im Zeugnis hat. Hat sich gelohnt, aber ich würd' diesen Abend für nichts in der Welt hergeben.

Reni hab' ich keine Grüße ausgerichtet.

Mit der Schule im Herbst. Na ja, überzeug mich.

Ich denk' an dich, Hanna.

Hallo Hanna.

Brief schreib' ich keinen, meine Post wird auch gelesen. Hier ist's fad. Ich hab' manchmal Besuch. Unter der Woche müsste ich arbeiten, aber ich hab' den Chef überzeugt, dass ich mich weiterbilden will, jetzt sitz' also ich wieder in der Schule. Ich teil' die Zelle mit einem ziemlich smarten Typ. Von dem kann man echt was lernen. Leider redet er nicht viel. Vielleicht kann man das von ihm lernen.

Mach's gut.

Matthias

Hallo Hanna.

Du hast nichts von dir hören lassen, ich nehm' das als Zeichen, dass es dir gut geht. Bei mir tut sich nicht viel, aber mir ist neulich eingefallen: Ein Jahr ist es her. Ich hab' an dich gedacht. Genieß die Freiheit und lass es dir gut gehen.

M.

Matthias.

Ich hab' lang nicht geschrieben. Deine Karte hat mich geärgert, außerdem war ich beschäftigt. Jetzt sollte ich packen. Morgen fahren wir auf Maturareise. Ich hab' das letzte Jahr also doch irgendwie hinter mich gebracht, war gar nicht so schlimm und die Prüfung, ein gutes Gefühl eigentlich. Reni und ich haben beschlossen, nicht mit den anderen Idioten zu fahren, wir packen einfach unsere Rucksäcke und los. Papa hat ein Interrailticket springen lassen, ein bisschen was hab' ich gespart und wir wollen ohnehin im Zelt pennen. Vielleicht schreib' ich dir eine Karte.

Hanna.

Beim ersten Mal lesen hatte es wehgetan. Sie würde sich damit arrangieren, es würde ertragbar sein. Bald. Matthias hatte wirklich nichts von ihr gewusst. Ihre Mutter war nach diesen langen Sommerferien, in denen sie immer dicker und unbeweglicher wurde, *nicht* zurück zur Schule gegangen. Sie hatte die Matura *nicht* gemacht, sie war *nie* auf Interrail. Marias Mutter erzählte in ihren Briefen von einem Job, von einem Freund und von ziemlich vielen Reisen. Maria kannte die Geschichten: Italien. Dann Nordengland und Schottland, als es darum ging, Kontakt mit der eigenen Mystik aufzunehmen. Ein Hals-über-Kopf-Wochenendausflug nach New York, um einen Mann zu treffen, den sie im Zug kennengelernt und bei dem sie dann beinahe ein Monat gewohnt hatte. Danach war's vorbei mit der Liebe und mit der Romantik, und auch mit dem Job daheim. Aber kein Problem. Hatte Tante Reni, Johannas beste Freundin, sich halt einen neuen gesucht. Dazwischen hatte sie bei den Bauernfeinds angerufen und mit ihrer besten Freundin am Telefon gelacht, die mit leuchtenden Augen ihrer Tochter von den verrückten Abenteuern ihrer Tante Reni erzählte.

Reni war es, die aus dem Dorf weggezogen ist, Johanna hatte ihre Tochter versorgt und in der Bäckerei geholfen. In der hatte sie sich großzügig bedient, die paar Mal im Jahr, die Reni zurück ins Dorf kam. Die Nachmittage mit Kaffee, dem schönen Geschirr, Topfengolatschen, Rehrücken, Sahnetorte, Mohnstrudel, Lachen und Leichtigkeit; Maria hatte sie geliebt. Sie und Johanna hingen der Freundin an den Lippen. Manchmal blieb Reni zum Abendessen, da lächelte sogar der Großvater gelegentlich. Ob Reni von Johannas Kontakt zu Matthias gewusst hat? Ob ihr klar war, dass ihr Leben in Briefen recycelt wurde?

Die Antworten ihres Vaters waren kurz angebunden, aber meist gut gelaunt. Manchmal melancholisch. New York, was? Klingt aufregend, Kleine. Iss einen Burger für mich.

Daheim hatte ihre Mutter versucht, sich nichts anmerken zu lassen. Keine Müdigkeit nach der Arbeit. Keine Grippe. Keinen Unmut, als sie ihren geliebten faulen Sonntagvormittag gegen den Kirchgang eintauschte. Hatte dem ganzen Dorf vorgelogen, dass sie zufrieden war, nichts brauchte, sich nichts wünschte. Hatte ihrer Tochter und dem ganzen Dorf erzählt, dass Maria ihr Sonnenschein war, ihr Lebensglück. Nur dem Verursacher gegenüber hatte sie ihr Lebensglück mit keiner Silbe erwähnt, Matthias hatte sie etwas anderes vorgelogen. Johanna hatte ihm von einem Leben erzählt, in dem er ohnehin keinen Platz hatte. Von einem Leben erzählt, in dem auch Maria keinen Platz hatte. Von einem Leben, das Maria verhindert hatte. Das war nicht ihre Schuld gewesen, flüsterte Maria sich zu. Aber es fühlte sich so an.

Plan B in Basel

Reisen soll man mit leichtem Gepäck, aber manche Dinge sind im Ausland einfach schwerer zu bekommen. Die *Stihl TS 410* zum Beispiel. Mit neun Kilo exklusive Treibstoff gerade noch tragbar. Fliegen kommt mit so was im Gepäck natürlich nicht infrage. Also findet Mia sich abends im Zug wieder, der langsam und wirklich beinahe ohne Verspätung aus dem Westbahnhof rausrollt. Mia hat sich in einen Vierer-Liegewagen eingebucht und die anderen drei mit blöd reden vertrieben. Die kommen wieder, die wollen irgendwann auch schlafen. Aber bis dahin hat Mia ihre Ruhe. Mia hasst Zugfahren. Sie wird, vor allem wenn sie allein reist, alle paar Minuten kontrolliert, weil sich kein Schaffner ihr Gesicht merken kann. Wenn der Zug scharf bremst, plumpst Mia, da ist sie sich sicher, auf den Boden. Wenn einer sanft an der Tür rüttelt, geht die auf. Die von der ÖBB bereitgestellte Sicherheitskette beeindruckt Mia überhaupt nicht. Man braucht keine *Stihl TS 410*, um die Schlafwagentür aufzukriegen. Ihre Tasche legt sie unter ihre Füße. Jetzt liegt sie wie ein U-Hakerl. Mia liegt auf dem Rücken. Ihr Atem folgt der Musik in den Kopfhörern, ihr Körper fühlt den Zug. Und über allem schwebt ein Lied.

Schweißgebadet wacht sie in Zürich auf. Es ist Morgen. Endstation. Umsteigen. Weiter nach Basel. Der Zug fährt pünktlich ab. Der Zug kommt pünktlich an. So ist die Schweiz. Gerädert stolpert Mia ins Stadtinnere, nimmt sich ein Zimmer, checkt unter einem Alias ein, ihr Pass hört auf »Magdalena Zeiser«, sie kommt aus Deutschland und ist verheiratet. Ihr Mann heißt Fabio. Kann ja sein, dass er anruft, denkt sie sich, als sie an der Rezeption darum bittet, niemanden per Telefon zu ihr durchzuschalten, außer ihren Mann. Dabei hat sie ein bisschen darauf vergessen, dass Fabio ja gar nicht weiß, wo er anrufen soll, wenn nicht am Handy. Egal, ein Ehemann macht Magdalena Zeisers Existenz plausibler. Das Handy lässt sie an. Sie duscht. Schmeißt sich aufs Bett, schläft.

Als sie wieder aufwacht, geht sie erst mal laufen. Sie muss die Verspannungen loswerden. Sie läuft den Rhein entlang, überquert ihn bei einem wunderschönen Staudamm, der sie an einen Krieg denken lässt, aber der hat in der Schweiz so nicht stattgefunden, der hat in der Schweiz nur seine Goldreserven gebunkert. Es freut sie, als sie an ihrem Zielobjekt vorbeiläuft. Ab morgen wird sie zu planen beginnen. Sie wird nicht lang planen. Das haben die Panzerknacker auch nie getan.

Fabio ruft nicht an. Damit kann Mia umgehen. Mario ruft an. Damit geht Mia so um, dass sie jedes Mal energisch auf lautlos drückt. Eingeschaltet lässt sie es ohnehin nur, weil sie an Fabio denkt. Der Gedanke an Fabio ist sehr leise, lautlos: Lass das Handy an. Bleib erreichbar, bleib ortbar. Ion weiß sowieso, wo sie ist.

Am nächsten Tag wandert sie durch die Stadt, auf der Suche nach den Punkten auf ihrer Liste. Das Schlechtwetter hat sich verzogen, ist vielleicht schon bis nach Wien weitergereist. Die Sonne brennt auf den Asphalt, das nimmt Mia als gutes Omen.

Die *Stihl TS 410*. Check. Energieriegel für die Wartezeit. Check. Die *Mag-Lite*. Check. Ein wasserfester Transportsack. Im Sportgeschäft in Basel gekauft. Check. Mia findet einen Haken in ihrem Plan. Sie flucht. Überlegt, Fabio anzurufen. Sie verwirft die Idee. An Ion denkt sie nicht. Sie setzt sich in ein Straßencafé und hofft auf einen Zufall, einen *maserati*fahrenden Zuhälter zum Beispiel, oder auf eine Eingebung. Dann fällt ihr ein, dass sie im falschen Stadtteil auf Hilfe wartet. Zentrum. Hier gibt's nur Reisende und Reiche. *Maserati* in

Rudeln, aber alle schonend gefahren. Als gäb's *something to lose*. Den Gummi an den Asphalt. Das Geld an die Stadtverwaltung. Die Frau an den Mechaniker.

Es braucht ein paar Umwege, Mia streicht um ein paar Straßenecken, bevor sie die Bar findet. In Wien würde man so einen Raum *Tiefparterre* nennen, weil Kellerloch irgendwie wertend klingt. In Basel nennt sich die Bar *Chez Fabienne*. Mia trommelt mit ihren Fingern einen Rhythmus auf die Bar und findet alles ziemlich abgeschmackt. Im Keller der *Chez Fabienne* rostet ein rot lackierter Mustang seiner Verschrottung entgegen. Mia fühlt sich im falschen Jahrzehnt. Außerdem hätte sie gern was zu trinken. Sie wird ignoriert. Es dauert, bis sie merkt, dass sie unbemerkt vor sich hin summt, sich unbemerkbar macht. Sie stoppt die Melodie. Lächelt erwartungsvoll.

»Was hältst du von Wilhelm Tell?«

Das Warten auf den *maserati*fahrenden Zuhälter, von dem Mia sich Zugang zu den Hinterhöfen Basels und zu seinem Schwarzmarkt verspricht, hat sie sich mit etlichen Tonics versüßt. Später kam der Gin dazu. Noch später der Kellner. Mit dem hat sie sich vergeschwistert.

Mist, der muss doch einen Namen haben. Den hat er ihr sicher schon gesagt.

»Weißt, wegen dem Ziel. Weil, das darf man nie aus den Augen verlieren. Und die Hand muss ruhig sein, wenn man zielt.« Mias Sätze nehmen sich seit zirka drei Gin-Irgendwas ziemlich viel Zeit. Sie nimmt eine Papierserviette, zieht aus der Kellnerhosentasche einen Kugelschreiber raus. Der zuckt schon wieder zusammen, er hat Mia wohl für ein paar Sekunden aus den Augen und dem Sinn verloren und fühlt sich von ihr überrumpelt. Aber was beschwert sie sich, auch ihr will sein Name grad nicht wieder einfallen. Mit dem Kugelschreiber malt sie eine Klammer und einen Strich und einen Halbkreis auf die Papierserviette.

»Was malst du da?«

Ihr Kellner lächelt sie an. Sein Lächeln macht ihre Unsicherheit zunichte. Ist doch egal, ob sie seinen Vornamen weiß. Mia legt ein paar Watt Lächeln nach, schnippt mit den Fingern, nur für den Fall, dass sie ihm schon wieder aus dem Fokus gerutscht ist. Mit der Fingerspitze fährt sie die Kugelschreiberlinien auf der Papierserviette entlang, kommt dabei seinem Unterarm gefährlich nahe. Sein Unterarm ist rötlich beharrt, sein Unterarm ist ein bisschen wie bei Popeye: massiver als der Oberarm. Mia steht da drauf.

»Eine Armbrust.«

»Hm«, sagt Popeye.

»So was brauch' ich«, sagt Mia.

Popeye schaut nicht sehr überzeugt.

»Ich brauch' ein Armbrust-Enterhaken-Hybrid.«

»Warum?«

Eine gute Frage, auf die Mia keine Antwort weiß, jedenfalls keine plausible. Sie lehnt sich halb über den roten Mustang, nähert sich seinem Ohr. Ihr Flüstern könnte man konspirativ nennen. Ihr Flüstern könnte man auch überhören.

»Ich hätte nicht gedacht, dass das eine Bar ist, in der nach dem Warum gefragt wird.«

Mia lehnt sich zurück, greift nach ihrer Handtasche. Mit einem Lippenstift malt sie einen Mund auf die Serviette. Legt einen Finger so darüber, dass es aussieht, als würde sie ihr Gegenüber konspirativ zum Stillschweigen verpflichten wollen. Susanne würde auszucken. Mia verhält sich wie in einem Hollywoodfilm.

»Sagen wir mal, ich hätte mich ausgesperrt. Aber die Balkontür ist offen. Pfeil, Enterhaken, Seil.« Mit ein paar raschen Strichen skizziert sie einen Balkon auf die Mustangmotorhaube, dann einen Kreis und ein paar Striche, das internationale Symbol für versehentlich aus der Wohnung ausgesperrte Frauen, die in einer fremden Stadt jemanden um ein Armbrust-Enterhaken-Hybrid bitten oder sonst wie um Aufmerksamkeit.

Der Kellner schaut sie an, als hätte sie alle Tassen aus ihrem Schrank geräumt und vor ihm auf den Boden geworfen. Wenn er ihr jetzt bloß nicht die Telefonnummer vom Schlüsseldienst gibt. In Mias Hosentasche vibriert ihr Handy. Könnte Fabio sein, könnte Mario sein. Ist auf stumm gestellt. *Fuck the consequences*, bereut wird später. Mia gibt einen Befehl an ihre Fingerspitze. Greif nach den Sternen, denkt sie. Aber ihre Hand greift nach Popeyes Zigaretten, nicht nach den Haaren auf seinem Unterarm. Sie steckt sich eine an, unterdrückt ein Husten.

Popeye steht auf. Sein Arm streift ihren Rücken, als er sie umrundet, hinter die Bar geht und den x-ten Drink zusammenzimmert.

»Du kannst bei mir schlafen, wenn du willst.« In seinem Lächeln findet sich kein Hinweis auf eine Gästecouch. Mia findet das gut.

»Aber eine Armbrust brauch' ich trotzdem«, murmelt sie, »und einen Enterhaken.«

»Wegen Amor, meinst du?«

Mia hat Zweifel, ob sie wirklich in einer Zwielichtbar gelandet ist. Ob man hier weiß, wie man Zeug von einem Lastwagen fallen lässt und was man fürs Fallenlassen braucht. Sie hat Zweifel, ob es der richtige Ort ist, um auf den Zuhälter zu warten, der vielleicht jemanden kennt, der vielleicht weiß, wo man was herbekommt. Mia hat aber wenig Zweifel über den weiteren Verlauf des Abends. Bestellt noch einen Gin-Irgendwas. In ihrer Hosentasche vibriert ihr Handy. In ihrer Hose vibriert sie selbst.

Doin' it

Mia hat Regeln, was ihr Sexleben betrifft. Nie ohne Gummi! Nie betrunken oder anders beeinträchtigt mit einem Fremden mitgehen. Nie blind vertrauen. Nie gegen Geld. Nie aus Mitleid. Oder weil es bequemer ist, einfach die Augen zuzumachen und stillzuhalten, als zu erklären, warum Nein immer noch Nein heißt. Sich nie von Sophie dazu überreden lassen, weil deren Freund einen gelangweilten Kollegen mitgebracht hat, dem der Abendverlauf schön langsam ordentlich auf die Nerven geht. Bis auf die mit dem Gummi hat Mia schon jede der Regeln durch Ausnahmen bestätigt. Die Ausnahmen haben ausnahmslos einen schalen Geschmack in ihr zurückgelassen. Wobei sie bei alkoholgetränkten One-Night-Stands manchmal Schwierigkeiten hat, am nächsten Tag zwischen Reue und Kater zu unterscheiden.

An all das denkt sie jetzt aber nicht, als sie hinter Popeye das enge Stiegenhaus hinaufsteigt. Sie denkt an seine Unterarme. Sie malt sich aus, was für Überraschungen die Hausbar eines Kellners zu bieten haben wird. Sie denkt daran, dass sie immer noch eine Armbrust braucht. Sie denkt an Wien, an Fabio und Sophie, an Ion und Mario, verdrängt das aber alles gleich wieder. Für so was hat sie jetzt einfach keine Zeit. Auf so was hat sie jetzt einfach keine Lust.

Popeyes Wohnung ist ziemlich spartanisch eingerichtet. Schnörkellose Holzmöbel, wenig Bücher, wenig Platten und CDs, aber eine sehr solide Stereoanlage. Bilder an den Wänden.

»Haben Freunde von mir gemalt.«

Mia mustert die Bilder.

»Das ist von einer Wienerin«, Popeye kommt aus der Küche zurück, in einer Hand eine offene Flasche Rotwein, in der andern zwei Gläser, »ist eine Ex von mir. Eine tolle Frau.«

Mia summt vor sich hin, behutsam, sie will ihr Lied jetzt gerade nicht wecken, sie würde gern noch ein wenig die Spotlights von

Popeyes Aufmerksamkeit auf sich spüren. Sie macht ein paar Schritte auf ihn zu, nimmt ihm eins der Gläser aus der Hand, lässt sich einschenken. Ob sie jetzt noch ein Glas trinkt, macht in Sachen Promille keinen allzu großen Unterschied mehr. Sie prosten. Mia kostet den Wein. Er schmeckt ihr nicht. Aber das tut Rotwein selten, wenn man den ganzen Abend nur Gin mit irgendwas Zuckrigem getrunken hat.

»Du hast eine schöne Stimme«, sagt Popeye.

»Ach was«, wehrt Mia ab, darüber will sie gerade wirklich nicht reden.

»Doch, ich mein's ernst. Du könntest in einer Band singen, ehrlich.«

Mia zuckt mit den Achseln. Wie kommt er denn auf die Idee, dass sie das nicht tut? Wie schätzt der sie denn ein? Aber sie ist nicht hier, um verstanden zu werden, sie ist nicht hier, damit einer sie kennenlernt. Sie ist hier, weil sie das Bild von Fabio und Sophie mit irgendwas überschreiben will. Weil sie nicht allein im Bett liegen will und sich ausmalen, was die beiden grad machen. Sie ist hier, weil Ion ihr einen Flyer in die Hand gedrückt hat. Weil sie den Flyer für einen Befehl von Susanne hält. Weil im Tinguely Museum eine Niki de Saint Phalle auf einen Tapetenwechsel wartet. Weil sie jemanden beeindrucken will. Sich selbst oder Susanne oder Fabio. Oder Ion. Mia gibt sich einen Ruck und lächelt in Popeyes Richtung. Lehnt sich in seine Richtung, wenn er was sagt. Lacht, berührt zufällig seine Hand, als er nach der Weinflasche greifen will.

Es dauert nicht lang und sie küssen sich. Popeye hat sie ja auch nicht gerade ohne Hintergedanken mit nachhause genommen, hat wohl nur auf ein Zeichen von ihr gewartet, auf einen *hint* dafür, dass sie Ähnliches im Kopf hat. Unter all dem Rauch und dem Alk und dem Arbeitstag riecht er richtig gut. Nach einer neutralen Seife und so, als würde er oft genug Sport machen, um den Rauch und den Alk und den Arbeitstag aus seinem System zu schwitzen. Ein bisschen nach Heidelbeere oder Wacholder. Manche Männer riechen so, wenn sie zu viel getrunken haben. Andere stinken einfach. Mia mag nicht ganz, wie er mit seiner Zunge in ihrem Mund verfährt, aber er scheint ihre Signale wahrzunehmen, zieht sie wieder zurück, küsst mit Lippen, knutscht sie so ab, dass sie schließlich lachen muss, aber nicht aus Verlegenheit, sondern aus einer guten Laune heraus, aus einem Endorphinalkoholwirbel, der ihr die Bauchgrube ein bisschen aushebt.

Sie entzieht sich seiner Umarmung. Bringt Abstand zwischen sich und seinen Mund. Prostet ihm zu. Sie hat sich an den Rotweingeschmack gewöhnt. Steht langsam auf, macht ein paar Schritte auf seine CD-Sammlung zu, studiert sie aufmerksam. Sophie Hunger, natürlich. Sie ist ja in der Schweiz. Marla Glen. Ziemlich viel *Worldmusic*. Aber Mia hat Lust auf was Hemdsärmeligeres. Auf etwas, das sich seiner Heimat sicher ist, aber trotzdem voller Sehnsucht steckt, weil der eigene Platz in dieser Heimat noch nicht ausreichend bestimmt ist. Auf etwas, das zu ihr passt. Ani DiFranco vielleicht. Alanis Morissette, wenn's sein muss. Perfekt, Popeye hat Angela McCluskey. Mia legt die CD ein. *It's been done*. Dreht sich zu Popeye um, zieht ihr T-Shirt über den Kopf, fängt an mitzusingen, lässt auch den BH auf den Boden fallen. Sie ist bereit dafür, sich ein bisschen von den Füßen fegen zu lassen.

Popeye springt auf, reißt bei den paar Schritten um den Couchtisch die Rotweinflasche um. Der Rotwein tropft vom Glastisch auf den Holzboden. Mia will einen Schritt Richtung Rotweinpfütze machen, Flecken verhindern, aber er winkt ab. Ist nur ein Holzboden, flüstert er ihr zu. Ist nicht so wichtig. Dann küsst er sie, küsst ihre Brüste, drückt sie gegen die Wand, drückt und drückt und drückt und drückt nach einiger Unsicherheit auch ein paar richtige Knöpfe. Auch Mia findet sich langsam auf seinem Körper zurecht. Letztendlich ein gutes Ranking auf der One-Night-Stand-Skala. Mia liegt auf dem Holzboden. Lässt die Zärtlichkeit, die sich in ihr nach dem Sex immer ausbreitet, und die Melancholie durch sich durchschwappen. Wartet auf die Euphorie, die Sex mit sich bringt, wenn sie sich an ihre Regeln hält und dem Menschen, der neben ihr liegt, nichts Böses will, aber auch nicht allzu viel Gutes. Morgen wird sie sich um die Armbrust kümmern. Morgen wird sie auf ihrem Handy nachschauen, wer so nachdrücklich etwas von ihr wollte. Morgen ist auch noch ein Tag.

Morgen beginnt früher als geplant

»Du musst gehen«, flüstert Popeye plötzlich hektisch neben ihr. Die Panik in seinem Blick ist kaum zu übersehen, in einer Hand hat er einen rotweingetränkten Fetzen, offenbar versucht er gerade die Spuren der Nacht zu beseitigen, in der anderen hält er sein Handy.

»Was'n los?«, murmelt Mia. Sie ist noch nicht wach. Sie hat nicht vor, nach Popeyes Telefonnummer zu fragen, sie hat nicht vor, irgendetwas von ihm zu erwarten. Sie hat sich aber, wie sie findet, einen Kuss und einen Kaffee verdient.

»Sie kommt heut' schon.«

»Wer?«

»Die ... meine Ex. Die mit dem Bild. Ich dachte, erst in zwei Tagen, aber ich hab' was falsch verstanden, oder sie hat den Plan geändert oder was weiß ich, jedenfalls, sie hat mich gerade angerufen, warum ich nicht am Flughafen bin, sie abholen, sie ist schon in Basel.«

Und? Denkt Mia. Ist doch seine Ex. Soll er doch Kaffee machen. Sie geht dann schon.

»Es tut mir leid«, Popeye schaut zerknirscht. Läuft in die Küche, kommt mit einem Glas Wasser zurück. »Es tut mir leid, ich ...«

»Magst sie noch?« Weit weg von daheim fällt Mia auf, wie österreichisch sie klingt. Das macht sie beschreibbar. Erinnerbar.

Popeyes Blick antwortet ziemlich effizient.

Mia lächelt, zuckt die Achseln.

»Ich geh' ja schon, hast meinen BH wo gesehen?«

Popeye hat. Mia schlüpft in das T-Shirt von gestern, sucht sich

Unterhose und Jeans, findet ihre Schuhe und Tasche. Sie hätte gern noch geduscht, sie hätte gern noch einen Kaffee getrunken. Das hat sie jetzt davon. Andererseits. Einen Kaffee kann sie sich in der Stadt kaufen, duschen kann sie später. Zwischen ihrem Kater, ihrer Melancholie, ihrem Zorn auf Sophie und Fabio wuseln noch Restspuren von Euphorie. Es ist eine schöne Nacht gewesen, alles in allem. Es hat ihr gutgetan, sich gehen zu lassen. Es hat sie gestärkt, die Verteidigungsmauern für eine Nacht ein bisschen rissig werden zu lassen. Sie nickt Popeye zu. Mia ist hungrig, kaffeeunterversorgt, hat eine Dusche nötig und, klar, Zähneputzen. Mia hofft, jetzt selber nach Heidelbeeren zu duften. Der Kuss ist trotzdem gut. Ihre Münder scheinen über Nacht eine Gesprächsbasis entwickelt zu haben.

Mia macht sich los und läuft die Treppe hinunter. Sie ist Popeye nicht böse, aber das muss er ja nicht wissen. Es ist manchmal gut, wenn einer ein schlechtes Gewissen hat. Wenn einer denkt, dass er dir einen Gefallen schuldet, weil er dich post-sex ohne einen Kaffee vor die Tür gesetzt hat.

Raumklima

Maria wunderte sich manchmal, wohin die Mädchen und Jungs verschwunden sind. Von denen, die sie in den ersten Wochen kennengelernt hatte, waren eigentlich nur Fabio und sie übrig geblieben. Judith wurde bei einem Ausflug von der Polizei aufgegriffen und der Fürsorge übergeben. Susannes Kommentar dazu erschien Maria herzlos, später würde sie ihn verstehen: Vielleicht wäre das besser für Judith, vielleicht wäre ja die Pflegefamilie gut zu ihr. Judith galt als nicht besonders talentiert.

Am Abend verzogen Maria und Fabio sich in dessen Zimmer. Fabio hatte inzwischen auch ein Einzelzimmer. Fabio lungerte auf seinem Bett rum. Maria kuschelte sich in den neongelben Sitzsack, der gerade Fabios ganzer Stolz war. Die habe sich mit Absicht der Polizei in die Hände fallen lassen, vermutete Fabio. Er verzog den Mund abschätzig, wie immer, wenn er über Judith redete. Die habe Angst gehabt, an den Gürtel verlegt zu werden. Maria nickte wissend. Sie war sich nicht sicher, was gemeint war, verzichtete aber auf die Nachfrage. Fabio war ihr Freund, trotzdem hatte sie Angst vor einer Blöße. Und jede ihrer Fragen war eine Bloßstellung. Sie wusste nichts, sie hatte keine Ortskenntnis, sie hatte keine Ahnung vom Gürtel, von Überwachungskameras, sie hatte keine Ahnung von Polizisten mit und ohne Uniform, sie hatte keine Ahnung von Handy-Ortung, sie wusste überhaupt nichts. Wenn es sich vermeiden ließ, verzichtete sie auf Aufklärung, es war einfach zu viel auf einmal.

Dann verschwand Ion. Der sei nur Teil eines Austauschprojekts gewesen, erklärte Fabio. Der sei jetzt wieder daheim bei seinen Eltern in Rumänien. Die schuldeten den Barozzis jetzt einen Gefallen. Ions Eltern waren wer in Rumänien, so ein Gefallen sei ganz schön was wert.

Selinas Verschwinden bemerkte Maria überhaupt erst nach ein paar Tagen. Maria hatte Selina die erste Tour nicht verziehen. Daran änderte auch nichts, dass die sechzehnjährige Selina bei jeder Gelegenheit versuchte, ihre Überlegenheit auszuspielen, dass sie Maria beschuldigte, ihren Nagellack geklaut zu haben, dass sie versuchte, Fabio in Verlegenheit zu bringen, mit Andeutungen, er hätte sich zu ihr ins Bad geschlichen. Harmonie war Selinas Sache nicht. Ehrlichkeit auch nicht. Beides waren im Barozzi-Clan aber ohnehin keine gern gesehenen Tugenden. Im Gegensatz zu Loyalität. Oder Fleiß.

Aber ausgerechnet Selina traf sie wieder. Am Sonntag vor einer Woche hatte Sophie sie beim Familientreffen ziemlich aufgeregt in einen Gang gezogen, dann in die Küche, dann in die Vorratskammer. Sie hatte Maria den Mund zugehalten. Ihre Handgelenke rochen nach dem Parfum ihrer Mutter, das zu verwenden sich Sophie angewöhnt hatte. An ihrem Handgelenk baumelten drei dünne Silberarmreifen. Sophie war ein Schmuckmädchen, dachte Maria nicht zum ersten

Mal. Selbst würde sie nie Armreifen tragen, die störten nur beim Angeln in fremden Handtaschen und bei allem anderen auch. Sie streckte die Zunge raus und kitzelte Sophies Handfläche, klar, dass die sich dann ekelte und die Hand zurückzog. Kichernd einen Finger auf den Mund legte und Psssst! flüsterte.

»Was?«

»Du hast einen neuen Job!«

Manchmal schob sich Maria der Gedanke unter, ob Sophie sie wohl beneidete. Sie hätte nicht beantworten können, was Sophie, die alles hatte und jeden kannte, ihr genau neiden könnte. Trotzdem wirkte Sophie manchmal melancholisch, wenn Maria von einer Tour berichtete, an anderen Tagen hatte Maria das Gefühl, Sophie würde am liebsten in die WG einziehen, liebte die abgewohnten Zimmer und das mäßig saubere Bad.

»Neuer Job? Was meinst du?«, flüsterte Maria zurück.

»Die Vi ist krank.«

Maria wurde hellhörig. Die Vi fand sie ausgesprochen interessant. Sie hatte sie schon ein paar Mal getroffen. Beim Gesangsunterricht. Die Vi nahm auch Stunden. Unregelmäßig. Weil so auch ihr Leben sei, hatte sie Maria zwischen Tür und Angel erklärt, als sie sich wieder mal unangekündigt in deren Stunde reingedrängelt hatte. Maria fand da nichts dabei. Die Vi brachte immer etwas mit in die Gesangsstunde: eine Anekdote, einen Song, den Maria nicht kannte, eine Gesangstechnik, die man nicht im Unterricht lernt. Mit ihrer Stimme, die nach den vielen Zigaretten klang, die sie rauchte, mit ihrer Haut, die immer ungeschminkt war. Der Lehrer schimpfte jedes Mal, wenn er sie sah. »Schade um die Stimme«, murmelte er, ermahnte die Vi dann dazu, weniger zu rauchen und vielleicht auch mal wieder ein Glas Wasser zu trinken bei der Arbeit. *But you can't sing the blues, while drinking milk*, schmetterte die Vi ihm dann ungerührt entgegen, blätterte durch die Noten, die der Lehrer für Maria bereitgelegt hatte, ließ Blatt für Blatt angewidert auf den Boden fallen und zog mitgebrachte Noten aus ihrer eigenen Tasche.

»Du hast doch auch genug von diesem Kinderkram, oder?« Die Vi blinzelte Maria zu und fing an zu singen.

»Was ist mit Stimmübungen?«, fragte der Lehrer resigniert. Maria hatte schon welche gemacht, stellte sich neben die Vi und versuchte eine zweite Stimme zu dem Lied zu finden. Vis Stimme war auf jeden Fall ein bisschen kaputt, klang in den Höhen brüchig und in den tieferen Lagen schlecht gelaunt. Stimmübungen würden nicht schaden, Tonleitern auch nicht. Aber die Vi hatte etwas, was dir keine Stimmübung verschaffen konnte. Die Vi hatte Charakter, wenn sie sang.

»*Was* hat die Vi?«

»Sie ist gegen eine Tür gelaufen oder so was, hat sich dabei eine Rippe angeknackst. Onkel Mario hat's heute erzählt. Kommt die Musik halt wieder aus der Konserve, hat er gesagt. Aber ich hab' gesagt, die ...«

»Welche Musik?«

»In der *Susibar*. Da gibt's Live-Shows mit Live-Musik, weißt denn überhaupt nichts? Ich hab' also gesagt, dass die Maria ja singen könnte. Der Onkel Mario hat erst geschimpft, weil ich mich schon wieder ins Zimmer geschlichen hab', dann hat er gelacht, weil ich mich seiner Meinung nach immer in Dinge einmische, die meinen Horizont übersteigen. Dann hat er ernst geschaut, dann hat er wieder gelacht und den Kopf geschüttelt.«

Sophie hatte gehofft, als Pianistin in Erscheinung treten zu dürfen, aber erstens war die *Susibar* wirklich kein Platz für ein junges Mädchen. Zweitens gab es da ja noch den Jonas und der war nicht gegen eine Tür gelaufen, dem seine Finger waren nicht gebrochen. Aber insgesamt und wenn er jetzt mal länger darüber nachdachte, dann konnte Mario sich eine Kindfrau mit Erwachsenenstimme und Glitzerkleid in der *Susibar* richtig gut vorstellen. Zumal eine Kindfrau wie Maria, die, im Gegensatz zu Sophie, nicht mit ihm verwandt war. Und der Maria, hatte die Sophie gesagt, würde so was Spaß machen. Sicher. Hundert Pro.

»Aber was, wenn sie für was anderes gebucht wird …?«, hatte Susanne eingeworfen.

»Machen wir sie einfach so teuer, dass jeder abgeschreckt wird!«

»Aber was, wenn sich wer nicht abschrecken lässt oder abwimmeln? Was sagen wir Matthias? Was sagt der dazu?«

»Was soll er sagen? Er interessiert sich ja sowieso nicht für sie.«

Bei diesem Satz der Nacherzählung hielt Sophie sich den Mund zu, als würde sie die letzten Sätze gern zurückstopfen. Maria tat so, als wäre ihr nichts aufgefallen.

Am Donnerstag wurde sie nach dem Förderunterricht von Mario abgeholt.

»Lust, heute zu singen?«, fragte er anstelle einer Begrüßung. »So richtig? Mit Publikum?«

Er selbst sah nicht gerade so aus, als würde er auf ein Konzert gehen. Dreitagebart, Satinhemd mit Schweißflecken unter den Achseln und am Rücken. Jeans.

»Muss ich mich umziehen?«, fragte Maria. Mario winkte ab.

Die *Susibar* hatte über dem Eingang ein rotes Schild mit einer Palme drauf, rote Vorhänge und Glitzercocktailgläser in den Fenstern. Mario schob Maria am Eingang vorbei in einen Hinterhof. Dort war eine Eisentür nur angelehnt, Mario öffnete sie und wartete hinter Maria, bis sie durchgegangen war. Sie standen jetzt in einem schon lang nicht mehr ausgemalten Gang. Links ging eine Tür ab, Mario klopfte und öffnete. Vier Frauen saßen vorm Schminkspiegel. Die meisten rauchten.

»Was willst denn mit dem Kind?«, empörte sich eine der Frauen.

»Maria? Was macht denn *die* hier?«

Maria hätte Selina fast nicht mehr erkannt. Seit sie aus dem Haus verschwunden war, hatte sie nicht mehr an Selina gedacht, und dann ihr Aufzug: ein neonrosa Body mit auffällig viel Beinfreiheit, durchsichtige Plateaustöckelschuhe, bei denen vorne die Zehen rausschauten und viel Make-up.

»Sie singt!«, befahl Mario mit fester Stimme. Als müsste er sich selbst davon überzeugen.

»Die soll die Vi ersetzen?«

»Zeigt's mal die Kleider her und helft's dem Mädel beim Schminken.«

»Was soll denn *der* passen? Die ist doch noch ein Kind.«

»Schuluniform?«

»Zu nah an der Wahrheit. Das funktioniert mit Brüsten einfach besser.«

»Alles funktioniert mit Brüsten besser«, erklärte Selina überlegen und steckte sich eine neue Zigarette an.

Es fand sich dann doch etwas. Maria ließ sich einen BH aufdrängen, der zwar überhaupt keinen Zweck erfüllte – was Maria ärgerte, vor allem, wenn sie sich mit Selina verglich –, dessen Träger aber an ihren Schultern schön aussahen. Sie zog ein Leopardenminikleid über die engen Jeans und verknotete es an der Seite.

Eine der Frauen schob sie in die Nähe der zweiten Garderobentür. Maria legte die Hand auf die Klinke und zog an der Tür, die langsam aufschwang. Sie stand am Rand der Bühne, noch von den Vorhängen verdeckt. Die Bühne war halbkreisrund, aus der vorderen Mitte ragte eine Stange, an der verrenkte sich gerade Selina. Am Rand hockte ein Mann in einem dunklen Anzug und klimperte auf dem Klavier. Neben ihm konnte Maria einen Mikrofonständer erkennen.

»Ich hab' noch nie mit Mikro gesungen«, flüsterte sie.

»Macht nichts«, flüsterte die Frau zurück.

»Was soll ich denn singen?«

»Ich weiß nicht, was mit Schwung, damit wir tanzen können. Weißt eh«, die Frau blinzelte ihr verschwörerisch zu, »Live-Show. Der Jonas macht das schon.« Sie deutete auf den Anzugmann. Der Jonas würde das schon machen. Maria dachte an die Vi. Sie hätte sie besuchen sollen, oder anrufen. Sich Tipps geben lassen. Krank war sie ja auch. Gefreut hätte die sich über einen Anruf. Dann stolperte Mia nach vorne.

Sie versuchte, das Mikrofon aus der Halterung zu nehmen. Es knackte und einige aus den ersten zwei Reihen, lauter Männer, die meisten trugen Anzug, schauten in ihre Richtung. Jonas versuchte ihr mit Lippenbewegungen und Kopfschütteln etwas zu sagen, aber sie hatte keine Ahnung, was. Sogar Selina schaute schon her. Ihre Hände hatten einen Schweißfilm, sodass Maria sich gar nicht mehr traute, das Mikro zu berühren.

»Was singen wir?«, flüsterte Maria in Jonas Richtung.

»Hat dir die Vi nichts gesagt?«, flüsterte der zurück. Er schaute genauer. »Wer hat *dich* denn angezogen? Wie alt bist du überhaupt?«

Sein Mund wurde fast so schmal wie der von der Strichmundfrau. Hinten an der Bar bestellte Mario Barozzi einen Whiskey und wies den Barkeeper an, heute nicht das Übliche nach vorne zur Sängerin zu schicken. Besser eine Cola ohne Eis, ja, auch ohne Whiskey, unbedingt ohne Whiskey. Seinem Gesichtsausdruck nach zu schließen, zweifelte er mit jeder Minute mehr an Sophies Idee. Es hatte faszinierend geklungen am Sonntag, es hatte nach einem Spaß geklungen und nach etwas Machbarem, nach etwas, das Matthias ärgerte, ohne zu einem Streit zu führen, aber jetzt, hier …

Maria hatte es endlich geschafft, das Mikro aus der Halterung zu nehmen. Sie wickelte am Kabel rum und umkreiste das Klavier.

»Hast du Noten?«, fragte sie.

Jonas nickte.

»Dann steh' ich hinter dir, ich kann Noten lesen.«

Jonas warf ihr einen zweifelnden Blick zu, schien aber zu denken, dass es eh gut war, wenn Maria so wenig wie möglich zu sehen war. Maria hoffte, das Mikrofon weit genug weggehalten zu haben, sie hatte Angst, dass der ganze Raum ihre Bemerkungen gehört hatte. Dann hielt sie das Mikro an die Lippen, öffnete den Mund und atmete ein. Das Mikro pfiff.

Selina warf ihr einen bösen Blick zu, aber nur einen kurzen. Sie musste auf ihre Schrittfolgen achten. Jonas blätterte um und fing einfach neu zu spielen an, er war halb durch die Strophe durch, bis Maria sich auf dem Notenblatt zurechtfand. Sie wartete ab, setzte dann beim Refrain ein. Sie spürte, dass Jonas überrascht aufschaute. Sie spürte, wie Selina kurz aus dem Tritt kam, sich dann fing, aber schon leicht aus dem Fokus der Aufmerksamkeit gekippt war, nicht vollständig, es wurden immer noch Geldscheine in ihre Richtung geschoben, es wurde immer noch gejohlt, wenn sie den Arsch rausstreckte und sich nach vorne beugte. Es wurde honoriert, wenn sie sich mit beiden Händen entschlossen an der Stange hochschwang und ihre Beine kreisen ließ.

Maria spürte, wie die Konzentration der Zuhörer sich in ihre Richtung bewegte. Sie spürte, dass Mario einen Schluck von seinem Whiskey nahm, das Glas ganz fest in der Hand. Ihm war nicht wohl bei der Sache, jetzt wo er Maria singen hörte, sogar noch weniger als davor. Selina setzte gerade zum Feuerflug an – sie sollte den Hintern höher raufbekommen, fand Mario, sie machte ihre Sache alles in allem aber ganz gut. Hatte sogar, was er so hörte, ein paar finanzstarke Fans.

Keine gute Idee war das. Was hatte er sich bloß dabei gedacht? Das konnte ihn die Lizenz kosten. Das würde ihm nur Probleme machen. Wenn der Matthias davon Wind bekam. Wenn einer aus dem Publikum auf blöde Ideen kam – und das würde bald einer, deshalb waren sie ja da, wegen den blöden Ideen. Er durfte nicht vergessen, sich um einen falschen Ausweis für Maria zu kümmern. Ein sehr falscher, sehr volljähriger Ausweis war gefragt. Mario hielt es überhaupt nicht mehr für so unwahrscheinlich, dass da jemand ordentlich Druck machen und viel Geld bieten würde für das Recht auf die Erste Nacht. Weil, wer so sang, der war kein Kind mehr.

Auf Fluchtabwegen

Schon wieder ein Museum. Schon wieder ein Plan. *Scheiß* Plan, denkt Mia. *Mein* Plan. Ihr Plan hat Panzerknackerformat. Viele Muskeln. Überhaupt kein Hirn. Wenn das nur gut geht. Fehler sollen die anderen machen, sagt Susanne immer, aber wer sind die anderen, von denen man lernen kann, sich die Finger nicht zu verbrennen? Mia ist das Wir aus dem Fokus gerutscht. Jeder macht Fehler. Aber für wen macht sie ihre? Für wen steht sie jetzt hier mit einem Tramperrucksack, der bis obenhin mit gerade noch tragbarem Geschütz gefüllt ist? Der Kunstdiebstahl war Louises Idee, aber für Louise steht sie jetzt nicht hier.

Mia mag den Gedanken, nur Bilder von Malerinnen zu klauen. Louise hat dafür sicher einen Grund angeführt. Einen Vorteil, den sie sich erhofft. Einen Auftrag, den ihr wer gegeben hat. Aber Mia dachte sofort an Geld. Und daran, dass Frauen davon immer weniger bekommen, ganz egal, was sie alles leisten. Muss sie ja nur an die *Susibar* denken. Es schneidet immer wer mit. Die Frauen arbeiten – jemand anderer verdient. Der Schutzbefehlende. Onkel Mario natürlich. Was tut man nicht alles für ein Gefühl von Schutz, für die Worthülse »Liebe«, für Freiheit und Unabhängigkeit, aber ganz selten für die eigene Freiheit und die eigene Unabhängigkeit. Der Gedanke ist halb formuliert, unausgegoren und wird gleich wieder weggeschoben. Mia hat Angst vor den Konsequenzen, die sie ziehen müsste, wenn sie hier weiterdenkt. Aber sie googelt: *40 teuerste Gemälde der Welt*. Die Liste enthält etliche Picassos, viele Van Goghs, ein paar Klimts und keine einzige Frau.

Ist es also in der Welt ganz ähnlich wie in der *Susibar*. Die Spitzenverdiener haben alle was gemeinsam. Aber Mia glaubt nicht an Resignation. Mia ist *hands on*. Wenn, so überlegt sie, plötzlich europaweit Bilder von Künstlerinnen geklaut werden, obwohl Werke von Weltmarktrang danebenhängen… Ist das nicht auch eine Form von Nachfrage? Steigert das nicht auch den Marktwert? Denn: Wenn's wer klaut, muss es ja was wert sein.

Und jetzt eben schon wieder ein Museum. Schon wieder ein Plan. Mein Plan, denkt Mia. *Scheiß* Plan. *Panzerknackerstyle.*

Mias Plan, Abschnitt 1, 16 Uhr –
Unauffälliges Betreten des Museums

Am Eintritt steht ein interessierter, gebildeter, höflicher Mensch, der Mia einen guten Tag wünscht und nach einem prüfenden Blick auf ihre Verkleidung darauf hinweist, dass es eine gute Idee wäre, ihren Rucksack im ersten Stock einzusperren: Die Kunstwerke sind filigran.

Mia hat sich Combat-Hosen besorgt, ordentlich oversized, verwaschen und schon ein wenig ausgefranst, dort, wo das Bein zum Fuß wird. Flip-Flops, T-Shirt, strähnige Haare mit Sonnenbrille, Kopfhörer um den Hals, Trainingsjacke um die Hüfte, Tramperrucksack auf dem Rücken. Sie gibt die Interrail-Studentin, die zu spontan dafür ist, den Rucksack am Bahnhof einzusperren, oder zu geizig. Der Tramperrucksack bietet Platz und Sichtschutz für Schwergewichtiges: eine *Stihl TS 410* (9 kg), Treibstoff (2 l), die *Mag-Lite* in der LED-Ausführung (109 g, inkl. Akku), eine *Plumett AL-54* mit Wurfhakenvorrichtung (Armbrust mit Enterhaken, Zufallsfund hinter einem schmuddeligen Vorhang in einem Army-Shop und auch nicht gerade leicht), die auf einen Zettel gekritzelte Bedienungsanleitung für die Plumett, ein paar Müsliriegel (à 25 g, davon 9 g Zucker). Kein Wunder, dass sie sich als Weltreisende verkleiden muss. Sie stapft die Treppen rauf und findet die Kästchen, die zum Glück groß genug sind für ihren Rucksack. Überprüft hat sie das vorher nicht. Sie sperrt den Rucksack in eines der abgelegeneren und hofft, dass so ein abgesperrtes Kästchen beim letzten Kontrollgang nicht auffällt. Sie selbst, davon ist Mia überzeugt, wird unter den Blicken des Personals durchrutschen wie immer.

Mias Plan, Abschnitt 2, 16:30 - 19:00 Uhr -
Interesse an Kunst heucheln

Nachdem hier ziemlich viel bunt ist, blinkt, sich dreht und dabei scheppert, fällt das ziemlich leicht. Gegen 18 Uhr beginnt sich das Museum zu füllen. Immer mehr schwarz gekleidete Menschen, manche davon in Rollkragenpullis, bevölkern die Räume. Im Hauptraum werden Stühle aufgebaut, ein Jazzkonzert ist angekündigt. Mia nähert sich einer der Skulpturen im Raum, beginnt ihr Lied in sich wachzurufen, ärgert sich über die Verzögerung, freut sich aber darüber, Musik hören zu können.

Mias Plan, Abschnitt 3 -
Das Verschwinden in der Kunst

Manche Tinguely-Skulpturen sind begehbar. Im Hauptraum klettert Mia auf einer besonders auffälligen Konstruktion nach oben. *Große Méta Maxi-Maxi Utopia*. Sie windet sich durch mehrere Abschnitte durch, bestaunt dabei den verspielten Gestaltungswillen des Künstlers. Berührt, was sie darf, ignoriert, was sie nicht berühren darf. Ihre Melodie wird lauter, Mia versucht ein Kraftfeld um sich herum aufzubauen. Sie summt sich in Stimmung. Jeder, der sich ihr nähert, soll denken: Die ist nicht mein Problem, da kümmert sich schon wer drum.

Ein Besucher läuft unbeabsichtigt in sie hinein und erschrickt. Mia nimmt das als gutes Zeichen. Seine Entschuldigung quittiert sie mit einem Lächeln. Sie lässt ihn vorbei, nimmt ihr Lied wieder auf. Sie klettert lautlos vor sich hin singend runter, klettert ebenerdig in die Skulptur hinein, kauert sich zusammen und verschwindet hinter ihrer Melodie. Ein paar Meter von ihr entfernt sind beinahe alle Stühle besetzt. Die Band betritt die Bühne. Showtime.

Mias Plan, Abschnitt 4 – Diebstahl

Es sind nicht gerade Hauptwerke Niki de Saint Phalles, die hier im Museum ausgestellt sind. Deshalb vermutet Mia auch, dass die Bilder nicht extra gesichert sind. Mia vermutet. Vermutung ist die Mutter der Panzerknacker. Die Besucher haben das Museum verlassen, nicht ohne der Band die eine oder andere Zugabe abverlangt zu haben. Die Bühne wurde abgebaut. Die Techniker und das Hauspersonal haben die Lichter gelöscht und sind nach einem flüchtigen Rundgang Richtung Feierabend verschwunden.

Es ist Zeit. Mia lässt ihr Lied abebben. Sie ist schweißgebadet. Im Dunkeln tastet sie sich einen Stock nach oben, tastet sich die Kästchen entlang, zählt die Kästchen, bis sie zu ihrem kommt. Mit der Hand stößt sie gegen einen steckenden Schlüssel. Sie muss sich in der Reihe geirrt haben. Was, wenn sie die richtige nicht findet? Sie kann kein Licht machen. Ihre *Mag-Lite* ist im Rucksack, der ist im Kästchen, das Kästchen liegt im Dunkeln. Was, wenn sie es nicht findet? Mia merkt, wie ihr schon wieder der Schweiß ausbricht. Sie lehnt sich gegen die Kästchen, legt ihren Kopf zwischen ihre Arme. Versucht sich zu beruhigen, versucht, ihren Puls zu normalisieren. Aber es nützt nichts. Die Stille im Museum ist anders als in Rom oder auch in der deutschen Kleinstadt. Die Vorbereitung fehlt ihr. Mia hat ihre Hausaufgaben nicht gemacht, hat ihre *moves* nicht durchdacht. Für den Stil der Panzerknackerbande ist sie nicht hart genug. Und zu gern auf freiem Fuß.

»Konzentrier dich, Mia«, flüstert sie sich zu. Sie atmet durch. Ignoriert das Rauschen im Blut, ignoriert die Hitze im ganzen Körper und tastet sich die Kästchenreihe entlang zurück, probiert ihr Glück in der nächsten. Sie ist nicht mal erleichtert, als sie ihr Schließfach findet, sie ist nur noch genervt. Ihre Hände zittern. Sie greift nach dem Rucksack, stöhnt auf, als sie ihn rauszieht und vor sich auf den Boden stellt. Sie hat vergessen, wie schwer er ist. Sein Gewicht gibt ihr

Sicherheit. Sie ist keine Panzerknackerin mehr. Mit der Ausrüstung ist sie mindestens *Tank Girl.*

Mia greift in die Seitentasche, entnimmt ein Stück Traubenzucker mit extra viel, schnell absorbiertem Magnesium. Tank Girl hätte das auch getan. Sie kann heute keinen Krampf brauchen und die mehrstündige Meditation war anstrengender als vermutet. Sie lauscht in das Museum hinein. Die Stille ist ihr nicht vertraut, wie denn auch. Sie ist froh, dass die Installationen still stehen. Bewegung nur auf Knopfdruck. Interaktion mit Besuchern erwünscht, mit Kunstdieben nicht.

Mia wuchtet sich den Rucksack auf die Schultern, tastet sich zurück, findet das Klo. Trinkt Wasser, lässt eiskaltes Wasser über ihre Handgelenke fließen, wäscht sich das Gesicht. Das Zittern wird weniger. Sie tastet sich durch das Gebäude, die Stiege hinunter. Ihre Augen haben sich an die Dunkelheit gewöhnt, sehen aber trotzdem nicht viel. Ein paar Fluchtwegschilder leuchten in der Dunkelheit, aber leider nicht Mias Weg aus. Sie stößt gegen Tinguelys *Mega Utopia*, in der sie sich versteckt hat. Erschrickt, leises Scheppern. Beruhigt sich, als wieder Stille einkehrt. Tastet sich die Skulptur entlang Richtung Wand. Endlich traut sie sich, ihre *Mag-Lite* einzuschalten, um sich im Raum orientieren zu können. Hier ist sie von Wänden umgeben, kein Lichtstrahl dringt nach draußen. Mia ist überrascht: Sie steht genau vor den beiden Plexiglasrahmen mit den Niki-de-Saint-Phalle-Bildern. Entscheidet sich nach einem schnellen Abzählreim für das linke. Hat nicht mal eine Ahnung, wie es heißt. Sie nimmt den Rahmen von der Wand, löst die Verankerung hinten und vertauscht das Bild mit einer Kinderzeichnung, die sie aus einer Laune heraus in einem Kindergarten, an dem sie vorbeigekommen ist, mitgehen hat lassen. Hängt den Rahmen wieder an die Wand. Rollt das Bild auf, schiebt es in eine Rolle. Überprüft mit einem schnellen Blick, ob sie etwas liegen gelassen hat.

Mias Plan, Abschnitt 5 – Flüchten wie Rusty Ryan und Danny Ocean

Immer noch ihr Minitaschenlampenlicht verwendend, orientiert Mia sich im Raum, bewegt sich ein paar Meter zur Seite, schaltet die Lampe aus und folgt einem Gang zur Außenfront des Museums. Eine protzige Fensterfront überblickt den Rhein. Eine Schicht Panzerglas trennt sie vom Fluchtweg. Mia stellt ihren Rucksack ab. Greift hinein, zieht die Stihl raus. Setzt sie am Glas an und drückt den Powerknopf. Es kreischt, es quietscht, es dröhnt, es riecht auch nicht gut. Mia setzt die Stihl ab. Sie ist vom kräfteschonenden Antivibrationssystem enttäuscht. Sie ist auch vom Schaden am Panzerglas enttäuscht. Der gegen null geht. Mia setzt noch mal an, stellt auf volle Leistung. Hat ein schlechtes Gefühl im Bauch. Hat das Museum Raummikros? Sitzt vor diesen Lärmmeldern jemand? Ist der Alarm schon losgegangen? Es wird wohl länger als geplant dauern, bis sie das Glas durchschnitten hat, und dann muss sie immer noch mit der *Plumett* auf das Geländer der Brücke zielen und treffen. Der Wurfhaken muss sich festkrallen und Mia dann nur noch an einem Karabiner dem Seil entlang in die Freiheit segeln, bis sie sich irgendwo über dem Rhein ins Wasser fallen lassen wird. Das klang als Plan ziemlich cool. Sie setzt die Stihl ab. Das Glas bleibt unbeeindruckt.

What the fuck, flüstert Mia sich zu, wie gibt's denn das? Sie lässt die Stihl scheppern, bis das quietschende Geräusch ein wimmerndes ist. Tankt Treibstoff nach. So wird wenigstens der Rucksack leichter. Das Glas macht auf unverwundbar. Die Stihl entgleitet Mias Hand, knallt auf den Boden. Was soll's, denkt sie sich und setzt sich dazu.

Mia starrt in die Dunkelheit vor ihren Augen. Ihre Schultern schmerzen von der Vibration der Stihl. Wenn sie im Gefängnis landet, nimmt Mia sich vor, wird sie ihren täglich erlaubten Brief an deren Kundenservice schreiben und sich aufregen. Die würde nie abschmieren, hat es geheißen. Das Antivibradings würde Kräfte sparen. Deutsches Qualitätsprodukt, *my ass*. Das nächste Mal wird Mia einen billigen Chinaimport kaufen. Wird wahrscheinlich eh in der gleichen Fabrik gefertigt.

Mias Augen folgen den Autolichtern, die die Brücke überqueren, Blaulicht ist bisher keines dabei. Sie starrt auf die Straßenlaternen, starrt ins Dunkel, starrt in das nicht mehr ganz so dunkle Dunkel, starrt auf hell werdende Streifen am Horizont – immerhin immer noch kein Blaulicht auf der Brücke –, starrt auf das Wasser, das gleichgültig Richtung Deutschland fließt. Mia will sich rheinabwärts treiben lassen, will die Dunkelheit dazu nutzen, das Land ohne Passkontrolle, aber mit Diebesgut zu verlassen. Aber zwischen ihr und dem gelobten Fluchtfluss steht noch immer eine Glaswand, die schwer zu beeindrucken ist.

Mit einem Ruck reißt Mia sich aus ihrer Lethargie. Sie packt die Säge, verstaut sie in ihrem Rucksack, wirft einen prüfenden Blick auf das Fenster und den Boden davor. Dass ihr Ausbruchsversuch so wenig Spuren hinterlassen hat, wundert sie dann doch. Sie verstaut den Rucksack und sich selbst in der Tinguely-Installation. Sie beginnt gerade damit, in sich nach ihrem Lied zu suchen, da hört sie Schritte. Sich nähernde Schritte.

»Guten Morgen!«, grüßt jemand freundlich. Ein Glück, dass er damit nicht Mia meint, sondern die gerade zur Arbeit kommende Putzfrau. Das Tinguely-Museum ist für Besucher wieder geöffnet.

Schlagseite

Die Vi war wieder gesund, aber manchmal schlich Maria sich trotzdem in die *Susibar*. So wie die Vi öfter ihre Gesangsstunden gekapert hatte, enterte Maria die *Susibar*-Bühne. Zu den Gesangsstunden kam die Vi nicht mehr. Sie brauche keine mehr, behauptete sie, ließ sich dann aber doch immer bis ins kleinste Detail erzählen, was Maria in der letzten Stunde gemacht hatte. Währenddessen zog sie ihre Unterwäsche aus, stellte sich unter die Dusche, überprüfte, ob sie an den strategischen Stellen rasiert war und rieb den Körper mit einer getönten Creme ein. Zog irgendein Glitzerteil an. Der Vi war es gar nicht so unrecht, wenn Maria ihre Bühnenzeit an sich riss, sie nützte die Gelegenheit, um mit einem Kunden in einem Hinterzimmer zu verschwinden. Gute Laune hatte die Vi nach so einem Abend nicht. Aber mehr Geld. Das sei wichtiger, erklärte sie Maria einmal. Mit Geld könne sie sich alles Mögliche kaufen, ihre Ruhe zum Beispiel.

Wenn sie in der *Susibar* sang, trug Maria Lack-Leggins und ein Pailletten-T-Shirt über einem geliehenen BH. Sie ließ sich von der Vi schminken, obwohl sie daheim vor dem Spiegel übte und schon einen ziemlich überzeugenden Lidstrich ziehen konnte. Sie mochte es einfach, wenn die Vi in ihrem Gesicht rummachte und dabei mit ihrer rauchigen Stimme vor sich hin murmelte. Manchmal stand Selina daneben und fragte Maria aus: Wer gerade in der Wohnung lebte und wer in ihrem alten Zimmer, ob sie Matthias gesehen hätte, ob Matthias an diesem Tag vorbeischaute. O, là, là!, säuselte die Vi dann und machte Lippenakrobatik. Fa-Re-Mi-La-So-Frag-Ihn-Doch-Selbst, sang Maria. Beim zweiten Mal stimmte die Vi ein. Selina war dann verlässlich beleidigt. Dabei meinte Maria die Antwort gar nicht unbedingt persönlich, sie hatte aber auch keine Lust zuzugeben, dass sie über die Pläne ihres Vaters überhaupt nicht informiert war. Über die Strichmundfrau wusste sie mehr zu sagen, aber nach der wurde sie ja nicht gefragt.

Louise hatte Marias neues Engagement am Gürtel mit einem kaum sichtbaren Achselzucken zur Kenntnis genommen. Der Strichmund zeigte keine Reaktion, aber das tat er sowieso immer seltener. Das Gesicht der Strichmundfrau war glatt, zeigte keine Emotionen, nicht mal mehr Haltung. Das Gesicht der Strichmundfrau hielt Stellung. Matthias dagegen fielen fast die Augen aus dem Kopf, als er zufällig in die *Susibar* kam und Maria auf der Bühne sah. Irgendwas in seiner Mimik kämpfte mit was anderem, bis Gleichgültigkeit wieder die Oberhand gewann. Er sprach Maria nicht auf ihre Anwesenheit an, ob er mit Mario darüber redete, wusste sie nicht.

Los ging's. Aufstehen. Pailletten-T-Shirt zurechtzupfen. Ein paar Schritte auf unmöglichen Schuhen Richtung Tür stöckeln. Tür aufschieben. Durchatmen. Auf die Bühne gehen. Auch wenn niemand klatschte, wenn absolut niemand von ihr Notiz zu nehmen schien, wenn alle Blicke auf der halbnackten Tänzerin kleben blieben, war das besser als jede Gesangstunde. Es war besser, als wenn sie auf der Straße sang, um weniger klauen zu müssen. Hier war sie nicht die Attraktion, wegen ihr kamen die Zuschauer nicht in die *Susibar*. Wegen ihr bestellten sie sich aber einen Drink mehr, wegen ihr gingen sie erst eine Stunde später ins Hinterzimmer. Oder sie wurde fürs Extrazimmer mitgebucht, Live-Music zum Live-Dance. Das mochte Maria nicht besonders, aber sie ging mit. Das kostete ordentlich und machte Mario zufrieden. Sie hatte Mario reden gehört: Die Konkurrenz müsse sich ordentlich festschnallen, es sei eine tolle Idee von ihm gewesen, Vi und Maria abwechselnd einzusetzen. Eine Bomben-Kombi sei das.

Jonas, der Barpianist, nickte ihr zu. Sie zog den Mikroständer näher zum Klavier, versteckte sich halb hinter dem Vorhang. Gehört zu werden war ihr lieber, als gesehen zu werden. An diesem Tag tanzte schon wieder Selina an der Stange. Sie war ziemlich gut, stellte Maria fest. In der *Susibar*, sagte Selina manchmal mit einigem Stolz in der Stimme, tanzten nur die Guten. Die anderen, die ihren BH ohne

Rhythmus und ohne Haltung aufmachten, die, die glaubten, zum Strippen gehöre nur der Wille, nackte Haut zu zeigen und eine Busen-OP, die tanzten woanders.

Maria sang was von Aerosmith, Selina mochte den Song, er war ein Friedensangebot. Selina löste sich von der Stange, ging am Bühnenrand auf und ab. Einer aus der ersten Reihe winkte ihr zu, sie stieg von der Bühne, ließ sich einen Schein in den Slip stecken und brachte ihren Oberkörper so in Stellung, dass er den BH öffnen konnte, ohne dass sie dabei aufhören musste, ihre Hüften zu schwingen. Der Mann brauchte ewig. Später, grinste Maria in sich hinein, würde Selina sich über ihn lustig machen, würde lästern, dass man Spitzensportlerin sein müsse, um seinen *Lap* so lange zu *dancen*, dass der es schaffe, ein Häkchen zu öffnen. Fingerfertig war er nicht gerade, auch die Geschwindigkeit, mit der er die Scheine aus der Tasche zog, ließ zu wünschen übrig. Aber Maria sollte sich täuschen. Selina sagte später nicht mehr viel. Denn plötzlich – Maria zog die *bridge* beim letzten Refrain gerade künstlich in die Länge – griff der Mann nach Selinas Handgelenk und zog sie zu sich. Gleichzeitig klemmten seine Schenkel Selinas Bein ein, er zog an ihr, zog an ihren Haaren, schlug zu.

»Die Nutte wollte mich beklauen!«, schrie er. Seine Faust donnerte gegen Selinas Brüste, Arme, Po. Gegen ihren Kopf. Geschockt beobachtete Maria, wie ein dünner Streifen Blut aus dem Cut über Selinas Augenbraue rann. Der Mann stieß sie von sich, Selina stolperte nach hinten, hatte tatsächlich eine Geldtasche in der Hand. »Die hat mir der Arsch zwischen die Finger geschoben«, flüsterte Selina später. Nicht mal Selina, der *High-Heels-Queen* der *Susibar*, gelang es, auf ihren Plateaustöckelschuhen wieder das Gleichgewicht zu finden. Der Sound, den ihr Kopf machte, als er auf der Bühne aufschlug, war dumpf.

Der Gast wurde hinauseskortiert, die Türsteher, die schon bei seinem ersten Schrei losgerannt waren, setzten ihn vor die Tür. Einer der beiden blieb bei ihm, Maria konnte gedämpfte Schreie und Stöhnen hören. Der andere trug Selina nach hinten, legte ihr eine Packung Eis in den Nacken und eine über das Auge. »Sag nichts zum Matthias«, flüsterte Selina. Es dauerte, bis der Arzt kam, der in solchen Fällen gerufen wurde. Der leuchtete ihr in die Augen, fragte sie allerlei und schickte sie mit einem Taxi nachhause. Auf der Bühne hatte die Vi Marias Posten übernommen, sie sang, als wäre nichts passiert. Maria war backstage, hatte sich zwischen glitzernden Kleidern in den offenen Schrank geschoben. Es war nicht auszuschließen, dass sie gekotzt hatte. Ihr Gesicht war feucht. Eine Stunde später kroch sie wieder aus dem Schrank raus. Wusch sich ihr Gesicht im Waschbecken. Wischte mit einem nassen Fetzen ihre Kotze aus dem Schrank. Hoffte, dass die Kleider nichts abbekommen hatten. Falls doch, würde sie was zu hören bekommen. Sie brauchte noch eine Stunde, bis sie sich wieder aus dem Umkleideraum hinaustraute. Unbemerkt schob sie sich hinter die Bar und angelte sich eine Cola aus dem Kühlschrank. Gegen den bitteren Geschmack im Mund. Niemand achtete auf sie, als sie die Treppe zum Ausgang raufstolperte. Auch der Bodyguard nahm keine Notiz von ihr. Auf der Bühne tanzte ein anderes Mädchen. Die Vi sang. Maria ließ die Tür hinter sich zufallen. Winkte ein Taxi aus dem Autostrom, der am Gürtel nie zur Ruhe zu kommen schien.

Nobody moves, nobody gets heard

Mit einem Ruck erinnert Mia ihre Lungen daran, die Arbeit wieder aufzunehmen. Der freundliche Mitarbeiter von gestern hat sich im Museumsshop platziert, in Sicht- und Hörweite. Er unterhält sich mit der Putzfrau. Über Kunst. Die Putzfrau hat sich am Wochenende einen Trip nach Paris gegönnt und sich im *Centre Pompidou* umgesehen.

»Das kannst du gut als Weiterbildung absetzen. Musst nur sagen, du hast dir die Toiletten angesehen«, witzelt der Kassier vom Tinguely-Museum. Er: Doktor der Kunstgeschichte, der hier ursprünglich nur die Zeit bis zum *richtigen* Job überbrücken wollte. Sie: finanziell jedenfalls erfolgreicher, sonst könnte sie sich ihre Wochenendtrips überhaupt nicht leisten. Ob die dort nur in Museen geht, um ihn nach ihrer Heimkehr damit zu ärgern? Da muss er jetzt wenigstens mit Wissen punkten.

»Kennst du die Geschichte der Nana, die das *Centre Pompidou* verloren hat?« Der Blick der Putzfrau sagt, dass sie die Geschichte kennt. Ihr Mund hat aber Mitleid und fragt nach. Er lebt auf: »Die haben eine der Nanas, die wiegen ja Tonnen, einfach verloren. Konnten sie nicht mehr finden. Die war weg. Wahrscheinlich ist sie im Müll gelandet. Oder jemand hat sie jetzt im Garten stehen. Braucht aber viel Sichtschutz rundherum.«

»Hast du von diesen Einbrüchen gehört? Eine Saint Phalle aus Deutschland, eine Antin-Serie in Rom!«

Die Putzfrau ermahnte ihren Kollegen zu besonderer Vorsicht.

»Stell dir vor, der Dieb kommt zu uns und wir erwischen ihn!«

»Stell dir die Prämie vor!«

»Was das für ein Typ ist?«

»*Art Price* hat Niki-de-Saint-Phalle-Bilder hochgestuft. Vorsichtig noch. Aber hinten ist es eine Null mehr geworden. Die Versicherungsprämien für unsere Werke werden wahrscheinlich in Kürze nachziehen. Wird die Direktion Post bekommen.«

Die Putzfrau lacht, winkt ihrem Kollegen zu und macht sich Richtung Toiletten davon.

Der Kassier vom Tinguely-Museum nimmt eine Zeitung in die Hand und wartet auf Gäste. Mia auch. Ihre Beine sind eingeschlafen, sie traut sich aber nicht, ihre Stellung zu verändern. Es ist still im Museum, jetzt, da keine Besucher auf die Einschaltknöpfe, die neben den Installationen liegen, treten. Mia summt vor sich hin. Die Putzfrau kurvt durch das Museum mit einer dieser Staubsauger-Wischer-Kombinationen, die an Rasenmähtraktoren oder Eismaschinen erinnern. Sie steuert direkt auf Mia zu. Mia summt, jetzt schon ziemlich verzweifelt. *Bitte gehen Sie weiter.*

»Was machst du denn da?«

Hier gibt es nichts zu sehen.

Der Ruf kam vom Museumsshop.

»Der Boden ist doch am Wochenende geputzt worden. Du musst dich heute nur um die WCs kümmern. Mehr wird auch nicht bezahlt.«

Die Putzfrau zuckt mit den Schultern und dreht um, nur ein paar Schritte von Mia entfernt. Mia vergisst schon wieder zu atmen. Sie summt aber weiter.

Eineinhalb Stunden später verpasst Mia ihre Chance. Sie erkennt sie noch nicht einmal. Der Kassier macht Klopause, nimmt die Stufen zu den Toiletten im Laufschritt, es könnte ja wer anrufen oder kommen, während er sich mal kurz abkömmlich macht. Aber bei aller Eile: Ein paar Minuten wird er schon weg sein. Doch Mia traut sich nicht. Außer ihr und dem Klogeher ist niemand im Museum. Wenn sie ein Geräusch macht, hört er das. In ihren Beinen krabbeln Ameisenkolonien rauf und runter. Plus: Sie hat vergessen, das Saint-Phalle-Bild wieder an die Wand zu hängen, hinter der großen *Mega Maxi-Maxi Utopia* hängt immer noch die Kindergartenzeichnung. Wenn sie erwischt wird, kann sie sich nicht mal rausreden.

Während Mia noch Pros und Contras zwischen ihren Hirnhälften hin und her schiebt, kommt der schwarze Rollkragenpullover schon wieder die Treppen runtergelaufen. Mia flucht leise. Singt resigniert ihre Melodie vor sich hin. Tonlos. Sie fühlt sich trotzdem heiser.

Hungrig.

Durstig.

Allein.

Und das bleibt sie.

Es kommt niemand.

Es passiert nichts.

Und es passiert immer noch *nada, niente, nothing to write home about.* Mia hat jedes Gefühl für die Zeit und für ihre Beine verloren.

Sie hat ihre Melodie satt, traut sich aber auch nicht aus ihrem Windschatten raus. Der Mann am Eintritt liest in einer ziemlich dicken Hirst-Biografie. Er wirkt über das Fernbleiben der Massen nicht verwundert. Ursprünglich wollte Mia auf eine Touristengruppe oder Schulklasse warten. In der Menge verschwinden und in deren Schatten zum Ausgang huschen, das war Mias Plan. Notfalls den Rucksack einfach liegen lassen. Später hätten ihr drei oder vier Kunstinteressierte schon gereicht. Mit zunehmendem Taubheitsgrad der Beine senkt Mia ihre Standards – *ein* Mensch, wenn käme. *Ein* Besucher! Das muss doch auch an einem normalen Wochentag möglich sein. Der Tinguely ist doch ein Star! Basel ist doch eine Kunstmetropole!

Aber niemand kommt. Mia kramt in ihrem Rucksack möglichst lautlos nach einem Traubenzucker. Gegen den Durst kann sie vorerst nichts tun.

Mia probiert es mit Wunschdenken. Sie stellt sich bis ins kleinste Detail vor, wie der Mann hinter der Kasse seinen Rollkragen zurechtzupft, mit den Händen seine Oberschenkel entlangfährt, einen Blick durch das Museum schweifen lässt, den Sessel nach hinten rollen lässt, aufsteht und sich langsam wieder Richtung Treppe bewegt. Versucht, diese Prophezeiung zum Sich-selbst-Erfüllen anzuregen. Zwei Klopausen pro Tag sind sicherlich arbeitsrechtlich verankert. Mia hätte jetzt kein Problem mehr damit, alles auf diese Karte zu setzen.

Aber er geht nicht. Er bleibt sitzen. Beantwortet manchmal das Telefon, telefoniert selbst, durchwegs Privatgespräche. Keine interessanten. Er bohrt in der Nase. Er tippt. Redet mit sich selbst. Singt. Hat seine Hände nicht immer dort, wo Mia sie sehen kann. Irgendwann steht er doch auf. Mia hält den Atem an. Jetzt, denkt sie, jetzt. Aber der Kassier geht nicht aufs Klo. Er macht seinen Rundgang durchs Museum. Genauer gesagt: durch den Hauptraum. Läuft an den Exponaten vorbei, kommt der erfolglosesten Kunstdiebin aller Zeiten gefährlich nahe, ohne sie vom Hintergrund ablösen zu können, kommt auch in Sichtkontakt mit einer gewissen Kinderzeichnung, ohne sie als Fremdkörper zu identifizieren. Dann fährt er noch den Computer runter, sorgt mit der Hand in der Hose für geordnete Verhältnisse, schließt das Museum hinter sich ab und verschwindet, mit sich und dem Arbeitstag zufrieden, vor sich hin pfeifend.

Mia wartet noch ein paar Minuten. Dann kriecht sie stöhnend aus der Skulptur und versucht aufzustehen, ihre wenig durchbluteten Beine verweigern aber die Dienste. Eine Ameisenkolonie wandert nach oben, bis sie Mias Tränendrüsen erreicht.

Minuten vergehen, bevor sie auch nur versucht, ihre Zehen zu bewegen. Eine halbe Stunde vergeht, bevor sie anfängt, Richtung Treppe zu kriechen. Sie schafft es, ihren Harndrang zurückzuhalten, bis sie eine der Kabinen erreicht. Es tut weh. Noch nie vorher hat Pinkeln so wehgetan. Danach wäscht Mia sich Hände und Gesicht, wäscht sich die Achseln, trinkt so viel Wasser, dass sie zur Sicherheit gleich noch mal aufs Klo geht. So schnell läuft das allerdings auch nicht durch.

Die Arme auf den Knien aufgestützt, überdenkt Mia gründlich ihre Lage. Sie hat jetzt auch die ganze Nacht Zeit dafür. Mia denkt an die Armbrust in ihrem Rucksack und daran, dass das ja wohl wirklich eine ziemlich bescheuerte Idee gewesen ist. Sie setzt sich vor das Fenster, das sie gestern in der Nacht nicht aufschneiden konnte. Überdenkt die Möglichkeiten. Als der Himmel wieder aufhellt, ist ihr immer noch nichts Besseres eingefallen. Seufzend steht sie auf, geht Richtung Museumsshop. Dort steht ein Telefon. Keine gute Idee, aber immerhin eine Leitung nach draußen. Ihr Handy kann sie nicht verwenden. Es liegt abgeschaltet und mit ausgebautem Akku im Rucksack. Damit sie nicht geortet werden kann. Sie will in der Funkzelle des Museums nicht aufscheinen, nicht mal als Vorratsdatenbitundbyte. Aber jetzt muss Mia wen zu Hilfe rufen. Alles ist besser als noch ein Tag im Museum. Wobei ihr der wohl nicht erspart bleiben wird. So schnell kann niemand reagieren.

Mia will es mit einer 0 als Rauswahl probieren, hält aber inne. Kunstfuzzis, murmelt sie vor sich hin. Die machen nie auf Nullachtfuffzehn. Die haben sicher ein Faible für Wortwahlrufnummern. Nach kurzem Nachdenken entscheidet Mia sich für die 8. 8 wie T auf der Handytastatur, T wie Tinguely. Es tutet vielversprechend. Mia wählt die Österreichvorwahl, dann tippt sie, schnell, damit sie es sich nicht noch mal anders überlegen kann, eine Nummer. Ein *Prepaid*-Handy. Eine Sprachbox. Eine Wegwerfnummer. *Destroy after use.*

»Fabio«, sagt sie, »komm nach Basel. Schnell. Ins Tinguely-Museum. Mach kaputt, was dich kaputt macht.« Ihr etwas pathetisches Codewort. Das heißt: Schmeiß das Handy weg, Cowboy. Reit mich aus der Scheiße raus.

Und Fabio wird kommen. Nicht am nächsten Tag, wohlgemerkt, wie denn auch. Allerdings kommen auch keine Museumsbesucher und der Mitarbeiter ist eine Mitarbeiterin, und die hat entweder keine menschlichen Bedürfnisse oder ein gutes Mittel dagegen, jedenfalls bewegt sie sich in den Öffnungszeiten nicht ein Mal von ihrem Arbeitsplatz weg.

Mia verbringt die Nacht damit, ihren Arbeitsplatz nach Münzen abzusuchen, mit denen dann den Snackautomaten zu füttern und die zuckrigen Riegel in sich hineinzustopfen. Zu trinken, sich zu waschen, sich vorsichtig im Museum umzusehen, das in der Nacht einen eigenen Zauber entwickelt, auch wenn die Installationen sich in einem stromlosen *freeze* festgefahren haben. Sich vor das Fenster zu setzen und sich vorzustellen, wie sie mit der Niki de Saint Phalle in ihrem Trockensack den Rhein stromabwärts treibt. Richtung Grenze. Panzerknacker, was für ein Trupp Vollidioten. Wem hat sie eigentlich was beweisen wollen mit diesem Stunt? Aber die Frage kommt wie jede Reue: zu spät.

Dafür kommt Fabio. Zuerst erkennt Mia ihn gar nicht. Immerhin ein Besucher, denkt sie. Einer mit Hut und Schnurrbart, der verblüffend echt aussieht. Mia schaut genauer hin. Sie erkennt Fabio nicht. Sein Gang ist anders, seine Kleidung irgendwie *off.* Aber wer soll es denn sonst sein, der seine Augen neugierig durch den Raum schweifen lässt, dessen Pupillen sich weiten, als er sie in der Skulptur hocken sieht. Besucher scheint das Museum ja keine zu haben.

Kleingeldereien

Ein dunkelblaues Samtkleid, schwarze Lackschuhe, gekämmtes Haar. Maria hatte sich als Musterschülerin verkleidet und schlenderte ohne Eile Richtung Dom, beobachtete dabei die Straßen. Keine Polizei, dafür Touristen. Sie sah sich um. Am anderen Ende des Platzes wärmten sich ein paar Breaker auf, legten Pappkartons auf den Boden. Maria freute sich darüber, sie wurde nicht müde, ihnen beim Tanzen zuzusehen, mochte die Mühelosigkeit der Bewegungen, mochte, wie die Jungs als Team tanzten, auch wenn sie vorgaben, gegeneinander anzutreten.

Sie blieb kurz stehen, schaute ihnen bei ihren Vorbereitungen zu. Überprüfte, ob andere Straßenmusikanten in der Nähe waren. Manche machten Probleme. Ein süßes Mädel mit einem Rest Kindchenschema in den Augen und einer ausgebildeten Stimme war ernst zu nehmende Konkurrenz. Da konnte es schon mal passieren, dass ein Telefonat erfolgte und wenig später zufällig eine Streife auftauchte. Oder aufgemuskelte Halbstarke, die eine vom Magistrat ausgestellte Platzkarte nicht beeindruckt hätte. Einmal war ihr Weglaufen zu halbherzig gewesen. Seither trainierte sie: Sprint und Selbstverteidigung. Motiviert wurde sie durch die Erinnerung an einen Ganzkörperbluterguss.

Maria drehte sich nicht um. Sie verließ sich darauf, dass Fabio ein Stück weiter hinten auf der Straße die gleiche Richtung entlangging. Viele Touristen waren unterwegs, sie würde kein Problem damit haben, zu verschwinden, falls es nötig werden sollte. Fabio und sie würden heute überhaupt kein Problem damit haben, auf die Quote zu kommen, die morgens an der Tafel im Flur angeschlagen gewesen war.

Marias Spendenbox war aus Karton, sauber und freundlich beschriftet. Sie sang aus Freude am Leben, die Zuhörer spendeten aus Freude am Geben und am Gehörten, niemand musste die Fürsorge rufen, niemand musste sich Sorgen machen. Alles frisch gewaschen und gekämmt, gesund und glücklich und frei laufend und den Tag lobend. Maria hatte sich das dazupassende Repertoire zurechtgelegt. Sie sprang ein paar Mal in die Luft, schleuderte die Arme in verschiedene Richtungen, suchte nach Spannung in ihrem Zwerchfell, lockerte es und legte los. Einer der Tänzer stoppte seine Aufwärmschritte. Als er ihre Stimme hörte, lächelte er und winkte ihr zu. Die ersten Touristen blieben stehen, auch der Tänzer kam näher, stellte sich zu ihnen. Er lächelte immer noch. Maria kannte ihn. Sie mochte ihn. Er mochte ihre Stimme, hörte konzentriert zu, dabei sollte er die Songs längst auswendig kennen, sie kannte die Schritte seiner Jungs ja auch, konnte sie vorhersagen, wenn auch nicht mittanzen. Neulich hatte sie ihn einfach so bei einem Kebab-Stand stehen gesehen, sie hatte sich zu ihm gestellt, ihn nach einer Zigarette gefragt, obwohl sie gar nicht rauchte. Er hat ihr eine gegeben, noch kurz das Feuerzeug aufflammen lassen und sich dann wieder weggedreht. Maria wusste nicht viel über die Liebe, aber sollte sie einer, der sie mochte, nicht auch erkennen, wenn sie gerade nicht sang?

Blick über den Platz, kein Polizist in Sicht, Touristen in Trauben, Tauben in Massen, Münzen und sogar ein Schein sammelten sich in ihrem Karton und da kam Fabio, blieb bei den Breakern stehen. Heizte deren Publikum ein bisschen an, klatschte und lachte und ließ sich alle Zeit der Welt. Maria beendete ihr Lied, wartete auf ein kleines bisschen Ermutigungsapplaus. Aus den Augenwinkeln sah sie Fabio in ihre Richtung schlendern. Ihr Publikum, war sie sich sicher, hatte nur Augen und Ohren für sie. Fabio wiederum hatte Augen, Ohren und Hände beim Publikum und dessen Geldtaschen. Maria ließ ihren Blick in sich hineingleiten, dann zurück zu den Tänzern, den Platz entlang. Am anderen Ende konnte sie eine Polizeistreife erkennen, die gemütlich Präsenz zeigte, kein Einsatz, kein Grund zur

Panik. Maria dehnte den Endton der letzten Zeile und ließ sich in einen ABBA-Song gleiten: *Thank you for the music*. Fabios Stichwort. Der zog seine Hände aus einer Damenhandtasche und verschwand in einer der Gassen.

Maria beendete den ersten Refrain, verbeugte sich, nahm den Karton und ihren Rucksack und verschwand in der Peterskirche, die sie gerne als Kulisse benutzte. Sie sah sich um, niemand schien auf sie zu achten. Sie kletterte über eine niedrige Marmormauer, verschwand auf der kirchenabgewandten Seite des Beichtstuhls in einem dunklen Eck. Zog Jeans, Turnschuhe und Cap aus dem Rucksack, zog sich um, stopfte Faltenrock und Lackschuhe hinein. Das Geld wurde in einer Socke, frisch gewaschen und extra dafür eingepackt, untergebracht. So klimperte es weniger.

Beim Gehen zündete sie eine Kerze an, ohne zu spenden. Vor der Tür ein schneller Rundumblick: Ihre Zuhörer hatten sich verteilt, ein paar standen bei den Breakern, vielleicht würden die die Ersten sein, die draufkamen, dass ihre Geldtasche weg war. Maria stellte sich zu den Schaulustigen, warum auch nicht? Es wäre das erste Mal, dass jemand sie wiedererkennt. Ihr Fan, Jan hieß er, beendete gerade eine schweißtreibende Schrittfolge, klatschte den Nächsten ab und stellte sich an den Rand. Maria lächelte ihm zu. Sein Blick glitt über sie hinweg, er lächelte, aber es war ein unverbindliches Showbiz-Lächeln, das nicht sie meinte. Nein, der war definitiv nicht in sie verliebt.

Maria schmiss den Jungs ein paar Münzen in das am Boden liegende Cap. Dann verschwand sie in einer Seitengasse und klapperte die Treffpunkte ab, bis sie auf Fabio traf. Der erkannte sie wenigstens.

Consenting young adults

Heute war Maria nicht mit Fabio gemeinsam unterwegs, heute griff Hassan in die Taschen der Zuhörer. Es dauerte nicht lange, da wurde er von einem Typen dabei erwischt, wie er mit seiner Hand in dessen Hose Nachforschungen anstellte. Der versuchte natürlich, Hassan festzuhalten. Polizist streifte gerade keiner herum, Hassans Glück. Mehr Glück: Er rempelte den beklauten Passanten an, konnte sich losreißen und davonrennen. Maria brach ihren Song ab, tat betroffen. Weil, wenn hier geklaut wurde, dann sollte sie besser aufhören, das wäre ja für ihr Publikum gefährlich. Die Masche zog. Zwei Frauen aus Deutschland murmelten für alle hörbar: »Nee, lass ma, Mädchen. Machste einfach weiter. Ist ja nichts passiert.«

»Haben Sie ein Lieblingslied?«, fragte sie die beiden grauhaarigen Frauen.

»Kennst du *Jeder Tag ist ein Geschenk*?«

Kannte Maria, mochte sie aber nicht. Sie schüttelte den Kopf, ließ ihre Haare ins Gesicht hängen. Stimmte *Oh happy day* an. Rike klatschte mit einer Tüchtigkeit mit, die nicht zum Wunschlied passte. Immer druff auf die Eins. Trotzdem. Gospel ging immer. Gospel war cooler als alles, was die deutschsprachige Kirchenbasis hervorgebracht hatte. Abgesehen von *Vater unser* und *Ave Maria*. Das drückte ordentlich irgendwo drauf. Verleitete aber niemanden zum Mitsingen. Schon allein wegen der Oktavenspannkraft, die man in der Stimme brauchte. *Oh, happy day, when Jesus washed*. Rike traute sich, leise mitzusingen. Ein paar andere der Gruppe auch.

Hoffentlich war Hassan jetzt schon weit weg. Hoffentlich hatte ihn niemand erfolgreich verfolgt. Probleme würde es auf jeden Fall geben. Bei der Abrechnung. Und bei der wöchentlichen Besprechung der Leistungen. Die Vorgabe an der Gangtafel war schon wieder erhöht worden. Für Mia hieß das: mehr stehlen, mehr singen, mehr abliefern.

Maria verbeugte sich, wies noch mal mit der Hand auf den Spendenkarton. Die beiden Frauen aus Norddeutschland warfen Scheine hinein. Die Nicht-Rike hatte ein verdächtiges Schimmern in den Augen gehabt. Maria wartete, bis die Ersten der Zuseher sich zerstreuten. Sie warf einen Blick die Straße entlang. Dort, wo sich das Kopfsteinpflaster zu einem Platz ausweitete, tanzten wie immer die Jungs. Jan stand am Rand. Maria packte ihren Karton und ihren Rucksack, drehte sich um und machte die paar Schritte auf die Kirche zu. Sie würde sich hinter einer Säule oder im Beichtstuhl umziehen. Eine Kerze anzünden und kurz an Mutter denken. »Alles okay« murmeln und hoffen, dass ihre Mutter sie hörte, sich keine Sorgen um sie machte, da, wo immer sie jetzt war. Ab durch den Hauptausgang! Maria zog die schwere Tür auf, schlüpfte durch und erschrak: Auf den Stiegen neben dem Eingangsportal hockte Jan.

»Hey!«

Maria versuchte zu bluffen und ging einfach weiter. An ihm vorbei.

»Hey!«

Unentschlossen machte sie noch ein paar Schritte von ihm weg.

»Warte doch!«

Jan hatte sie schnell eingeholt. Maria beeilte sich gar nicht, bezweifelte aber auch, dass sie eine Chance gehabt hätte. Diese Tänzer waren fit. Keine Bodybuilder, denen ihre Muskeln bei jeder Bewegung im Weg waren. Wirklich fit. Jan überholte sie, drehte sich um und lief im Rückwärtsgang vor ihr her.

»Du bist es doch?«

Maria reagierte nicht.

»Die Sängerin von vorhin? Die immer so schnell weg ist?«

Maria zuckte mit den Achseln.

»Du musst es sein. War ja niemand sonst in der Kirche.«

Maria blieb stehen: »Was willst du?«

Jan lächelte.

»Wie heißt du denn?«

Natürlich warnte Susanne immer und immer wieder davor, den echten Namen preiszugeben. Aber jetzt war es nicht Susannes warnende Stimme, die Maria zögern ließ. Maria hätte einfach lieber anders geheißen. Jan hatte sie mit ihrem dunkelblauen Rock gesehen, Jan kannte ihr Repertoire, kannte die Songs, die sie auswählte. Jan kannte ihre weiße Bluse. Wenn sie jetzt noch die Maria zugab, dann war's das. Aber ein anderer Name fiel ihr im Moment nicht ein. Sie konnte sich ja schlecht Sophie nennen oder Selina oder Fabio.

»Sag schon.«

»Maria.« Mehr als ein Murmeln war das nicht gewesen. So schnell hatte sie ihren Namen noch nie ausgesprochen.

»Mia?«, fragte Jan mit einem immer breiteren Lächeln, »schöner Name. Gehen wir was trinken, Mia? Ich lad' dich ein. Okay?«

Okay.

Nur war es *nicht* okay. An einem Tag lud Jan sie auf einen Drink ein, am nächsten Tag übersah er sie. Sie spürte seinen Blick auf sich, wenn sie sang, aber er ignorierte sie, wenn sie eine Stunde später in seiner Nähe stehen blieb.

Der ist es nicht wert, sagte Fabio, aber Fabio war jeden Abend in fremden Häusern unterwegs, um Wertgegenstände abzutransportieren, oder in fremden Betten, um fremde Hautschichten abzutasten. Fabio hatte den Dreh raus, Mario klopfte ihm zufrieden auf die Schultern und redete hinter seinem Rücken, aber in seinem Interesse, mit Susanne. Sophie blinzelte ihm kokett zu, aber Sophie war die Tochter vom Chef, und von der Tochter vom Chef, so Fabio, lässt man die Finger. Und vielleicht, überlegte Maria, galt das ja auch für sie. Irgendwie. Jedenfalls ließ Fabio von ihr auch die Finger.

Was Jan betraf, empfahl Sophie Make-up und einen drastischen Garderobenwechsel: Kleider mit Fenstern zur Haut. *Audition for the job*, flüsterte Selina ihr zu, die meinte zwar was anderes, die meinte vor allem wen anderen, die sprach wie immer von sich selbst und im konkreten Fall meinte sie manchmal einen Typen in der ersten Reihe, dem sie, nachdem sie ihm die kleinen Scheine tanzend aus der Tasche gezogen hatte, die großen in einem Séparée abnahm. Manchmal meinte sie auch Matthias, in dessen Nähe sie sich wohlfühlte, was dem entweder recht oder gleichgültig war, Maria wurde aus ihm nicht schlau. Wie denn auch.

»Hey, Mia, Bock auf ein Eis?« Heute war also einer der Tage, an denen Jan sie erkannte. Na, danke auch.

»Klar«, lächelte sie.

»Was läuft?«

Nichts lief, und was sollte Maria schon einfallen auf so eine Frage. Aber das »Mia« gefiel ihr. Das passte zu ihr. Dieses »Mia« hatte Fabio bereits eine Ohrfeige eingebracht. Es war aber auch unangebracht gewesen, auf Marias Aufforderung, sie ab jetzt so zu nennen, mit einem Lachkrampf zu reagieren. Irgendwie hatte sie sich in ihrer Bewegung verschätzt. Ihre Hand war mit einem beunruhigenden Ton auf seine Haut geklatscht, seine Augen waren fast übergequollen und seine Mundpartie hatte sich angespannt. Sie dachte an den Fabio, den sie nicht kannte, vor dem die Jungs in der WG aber ein bisschen Angst hatten. Die Jungs auf der Straße waren üblicherweise beunruhigt genug, um ihm widerspruchslos auszuweichen. Fabio tickte manchmal aus, wusste das aber zu timen, wusste, bei wem er sich seine Wut leisten konnte und bei wem nicht.

Jetzt trifft es also mich, dachte Mia, als er sie so fest an den Handgelenken packte, dass sie später blaue Flecken bekam. Sie stolperte nach hinten. Versuchte sich rauszuwinden. Zog ihn mit. Als sie zwischen dem gelben Sitzsack und Fabios vollem, ein bisschen zu hochtrainiertem Körpergewicht eingequetscht wurde, blieb ihr die Luft weg. Sie duckte sich, versuchte sich unter ihm kleinzumachen, versuchte sich gegen den erwarteten Schlag zu stabilisieren. Aber Fabio schlug nicht zu. Er starrte sie an. Sie konnte seine Brust auf ihrer fühlen, seine angestrengten Atemzüge spüren. Sie blieben wie im Schraubstock liegen, er war ihr näher, als er der Tochter des Chefs kommen sollte, aber Matthias kümmerte sich sowieso nicht um sie, würde ihr nicht zu Hilfe kommen, wenn Fabio die Kontrolle verlor. Maria hatte Angst. Aber auch nicht. Es war doch Fabio. Sie kannte ihn doch, oder? Irgendwann lachte Fabio verlegen auf, ließ ihre Arme los, rollte von ihr runter und fuhr sich durchs Haar: »Mia, also …«

Und Mia lächelte, blieb, so still sie konnte, liegen, und wartete darauf, dass sich ihr Puls beruhigte.

»Hey Mia!«

Kam es Mia nur so vor, oder erkannte Jan sie öfter als früher?

»Wir gehen aus, kommst du mit?«

Und sie kam mit. Hasste den Club, sobald sie ihn betrat, denn Jan war hier ein Star, Jan und sein Po in den zu tief sitzenden Hosen waren echt ein Thema. Jan hatte Kumpels, die von Mia keine Notiz nahmen. Jan hatte Mädchen, die Gloss für ihn auftrugen und betont gut rochen, wenn sie versuchten, ein Ohr in die Nähe seines Mundes zu bekommen. Mia wurde übersehen. Und es dauerte, bis Jan sich nach ihr umdrehte. Als es ihr zu lang dauerte, haute sie einfach ab. Sauer. Verletzt. Grußlos. Doch das nächste Mal ließ sie sich wieder hinterherziehen.

Jan war ein Thema, aber die Arbeit ging vor. Die Barozzis waren hektischer als bisher. Jeden Tag, jede Nacht und jedes Wochenende durchstreiften barozzinahe Trupps die Stadt, räumten ab, was nicht allzu gut gesichert war. »Planquadrat« nannte Mario diese Aktion. Auf der Straße wurden Geldtaschen, Handys, Kameras und Markenuhren abgegriffen. Ganze Straßenzüge wurden systematisch abgeklappert nach schlechten Schlössern in Türen und nach Computern, Kameras, Schmuck usw. dahinter.

Mia kannte die Hintergründe der *Aktion Planquadrat*. Ein Zufall: Sie hatte Fabio davon erzählt, dass sie verschwinden konnte, wenn sie wollte. Dass sie unsichtbar wurde, wenn sie ihr Lied sang. »Dann belausch doch mal eine Besprechung der Barozzis, wenn du so gut bist«, meinte er unbeeindruckt. »Sag feig«, sagte Mia. »Feig«, sagte Fabio.

Beim nächsten Familientreffen fing sie bei Kaffee und Kuchen leise zu summen an, machte sich unauffällig, folgte Mario und Matthias ins Nebenzimmer. Mario rauchte sich eine Zigarre an und blies Matthias den Rauch ins Gesicht, nicht absichtlich, aber der Raum, in den sich die Barozzi-Männer zurückgezogen hatten, ließ in Sachen Quadratmeter und Belüftbarkeit schwer zu wünschen übrig. Dafür war er konspirativ genug. Gerade weil das Zimmer so klein war, wunderte sich Mia, dass niemand sie bemerkte.

Die Männer sprachen über Politik. Im Land hatte es einen Regierungswechsel gegeben, den ersten seit Jahrzehnten. Das Rechtsaußen war plötzlich regierungsfähig. Die Regierung war plötzlich damit beschäftigt, sich das Land neu aufzuteilen.

»Jedenfalls«, triumphierte Mario, »die haben den Polizeipräsidenten abgesetzt, falsches Parteibuch, die haben die funktionierenden Ermittlungsteams zerschlagen, weil die waren ja bisher auch paritätisch besetzt. Jetzt sind Neulinge am Drücker. Und das Beste ist: ...«

Mario ließ den Doppelpunkt im Raum stehen, blies Rauchringe, auch wenn die nicht besonders gut gelangen, ignorierte geübt Matthias' gelangweilten Blick. Susanne, inzwischen auch zu den Männern gestoßen, schaute interessiert. Es ging um Geld, um mehr Geld, mehr Geld war in Susannes Interesse, aber vor allem mochte sie die Herausforderung.

»Was ist das Beste?«

»Das Beste ist: Die Einbruchserien schieben die automatisch Banden aus dem Osten in die Schuhe. Parteilinie. Und wir! Wir sind fein raus.«

Mario lehnte sich zurück und grinste zufrieden. *Aktion Planquadrat* wurde einstimmig akzeptiert. Deshalb machten jetzt alle Überstunden.

»Hey Mia! Wo warst du denn gestern? Du hast dich noch nicht mal verabschiedet. Ich hab' dich gesucht.«

Jans Vorwurf war so neu, wie es Mias abschiedsloses Verschwinden nicht war. Sie suchte nach Ausreden, schob es auf die Familie, die hätten ihren Ausgang eingeschränkt. Jan wollte sie Freunden vorstellen, die hatten eine Band, dort könnte sie vielleicht … Aber Mia konnte nicht. Sie war voll eingeteilt. Sie war sauer. Es fühlte sich gut an, Jans erstaunten Blick im Rücken zu spüren.

The long and winding road

Fabio ist wütend. Das steht ihm. Jedenfalls besser als der verblüffend echt aussehende Bart, den Mia gern von seiner Oberlippe runterziehen würde, aber das ist wohl eine blöde Idee. Fabio ist so sauer, dass er nicht auf die Idee kommt, ihr den Rucksack abzunehmen. Mia gibt sich alle Mühe, so zu tun, als wäre er federleicht. *James-Bond-Style.* Wenn sie gefragt wird, beschließt sie, wird sie so tun, als wäre es sowieso ihr Plan gewesen, einfach aus dem Museum rauszumarschieren. Bei Tageslicht. Unter den Augen der Zuständigen. So wie sie es jetzt getan haben. Hinter Fabio hat eine Schulklasse mit zwei Lehrerinnen das Gebäude betreten und den Lärm- und Aktionspegel ordentlich in die Höhe geschraubt. Mia verbeißt sich die Frage, ob das Zufall war oder Teil von Fabios Plan. Apropos Plan: Über die Stihl und die *Plumett* will sie nie wieder ein Wort verlieren. Nie. Die Panzerknacker sind Knallköpfe. Tank Girl ist tot. Mia bald auch oder zumindest ein Zombie. Vor ihren Augen tanzen farbige Punkte, in ihren Schultern wird zur Meuterei aufgerufen, ihr Kreuz bricht gleich durch. Aber sie lässt sich nichts anmerken. Fabio ist ohnehin zu böse, um in ihre Richtung zu schauen. Er ist mit dem Auto da. Er muss die Nacht durchgefahren sein. Mia bietet an, ein Stück zu fahren, damit er sich ausruhen …

Darauf antwortet Fabio nicht mal.

Mia schmeißt den Rucksack in den Kofferraum. Vor der Grenze muss sie Ballast abwerfen. Auf dem Beifahrersitz ist sie eingeschlafen, bevor sie Fabio warnen kann, dass sie noch zu einem Müllplatz müssen. Als sie die Augen wieder aufmacht, hat Fabio keinen Bart mehr. Die Autobahn kommt ihr bekannt vor. Es ist Nacht. Sie wartet auf ein Straßenschild. Standortbestimmung. Schwaz. Tirol. Die Grenze ist passiert.

»Wie lang hab' ich geschlafen?«

Fabio dreht die Musik leiser, greift auf den Rücksitz. Lässt eine Wasserflasche in ihren Schoß fallen. Prickelnd, liest Mia. Urquell. Ihr Mund ist trocken. Sie schraubt unentschlossen am Verschluss rum. Setzt die Flasche an. Das Wasser ist lauwarm. Es ist unendlich erfrischend. Die Flasche zwischen den Beinen eingeklemmt, die Hände lose, lässt Mia den Kopf nach hinten fallen. Sie fühlt sich aufgefangen, vom Autositz. Von der Nacht. Von der Straße vor ihren Augen.

»Danke«, flüstert sie.

Fabio schaut geradeaus. Lange sagt er nichts. Irgendwann fangen sein Schultern an zu zucken. Er hält Kurs, aber er lacht wie selten.

»Was?«

Fabio fährt sich mit einer Hand über die Augenbrauen, wischt über die Augenlider, hält sich die Augen zu, was er streng genommen als Fahrer nicht machen sollte. Schüttelt den Kopf, als er die Hand wieder wegnimmt. Klopft aufs Lenkrad.

»Was?!«

Es dauert, bevor Fabio antwortet. Als er es tut, ist es Mia dann doch wieder nicht recht:

»Was wolltest du mit der Plumett?«

Besser wäre es gewesen, mit Fabio zu reden. Was daheim los ist? Wie sie sich verhalten soll? Ob sie noch sicher ist, bei den Barozzis? Was er für Pläne hat? Für sich selbst? Ob er für seinen Plan einen guten Freund braucht? Ob Mia dieser Freund ist? Aber wann immer Mia eine Frage stellen will, wird ihr Mund trocken. Sie greift im Minutentakt zur Mineralwasserflasche. Sophie hat sie nicht über die Lippen bekommen, nicht mal als harmlose Frage nach dem, was Sophie grad in Wien macht. Sophie ist doch ihre Freundin? Nach der kann sie doch fragen, ohne dass irgendwem irgendwas auffällt. Oder? Wenn Fabio ihre Auslassung bemerkt hat, lässt er es sich nicht anmerken. Aber vielleicht hat er seinen eigenen toten Winkel. Sie reden über Mario. Sie reden über Fabios neues Handy. Sie reden über den WG-Putzplan. Sie reden über Ion. Fabio mag Ion. Sie reden über Kunst. Sie reden über Verbund-Sicherheitsglas. Sie reden über Mias Hunger und ihren Wunsch nach einer Dusche und einer Zahnbürste.

Über Sophie reden sie nicht. Über Fabio reden sie nicht. Über Mia reden sie nicht.

Ich bin etwas, das du nicht siehst

Vielleicht würde es helfen, Reflektoren an sich anzubringen. Eine lange Nacht, erfolgreich auch, lag hinter ihnen. *Aktion Planquadrat* lief immer noch auf Hochtouren. Es war Mias Idee, in ein Studentenheim einzusteigen. Kurze Wege zwischen den Zimmern, in jedem Zimmer eine neue Stereoanlage, Kameras und erstaunlich viel Bargeld, das achtlos auf Schreibtischen rumlag. Im zweiten Stockwerk eine Party, hinter deren Lärmpegel man sich wunderbar verstecken konnte. Die anderen Stockwerke so gut wie menschenleer. Niemand wunderte sich darüber, dass hausfremde Menschen herumliefen. Sogar ihre Rucksäcke fielen nicht auf. Nach jedem Gang zum Auto kleideten sie sich anders und näherten sich dem Haus aus einer anderen Richtung.

Acht Stockwerke später SMS-ten sie Matthias, der schickte ihnen Hassan als Fahrer. Nach Übergabe des gut gefüllten Kleinbusses rollten Mia und Fabio auf ihren Rädern durch die Stadt. Setzten sich zum Donaukanal, blödelten rum. Als sie heimkamen, konnten beide immer noch nicht schlafen. Fernseher an, Füße hoch, ab in die Waagrechte. Wegdösen. Als Mia wieder aufwachte, erklärte Helmi grad wem, wie wichtig Sichtbarkeit doch sei. Augen auf! Ohren auf! Mia ist da! Das musste doch zu machen sein. Mit Jan.

Fabio lag neben ihr auf dem Boden. Zuerst hatte er sich neben sie auf den gelben Sitzsack gesetzt, aber er war zu klein für beide, Fabio war immer weiter nach unten gerutscht und schlief jetzt auf dem Teppich. Mia lehnte sich über ihn, strich mit dem Finger über seine Stirn, bis er unwillig aufwachte.

»Was ist?«

Mia hätte ihn gern gefragt, wie es so war mit den Mädchen, bei denen er übernachtete. Woran er sie bemerkte? Was dann passierte? Ob Selina und Sophie recht damit hatten, dass man ein bisschen dicker auftragen musste, um überhaupt gesehen zu werden?

»Was jetzt?«

»Nichts.«

Nichts stimmte aber eigentlich ganz und gar nicht. Jan war nicht *nichts*. Jan tauchte immer wieder auf. Suchte sie, wenn man ihm glauben durfte. »Wohin verschwindest du denn immer, Mia?«, fragte er sie. Stellte sich zu ihrem Publikum. Verabredete sich mit ihr. Ließ sie stehen, wenn sie gemeinsam in einem Club waren. Schaute ein bisschen blöd, wenn sie plötzlich verschwand. Machte sein Ding, redete ein paar Minuten mit Freunden, drehte sich um: Mia war weg. Denn Jans Minuten mit seinen Freunden, die dehnten sich ordentlich und Mia wusste einfach nicht, was mit sich anfangen, wenn sie so übersehen im Club rumstand.

Bei Jams war es besser, da konnte Mia sich mit der Musik davon ablenken, wie sehr Jan im Mittelpunkt stand. Wie wenig Erfolg Mia darin hatte, seinen Freunden in Erinnerung zu bleiben. Wenn jemand live spielte, stellte sie sich an den Rand und schaute zu. Ganz vorn standen die Scheinwerfermädchen, suchten nach Glanz, der auf sie abfallen konnte. Dort krachte die Box noch unerträglicher. Ganz hinten hampelte Jan rum, manchmal tanzten er und seine Freunde auch. Machten einen *circle.* Die Scheinwerfermädchen pendelten etwas un-, aber zu allem entschlossen zwischen der Bühne und den Tänzern hin und her. Mia hielt Stellung an der Wand. Sie schaute von hinten auf die Köpfe der anderen. Die nickten im Takt. Manche nickten besonders intensiv. Die stellten sich grad vor, sie wären selber am Mikro. Und manche waren es dann später auch. Open Mike.

Obwohl es so naheliegend war, brauchte Mia ewig, bis ihr die Idee kam. Jan bemerkte sie, wenn sie sang, er bemerkte sie nicht, wenn er tanzte oder umtanzt wurde. Am Rand stehen würde nicht weiterhelfen. Ein Minirock auch nicht. Das hatte sie schon probiert. Fabio weigerte sich, sie zu begleiten, um Jan eifersüchtig zu machen. Sophie mitzunehmen, war kontraproduktiv. Wen sie sich wirklich gern an ihre Seite gewünscht hätte, wäre die Vi. Denn obwohl Mia regelmäßig auf der Straße sang und obwohl Mia immer wieder die *Susibar* von ihrem Schattenplatz her aufrollte, was sie hier vorhatte, das war was ganz anderes. Hier ging es darum, was *Eigenes* zu machen. Die Scheinwerfer voll auf sie gerichtet. Auf diese Bühne hätte sie sich gern von Vi schubsen lassen. Aber Vi winkte ab. Das schaffst du alleine, Mädchen. Mia warf einen Blick auf die Eiswürfel in ihrem Glas. Warf einen Blick hinter sich, ob Jan zufällig gerade wieder aus dem Eck aufgetaucht war, in dem er rumhing: Genau dort, wo er sein wollte, nur halt nicht in Mias Nähe. War doch schon alles egal, eigentlich.

Und trotzdem entwickelte Mia auf dem Weg zur Bühne eine ganz eigenartige Form von Tunnelblick. So als hätte jemand eine Fischaugenoptik vor die Welt geschraubt. So als hätte die Welt Wasser in die Ohren bekommen. Mia schaffte die Stufen zur Bühne ohne zu stolpern, sah ihrer Hand dabei zu, wie sie nach dem Mikro griff. Sah ihrer Hand dabei zu, wie sie den Griff zum Mikro wiederholte: Keiner der Jungs hatte Anstalten gemacht, das Mikro aus der Hand zu geben. Dehnten sich die Sekunden grad anders oder vergingen wirklich Minuten, bis Mia endlich Erfolg hatte, endlich ein Mikro in der Hand? In ihrem Kopf war nichts mehr.

Kein Jan, kein Alltag, keine Idee. Keine Mia.

Das Mikro wölbte sich ihr in Fischaugenoptik entgegen. Mia führte es zum Mund. Filmriss. Mia klappte den Mund wieder zu. Gab das Mikro in irgendeine Hand, ließ sich von irgendeiner Hand auf die Schulter klopfen. Stolperte die Stufen runter. Suchte sich ihren Weg zurück. Münder lächelten sie an. Irgendwann fing Jan sie ab.

»Was war denn das?«

»Keine Ahnung.«

»War gut, urgut. Aber nächstes Mal: Sag einfach, wenn du lieber was anderes machen willst. Musst es ja nicht gleich ins Mikro singen.«

Jan lächelte sie an. Mia hätte gern gewusst, was sie auf der Bühne gesagt hat.

Danach wurde es auf eine Art einfacher, auf eine andere Art nicht. Ja, Jan küsste sie jetzt, wenn er sie bemerkte. Ja, Jan zeigte Interesse an ihr – über und unter der Kleidung. Ja, Jan hörte ihr zu, wenn sie was erzählte. Nein, Jan bemerkte sie immer noch nicht immer. Ja, Mia war jetzt so was Ähnliches wie Jans Freundin, aber es konnte trotzdem passieren, dass sie an ihm vorbeiging, ohne dass er aufschaute. Dass Jan Mia an einer Clubrandwand stehen ließ und sein Ding machte.

»Er sieht mich nicht«, sagte sie zu Fabio. »Sollte er mich nicht sehen?«

Fabio wollte sich da nicht festlegen. Fabio hatte selbst allerhand Ärger mit Erwartungshaltungen. Sollte Türen aufhalten und nett zu Freundinnen sein. Aber doch bitte nicht sooo nett. Sollte beschützen können, aber nicht immer gleich zuschlagen. Sollte über Gefühle reden, aber nicht immer nur über seine Eifersucht. Sollte nichts seinen Freunden erzählen. Aber Fabio sah sie immerhin. An Fabio konnte Mia sich nur anschleichen, wenn sie sich wirklich bemühte. Fabio sah in den toten Winkel, in dem Mia sich gern versteckte. Hatte genau den richtigen Rückspiegel oder Schulterblick, um Mia zu sehen, wenn sie ein wenig weidwund nach einem Date mit Jan in die WG zurückkam. Fabio lud Mia dann noch zu sich ins Zimmer ein, spielte Musik, von der er wusste, dass Mia sie mochte. Brachte ihr was zu trinken. Kuschelte sich zu ihr in den grellgelben Sitzsack. Weigerte sich, mitzukommen, wenn sie mit Jan was geplant hatte.

»Er will, aber er sieht mich nicht«, sagte sie zu Fabio, »sollte er mich nicht vorher schon sehen oder sieht er mich erst danach?«

Fabio hielt sich da bedeckt. Überhaupt gab Fabio keine Ratschläge, aber er gab Wärme ab, wenn er neben ihr auf dem grellgelben Sitzsack lag und *Playstation* spielte. Mia war nervös. Jan wollte mehr, Mia wollte auch mehr. Nur hatte sie Angst davor, was passieren würde, wenn sie Jan und ihrer Neugierde nachgab. Was würde sich ändern? Würde er sie danach ganz übersehen? Gleichzeitig hörte sie den *Susibar*-Frauen zu, wenn sie sich unterhielten. Sex schien man können zu müssen und viele konnten ihn nicht. Der hat sich wieder angestellt, hieß es dann.

Mia wollte es genauer wissen und stellte sich in eins der Hinterzimmer, summte und wartete darauf, dass eins der Mädchen mit einem Kunden reinkam. Nur half das so wenig wie die Pornos, die sie aus Fabios Zimmer ausborgte. Es relativierte allerdings ihre Meinung zu gewissen Größenverhältnissen, die sie schon etwas beunruhigt hatten. Klar, Sex konnte man kaufen. Sex konnte man verkaufen. Wenn man ihn konnte. Sex hatte nichts mit Intimität zu tun. Sex war die richtige Intimrasur. Um Sex zu haben, brauchte man einen trainierten und sehenswerten Körper. Um Sex zu haben, brauchte man Geld. Zum Sex gehörte genauso eine Choreografie wie zum Tanzen an der Stange. Mia war an Sex interessiert, Mia war aber auf jeden Fall auch an Intimität interessiert. Das mit der Liebe wusste sie selbst nicht so genau. Aber auf keinen Fall wollte sie so kalt und nackt auf dem Seziertisch liegen, wie es in der *Susibar* den Anschein hatte. Wobei nur die Kunden nackt waren, die Frauen blieben bis oben zugeknöpft, auch wenn sie nichts anhatten. Die *Susibar* half ihr nicht weiter. Selina wollte sie nicht fragen. Sophie redete zwar die ganze Zeit darüber, aber ihre Ansichten änderten sich alle paar Minuten. Und dann gab es da noch den Unterschied zwischen Theorie und Praxis.

Was, wenn Jan enttäuscht war, wenn sie ... Schon klar, Männer stehen drauf, die Ersten zu sein. Was, wenn Mia enttäuscht war, wenn sie mit Jan ... Mia mochte Jan, sie fühlte sich wohl mit ihm, meistens. Aber wenn man Selina, Sophie und den anderen Glauben schenken durfte, musste man Sex üben, um ihn zu genießen, vor allem als Frau. Und Mia wollte den Sex mit Jan genießen. Mia wollte mit Jan keine Peinlichkeiten. Peinlichkeiten mit Fabio waren okay. Also weihte sie Fabio in das Dilemma ein. Und es war gut, Fabio zu küssen, es war gut, ihm zu erklären, warum sie gerade bei ihm das T-Shirt ausziehen wollte, warum sie seine Hände auf ihrer Haut wollte, warum es wichtig war, zu üben. Es war doch wichtig, zu üben? Und Fabios Haut fühlte sich gut an, es war überhaupt kein Problem, Fabios Hose runterzuziehen. Sie waren daheim, lungerten in Trainern auf dem Sitzsack rum, fühlten sich wohl, und Mia ließ ihre Hand über Fabios Haut gleiten und liebte es, wie ihre Haut unter seinen Händen kribbelte. Mochte, wie Fabio roch. Mochte Fabios Lippen und was er damit machte. Mochte, wie sein Schwanz in ihrer Hand lag, fremd und völlig absurd, so völlig anders, als sie sich das vorgestellt hatte, völlig anders, als sie es an den Dildos ausprobiert hatte, die Sophie manchmal anschleppte.

Fabio drückte sich gegen sie, Fabio war schon ganz schön außer Atem. Er drückte sie in den Sitzsack, er lag halbnackt auf ihr, atmete schnell und abgehackt. Sein Atem war so nah an ihrem, lag so haarscharf über ihrem Mund, dass Mia vermutete, dass ihr Kopf wegen des Sauerstoffmangels so leicht wurde. Sie atmete, was Fabio geatmet, was sie geatmet, was er geatmet hatte. Ihr war heiß. War denn überhaupt ein Fenster offen? Hatten sie die Tür abgesperrt? Aber egal. Alles egal jetzt. Es fühlte sich gut an. Nicht richtig. Aber richtig genug.

»Miamiamia«, murmelte Fabio. Bog den Oberkörper nach hinten, versuchte ihr in die Augen zu sehen. Der Druck zwischen ihren Beinen verstärkte sich dadurch. Fabio brachte mit Mühe noch mehr Distanz zwischen Mia und sich. »Ich kann das nicht, Mia. Das ist falsch. Nicht als Erster.«

Mia schob ihn von sich, sprang auf, knallte die Tür hinter sich zu. Ging Fabio für ein paar Tage aus dem Weg. Traf sich mit Jan. Jan konnte. Mia gab das Fabio-aus-dem-Weg-Gehen wieder auf. Fabio konnte dann auch.

Jan war *ihr* Freund. Fabio war *ein* Freund und noch was. Jan ließ das mit dem Freund-Sein irgendwann wieder sein. Fabio blieb. Ein Freund und noch was.

Just a little bit ... of history repeating

Ankunft in Wien. Fabio hat vor der Barozzi-Wohnung geparkt und Mia in die Höhle des Löwen eskortiert. Krisensitzung. Es gehe um Sophie, so Fabio. Die Krise hat den Vorteil, dass niemand sich die Zeit nimmt, Mias Abwesenheit zu bemerken. Mit ein bisschen Glück kriegt noch nicht mal jemand mit, dass Mia nur mit Fabios Hilfe unbeschadet zurückgekommen ist. Zumindest wird sie nicht darauf angesprochen.

Louise sitzt starr im Wohnzimmer. Ihre Brille baumelt missbilligend vor ihrer Brust, sogar im Zorn ist die Strichmundfrau zu etepetete, um mit dem Finger auf Mia zu zeigen. Ihre Stimme hat sie nicht so gut unter Kontrolle. Der Strichmund kann Feuer spucken. Von Gift und Galle ganz zu schweigen: »Wo warst du, Mia? Gerade jetzt, wo wir dich am Dringendsten gebraucht haben, keine Spur von dir!«

Fabio sitzt schweigend auf dem Sofa. Mia versucht, aus seinem Gesicht etwas rauszulesen. Ob er gewusst hat, dass Sophie nicht mehr ohne ihn leben kann, zum Beispiel. Ob er Mias Baselblödheit ausgeplaudert hat. Ob er Mia beschützen will oder ob er sich wünscht, von ihr beschützt zu werden. Oder von Sophie. Ob Mia Ballast für ihn ist. Wann er sie abwerfen wird.

»Kümmere dich um Sophie«, herrscht Louise ihn schließlich an. Fabio wirft ihr einen Blick zu, der schwer zu entschlüsseln ist, verschwindet aber widerspruchslos aus dem Zimmer.

Louise Barozzi läutet. Mia hat das Mädchen, das kurz danach den Kopf zur Tür hereinsteckt und nach den Wünschen fragt, noch nie gesehen. Beinahe freut sie sich darüber, dass die Strichmundfrau das Mädchen ziemlich laut anschreit, nach ihren Manieren fragt und wo sie denn bitteschön gelernt hätte, dass es reiche, nur mit dem Kopf in ein Zimmer zu kommen. Womöglich wird erwartet, dass sie ihren Kaffee ab jetzt selbst aus der Küche holt?

Mias Finger verfolgt ein wenig unentschlossen das Muster der Tischdecke. Ein paar Minuten später öffnet sich die Tür wieder. Das Mädchen versucht möglichst leise und unbemerkt in den Raum zu kommen und schaut entschuldigend auf, als die Espressotasse auf der Untertasse scheppert. Mia kann verstehen, dass sie nervös ist.

»Noch einen Wunsch?«

Louise verneint. Lässt sich Zeit, verrührt Süßstoff, sucht in sich nach Fassung. Sie mag es nicht, wenn sie ihre Contenance verliert. Das verursacht Falten. Eisiges Schweigen ist genauso effizient.

Mia köchelt in dem Schweigen vor sich hin. Sie fragt sich, seit wann Mutter Barozzi ein neues Mädchen hat. Sie fragt sich, was mit der Vorgängerin passiert ist. Sie fragt sich, was sich sonst noch alles verändert hat, in der kurzen Zeit.

Mutter Barozzis Hobbys zumindest sind die gleichen geblieben. Die *Mona Lisa* lächelt immer noch schief von der Wand, auch der *Malen-nach-Zahlen*-Nitsch konnte seinen Platz halten. Die Sonnenblumen dagegen sind weg. Dalís weiche Uhren fließen ein wenig anders als im Original und das Pferd schaut, na ja, in eine Richtung, in die es nicht schauen sollte. Eine grün umrandete nackte Frau, die dem Betrachter eine Pistolenmündung unter die Nase reibt. Maria Lassnig, wenn Mia sich nicht täuscht. Den Dürer-Hasen erkennt Mia zuerst gar nicht, was wohl daran liegt, dass er durch den Medientransfer ein bisschen ver*popart*et wurde. Als hätte Warhol sich der Vorlage angenommen. Die gemalten Celebrities werden weiterhin im Tresor gebunkert. Ob Louise das Fehlen der Originale aufgefallen ist?

Mia versucht sich mit den Bildern zu beruhigen. Ihr Blick bleibt immer wieder am Ölbild von Sophies Vater hängen. Seine ruhigen Brauntöne und der sichere Pinselstrich heben sich ab, bilden einen Ruhepol in der *Malen-nach-Zahlen*-Unruhe daneben. Mia hat ihn nie kennengelernt. Kennt nur, was Louise von ihm erzählt. Sein enormes kriminelles Gespür. Seine Weitsicht. Sein Einfluss. Familienlegenden, nichts weiter. Louise festigt ihren Status, indem sie ihren toten Mann überhöht.

Mias Finger, der sich irgendwo auf dem Tischdeckenmuster verloren hat, zittert. Sie überdenkt ihre Situation. Neulich hat Mario ihr gedroht, jetzt hat Louise mit ihr geschrien. Matthias hat sie in flagranti ertappt. Fabio hat sie retten müssen. Und dann noch Ion. Dessen Pläne und Absichten im Dunkeln liegen. Der irgendwie mit Susanne verbandelt ist.

»Ich habe dich immer gemocht, Mia«, nimmt die Strichmundfrau das Gespräch wieder auf. Das ist sogar für Louise eine ziemlich dreiste Lüge. Louise will sie einlullen, will sie zu irgendwas überreden. Das heißt aber auch, dass sie sich nicht im Recht fühlt. Sie hat den Bildertausch nicht bemerkt. Matthias hat nichts gesagt. Die Erleichterung, die Mias Körper überschwemmt, ist ihr peinlich.

»Aber wenn es um mein Kind geht, wenn Sophie in Gefahr ist, was hab' ich dann noch für eine Wahl?«

Mia konzentriert sich auf das Muster der Tischdecke, schaut dann doch hoch. Sie wartet auf eine Sachzwanglitanei, wartet darauf, dass irgendjemand Karten auf den Tisch legt und den Gewinn für sich reklamiert. Es ist unfair. Mia hat die Chance, mit viel Glück ein paar Plastikjetons zu gewinnen. Die Bank gewinnt immer.

Louise starrt an ihr vorbei, ihre Hände spielen mit der Brille. Mias Blick bleibt am grellbunten Dürer-Warhol-Hasen hängen. Wenn sie der Igel ist, denkt sie plötzlich, dann fehlt ihr der Partner.

Die Gegenseite dagegen spielt auf Team. Großmutter, Mario und Susanne schieben sich ins Zimmer. Mia kennt das Prozedere vom Hörensagen. Ein harmloses Gespräch unter Freunden. Dreckige

Wäsche wird in der Familie gewaschen. Mia hat Angst vor dem Schleudergang und fühlt sich schon jetzt ziemlich ramponiert.

»Wo ist Matthias?« Tante Louise klingt ungeduldig.

»Man sollte meinen, das hier hätte sein Interesse geweckt.« Marios vor Ungeduld rotes Gesicht pendelt zwischen Mia und der Tür hin und her.

»Fangen wir an.«

Mia versucht in der Familienaufstellung zu lesen. Die Strichmundfrau scheint den Vorsitz zu haben, sitzt kerzengerade und straffgezogen am Tisch, sortiert Magazine mit den manikürten Fingern. Mario wirkt belästigt und nervös. Die Großmutter sitzt zusammengesunken in einem bequemen Sessel. Ob sie das Hörgerät überhaupt laut gestellt hat? Susanne lehnt im Hintergrund. Wirkt sie nicht auch angespannt? Dann die altbekannte Leerstelle: Matthias. Und die neue Leerstelle: Sophie, die sich in ihrem Zimmer eingesperrt hat. Die guten Zeiten sind vorbei, nimmt Mario schließlich das Wort auf. Zusammenhalten heiße es jetzt. Die eigenen Interessen müssen zugunsten der Familie zurückgesteckt werden. Kluge Politik müsse gemacht werden. Die *Susibar* habe Probleme, es gebe Rotlicht-Flatrates, es gebe Dumpingpreise, es gebe einen Mädchenverschleiß, der von der Konkurrenz mit rapider Nachlieferung aus dem Ausland bewältigt werde. Die Konkurrenz werde immer schlagbereiter und das in so gut wie allen Geschäftszweigen. Auch in der Nachlieferung. Das betreffe nicht nur die Susibar, sondern auch die Finanzgeschäfte, den Straßenhandel, das betreffe sogar das Anfüttern von Ordnungskräften und Politikern, die im Zulangen unverschämt geworden seien. Die holten sich jetzt das Silber aus der Staatskassa, die bräuchten unser Schwarzgeld nicht mehr, die änderten einfach die Gesetze und schon bräuchten sie weniger Parteienfinanzierungshilfen, obwohl da natürlich noch was ginge. Auf die Gier sei Verlass. Auf die Konkurrenz leider auch. Seit dem Platzen der spanischen Immobilienblase würde mit allen Mitteln Profit gemacht. Einige Kollegen seien wohl ordentlich unter Druck geraten. Die Ära der Gentlemen sei jedenfalls vorbei. Dann noch die Sache mit dem Glücksspiel. Hier wurde geschlampt, hier hätten sie was verschlafen, an die Gesetzesnovelle hatte niemand so recht glauben können und jetzt sei der Markt besetzt von diesem Unternehmen, das die Gesetzesnovelle überhaupt erst herbeilobbyiert hatte. Susannes Ausbildungszweig laufe gut, der habe einen ausgezeichneten Ruf, der schaffe auch immer wieder wichtige Allianzen, in Rumänien zum Beispiel stünden sie gut da, da könnte jetzt endlich mal mit Zins und Zinseszins gerechnet werden. Das reiche zwar nicht, aber gerade deshalb sei die Sache mit Ion so wichtig.

Also ihr reiche es schön langsam, mischte Tante Louise sich ein. Sie habe genug von diesen Durchhalteparolen, sie habe genug davon, immer nur den Fäden beim Gezogen werden zuzuschauen, sie habe überhaupt … gestrichen voll habe sie die Nase von … und ihre Tochter sei jetzt krank, für ihre Tochter sei eine Welt zusammengebrochen, sie könne das nicht mehr hören, das mit dem Opfer bringen, sie habe ja selbst genug Opfer gebracht zu ihrer Zeit, aber ihre Tochter wolle sie da herausgehalten wissen.

Die Tür geht auf. Matthias schiebt zuerst eine Hand, dann den ganzen Körper ins Zimmer. Um was es denn ginge? Er setzt sich neben Mario auf die Couch.

»Welche?« Susanne gibt ihre Schweigehaltung auf.

»Was meinst du mit ›welche‹?« Louise starrt ihre De-facto-Schwägerin mit einer Wut an, die immer in ihr brodelt, von der Mia aber nie rausgefunden hat, woher sie kommt.

»Welche Opfer hast du denn gebracht, Louise?« Susanne bleibt hartnäckig. Matthias sieht aus, als würde ihn das auch interessieren. Louises Mund lässt die Strichhaltung bleiben und wird halbrund. Ein nach unten offenes Halbrund.

Sie lasse nicht zu, dass Sophie so missbraucht werde, murmelt sie schließlich, läutet nach dem Mädchen und ordert hausgemachte Limonade, aber bitte mit ganz wenig Zucker. Einen ganz trockenen Mund bekomme sie von der ganzen Streiterei, aber für Sophie müsse sie das auf sich nehmen, der Franz, hab ihn wer selig, hätte das so gewollt. Und was wäre eigentlich mit Mia? Mia könne doch *genauso* …?

»Das ist doch bitte nicht das Gleiche!« Marios Stimme ist laut. Matthias nickt bekräftigend.

»Was könne ich *genauso*?«

»Halt dich da raus, Mia.«

Susanne schaut verblüfft. Aber es ist wohl das erste Mal, dass sie und Louise Barozzi genau das Gleiche zur gleichen Zeit zu sagen haben.

Mia summt sich in eine Trance. Schaut den Barozzis dabei zu, wie sie gestikulierend Kriegsrat halten. Wenn sie rausfinden will, worum es eigentlich geht, ist es wohl besser, bei Sophie nachzufragen. Mia schleicht sich aus dem Zimmer. Hier wird sie nicht vermisst. Hier wird nicht mal über sie gesprochen, geschweige denn mit ihr.

Sophie reagiert nicht auf ihr Klopfen. Mia greift in ihre Umhängetasche, zieht ein Pick-Set raus. Steckt den Dietrich ins Schloss, stochert, bis er greift, lässt das Schloss aufspringen und drückt die Klinke runter.

Sophie liegt auf dem Bett, starrt in den Fernseher, auf dem sich gerade ein paar Autos gegenseitig von der Straße drängen wollen. So schnell, so wütend. Sophie dreht den Kopf in Mias Richtung. Die lächelt, setzt sich neben Sophies Bett auf den Boden. Ist froh über den flauschigen Teppich. Sophie reicht ihr einen Polster.

»Die wollen mich verheiraten, Mia, die wollen mich echt einfach verheiraten.«

Im Fernsehen driften Rücklichter über den Asphalt. Sophie weicht Mias Blick aus, ihre Lider flattern mit ziemlicher Geschwindigkeit. Auch Mia bremst ihre Augen ab, wenn sie Gefahr laufen, auf Konfrontation zu gehen.

»Ich mein', ich bin Ende zwanzig. Ich bin doch zu alt für eine arrangierte Hochzeit, oder nicht? Ich hab' doch einen eigenen Willen.«

Pausen gehen nicht schwanger, schon gar nicht mit Bedeutung. Sie sind aber unangenehm, zumindest in diesem Fall. Irgendwas wabert im Raum. Sophie starrt auf ihre Hände. Mia schaltet hoch. Es muss ihr jetzt was einfallen, sie muss jetzt unbedingt das Richtige sagen, weiß aber nicht, was.

»Zuerst hab' ich gedacht, Mario meint Fabio. Das hätte ja irgendwie Sinn ergeben, das wäre irgendwie okay gewesen. Den kenn' ich, der kennt mich, das machen wir uns dann schon aus. Heiraten wir halt und alles bleibt, wie's war. Aber Ion! Den kenn' ich nicht mal richtig. Wer weiß denn, wie der so ist, wie der alles so sieht.«

Mia schaut erleichtert zu Boden. Ion also, nicht Fabio.

»Mit Fabio hab' ich mich arrangiert, mit dem hab' ich geredet, als Mario mit diesem Heiratsding angefangen hat. Woher hätte ich denn wissen sollen, dass der gar nicht den Fabio meint?«

»Was hat Mario denn gesagt?«

»Sophie, hat Onkel Mario gesagt, jetzt zeigt sich, ob du ein Mädchen bist, das Sinn für Höheres hat. Es geht um die Familie. Wir müssen jetzt zusammenhalten. Wir müssen uns stärker aufstellen.«

»Und da hast du gleich an Fabio gedacht?« Mia wundert sich, was ihr einen genervten Blick von Sophie einbringt. Aber sie war nicht dabei, es wird schon einen Grund gegeben haben. Und Fabio wird geschätzt. Er ist verlässlich. Er ist klug. Er ist nicht vorbestraft, das allein ist schon eine beachtliche Leistung. Sophie zündet sich eine Zigarette an, fixiert Mia durch den Rauchschleier.

»Mama hat ja versucht, mich zu warnen. Du brauchst was Fixes, hat sie immer gesagt. Und ich mein', Fabio hätt' ich mir einreden lassen. Das hätte Sinn gemacht, irgendwie. Aber Ion. Ich kann mich an Ion ja nicht mal mehr erinnern. Und das ein, zwei Mal Kaffee trinken jetzt, das heißt doch nichts.«

Mia zuckt mit den Schultern. Ion. Fabio. Sophie. Politik. Klar, dass Louise Barozzi die ausgetauschten Bilder nicht bemerkt hat. Hier ist wirklich was am Dampfen.

Sag niemandem, dass du hier warst

Mia muss eingeschlafen sein. Sie wacht auf, Sophies Flauschteppich noch unter sich. Der Fernseher flimmert tonlos, was läuft, ist so egal wie vorher. Ihre Schultern knacksen, als sie versucht, den Polster zurechtzurücken. Es kann nicht gesund sein, so einzuschlafen. Es kann auch nicht gesund sein, wie Sophie zu schlafen: mit offenen Augen und hin und her flitzenden Pupillen. Scharfgestellt sind sie im Traumland, der Fokus liegt auf einer REM-induzierten Illusion. Sophies Kopf kippt zur Seite, eins ihrer Beine zuckt. Mia wird hier nicht gebraucht. Besser sie geht jetzt.

Mit dem Hinterkopf an die abgegriffene Wohnzimmerledertür gelehnt, baut sie ihr Summen in sich auf. Es dauert ein bisschen, bis das Mädchen auf Louises ungehaltenes Läuten reagiert. Mia schaut konzentriert auf den Boden und hängt sich in deren Windschatten. Das Mädchen nimmt die Bestellung auf, lässt dabei die Wohnzimmertür offen, was von Louise schlecht gelaunt kommentiert und von Mia zum Ins-Zimmer-Schleichen genützt wird. Sie schiebt sich an der Wand entlang, achtet darauf, außerhalb von Susannes und Matthias' Blickfeld zu bleiben. Den beiden traut sie am ehesten zu, sie zu bemerken.

Mario reibt sich gerade Stirn und Augen, wirft Matthias einen auffordernden Blick zu, der eigentlich an Mia hängen bleiben müsste, aber anstandslos über sie hinwegflutscht. Mario hat keine Wahrnehmungsressourcen frei.

»Mir liegt Sophies Wohl genauso am Herzen wie dir.« Matthias' Gesprächsauftakt wird von Louise mit einem verachtenden Schnauben zur Kenntnis genommen.

»Entweder sie heiratet Ion oder wir alle suchen uns eine ehrliche Arbeit«, Marios Hand schlägt auf den Tisch, »und mit allen meine ich alle, auch dich, Louise!«

Susanne mischt sich ein: »Zurzeit ist das Angebot der Rumänen, Ion und Sophie zu verheiraten, ein Angebot zum *friendly takeover*. Aber es ist nur eine Frage der Zeit, bis es feindlich wird. Es ist nicht mehr wie früher. Wir haben uns zu lange mit Kleinkram befasst. Vor uns geht niemand mehr in Deckung. Wir müssen uns neu organisieren.« Wie immer ist ihre Stimme ruhig, fast emotionslos.

»*Too big to fail*«, murmelt Matthias. Er klingt sehnsüchtig.

»Um den Drogenmarkt streiten sich die Mazedonier und die Albaner, und da will ich nicht mal in eine Nebenfront kommen. Unsere Leute werden ständig abgepasst, ihr habt doch Hassans Gesicht gesehen. Es wäre genug für alle da, eigentlich. Es gibt so viele Wohnungen, in die man einbrechen kann, so viele Handtaschen, die man mitgehen lassen kann. Die Zeiten sind noch ziemlich gut. Die Leute besitzen allerhand. Aber die Georgier müssen Fremdwährungskredite bedienen, die wollten Geldwäsche im ganz großen Stil betreiben und hocken jetzt auf faulen Immobilien, die niemand haben will. Die haben Stress, da liegen Nerven blank. Wir können nicht mehr ausweichen, wir müssen uns organisieren, wir müssen uns zusammenschließen, was bleibt uns denn sonst noch?« Marios Stimme überschlägt sich.

»Kunstdiebstahl!« Louises Stimme klingt so rotfleckig wie ihre Wangen. »Fälschungen, Verkauf von gestohlenen Kunstwerken. Kunst wird immer mehr für Anlagezwecke verwendet, da gibt es einen immensen Markt. Die *Art Basel* neulich zum Beispiel. Rekordverkäufe trotz Krise. Spezialisieren müssen wir uns, auf Kunst. Diebstahl und Fälschungen! Ich habe da eine Idee, ich habe da schon vorgearbeitet!«

Louise macht eine dramatische Pause. »Ich habe einen Hehler gefunden, der sich auf weibliche Kunst spezialisiert hat. Das Risiko ist gering, sagt der, der Apparat nimmt sie ja kaum wahr. Der Kunstbetrieb schon gar nicht, die Polizei erst recht nicht. Internationale Presse sei aber gut, meint er, das helfe beim Weiterverkaufen, das steigere den Wert. Also haben wir uns einen Plan zurechtgelegt …«

»Wer ist ›wir‹?« Susanne klingt amüsiert.

»Ich und Sophie ... Mia hat ein bisschen geholfen. Wir haben einige Bilder an uns gebracht, es gab ein paar Pressemeldungen, der Termin mit Herrn Apokrif steht, wir werden liefern.«

»Du willst Kunstdiebin werden?« Matthias schaut ungläubig.

»Spezialisiert auf feministische Kunst. Unbekanntere Bilder verkaufen sich leichter, einen Van Gogh kann man klauen, aber nicht auf dem Kunstmarkt losschlagen. Das Risiko ist zu groß. Das hat mir Herr Apokrif genau erklärt. Eine Niki de Saint Phalle dagegen ist dekorativ, weltbekannt, ohne gleich ein Chagall zu sein, dafür gibt es jede Menge Absatzmöglichkeiten.«

»Du und Sophie, ihr wollt euch auf Kunstdiebstahl spezialisieren?«, Marios Stimme steigert sich zu einem *fortissimo forte.* «Ihr habt das alles einfach beschlossen, *ohne* mit uns darüber zu reden?«

»Und Mia.«

»Und Mia?« Susanne hat jede Emotion aus ihrer Stimme herausgefiltert.

An der Wand lehnt Mia, konzentriert sich auf ihre Atmung und wünscht sich weg. Es wird gerade ungemütlich. Es wird gleich krachen. Es wird mit dem Summerton Zeit zu gehen. Mia sondiert den Raum: Noch immer scheint sie niemand bemerkt zu haben. Sie beginnt sich Schritt für Schritt aus dem Zimmer zu schieben.

»Mia hat die Raubzüge ausgeführt, die Sophie und ich geplant haben.«

Mia stellt sich ja selbst gern zu ihrem Licht unterm Scheffel. Trotzdem kocht jetzt kurz ihr Blut hoch. Sie hat *allein* geplant, maximal hat Fabio ihr geholfen, der steht aber nicht mal unter ferner liefen, dessen Leistungen laufen unter *uncredited.* Andererseits. Je weniger sie mit den geklauten Bildern in Verbindung gebracht wird, desto besser. Und es war Louises Initiative. Den Namen Apokrif hört sie zum ersten Mal. Mia hat sich keine Gedanken darüber gemacht, was mit den Bildern passieren wird. Achte immer auf das große Bild, würde Susanne sagen. Denk an die W-Fragen: *Was* sollst du tun? *Wie* kannst du es tun? *Wem* nützt es? *Wer* zahlt dich dafür? *Wie gut*? *Wie viel* verdient der? *Wie* kannst du gleich viel oder mehr verdienen? Ohne es zu merken, ist Mia stehen geblieben. Sie will wissen, was hier geredet wird. Über sie.

»Du willst Bilder, die du klauen hast lassen, an jemanden verkaufen, der vielleicht ein Kunsthändler ist, vielleicht aber auch Undercover-Polizist? Woher kennst du den überhaupt? Hast du Hehler und Kunst gegoogelt und geschaut, ob im Firmenverzeichnis was steht?« Mario redet sich langsam in Rage.

»Herr Apokrif ist vertrauenswürdig!« Louise ist ordentlich erbost. »Ihr habt immer eure Ideen. So stolz seid ihr immer auf euch und eure Ideen, aber eure Geistesblitze führen nur dazu, dass meine Tochter sich verheiraten lassen soll mit einem unberechenbaren Unbekannten. Den keiner kennt, den keiner einschätzen kann. Man kann sich ja nicht mal sicher sein, was für Tischmanieren der hat. Der Franz hätte das nie zugelassen und ich schau' da auch nicht tatenlos zu.«

Louise ist aufgestanden, geht zum Bücherregal, legt den Safe frei. Handschuhe!, denkt Mia sehr laut, kann sich gerade noch zurückhalten, es laut auszurufen. Aber es ist auch egal, denkt sie. Sollen ihre Fingerabdrücke sich doch ausbreiten. Im Tresor lagert kein Diebesgut mehr, auf dem Fingerabdrücke ein Problem wären. Louise baut sich vor dem Codeeingabefenster auf. Tippt. Die Safetür schwingt auf. Louise verschwindet im Raum.

»Darf ich den Herrschaften noch etwas bringen?« Das Mädchen hat wieder den Raum betreten, Matthias zuckt zusammen. Mario winkt ab, ab jetzt bitte keine Störung mehr.

Die Strichmundfrau taucht wieder aus dem Tresordunkel auf. In ihren Händen die Leinwände. Mia hält den Atem an, versucht sich in Tapete zu verwandeln.

»Da!«

Louise Barozzi ist personifizierter Triumph. Sie hält die Leinwände fest, lässt sie aufrollen. Spröde, brüchige Sounds entrollen sich gleich mit. Susanne starrt auf die Leinwände. Mario ringt um Fassung. Matthias verliert den Ringkampf und lacht ruckartig los.

»Das meinst du jetzt nicht ernst, oder?« Mario weicht Louises Blick aus.

»Mir ist grad nicht nach Scherzen!«

»Mir auch nicht.« Susanne schaut starr auf die präsentierten Leinwände. »Vielleicht können wir uns wieder Wichtigerem zuwenden. Sophies Verhalten ist mir unverständlich. Wir leben im 21. Jahrhundert, eine Ehe ist eine Allianz, ein Vertragswerk, nicht mehr. Wir brauchen Ions Familie und auch Ions Familie ist zurzeit überzeugt, dass eine Verbindung mit uns ihr Vorteile bringen würde. Vielleicht ist es gut, dass sie heute nicht hier sind, sie könnten in ihrem Glauben daran erschüttert werden.«

»Ich habe es satt, Susanne, wie du mich immer übergehst. Für wen hältst du dich eigentlich? Du bist noch nicht mal eine richtige Barozzi, aber meinst, du hättest weiß Gott was zu bestimmen. Du wischst meine Kunstdiebstahlsidee nicht einfach vom Tisch. Diese Bilder …«

»Was ist mit den Bildern?« Matthias Stimme ist sanft, beruhigend. Ein bisschen resigniert. Beinahe liebevoll.

»Diese Bilder beweisen, dass wir das Knowhow haben, dass wir eine groß angelegte Einbruchsserie durch die Museen durchführen können … Mario, sag Susanne, dass sie sich benehmen soll, sag deiner Freundin, dass ich mich nicht von ihr auslachen lasse.«

»Wenn du unter die Fälscher gehen willst, musst du noch an deiner Pinselführung arbeiten.« Susannes Lachen bringt Louise endgültig um ihre Fassung.

»Was meinst du mit Fälscher? Das sind die Originale!«

»Vielleicht solltest du deine Brille aufsetzen.«

Louise Barozzi lässt die Bilder vor sich auf den Boden fallen, setzt die Brille auf und wirft einen sie aus allen Wolken fallen lassenden Blick nach unten. Sie erwartet eine echte Niki de Saint Phalle, stattdessen starrt sie auf *Malen-nach-Zahlen*-Eigenbau.

»Das versteh' ich nicht.« Murmelnd verschwindet Louise in ihrem Panzerschrank. Kramt, durchsucht, fahndet nach Kunst. »Sie müssen hier doch irgendwo sein, die Oswald, die Macheiner, die Saint Phalle und die Fotos!«

Matthias steht auf, macht ein paar Schritte auf seine Frau zu. »Lass gut sein, Louise. Wir verstehen, dass dir die Sache zu Herzen geht.«

No sleep till ...

Schon wieder steht Mia mit dem Rücken zur Wand in einem Museum. Mia fühlt sich viral. Sie ist Fremdkörper, hofft darauf, von den Abwehrkräften des Museums übersehen zu werden. Tarnung bis zur Selbstaufgabe. Aber diesmal bleibt sie dank technischer Hilfsmittel unterm Radar. Diesmal ist Ion ihr Schutzschild. Ion und die *adult*-Version seines auffrisierten *Gameboys*. Jetzt weiß Mia also, was Ion macht. Ion macht in Computern. Der Miapartikelhaufen schiebt sich vorsichtig den Gang entlang.

Tja, hat Susanne zu ihr gesagt, Basel also. Nicht so gut gelaufen. Lassen wir die Details beiseite, über die wolle sie nicht sprechen, die machten sie nur schlecht gelaunt. Aber mal im Ernst? Hatte Mia wirklich geglaubt, mit Louise Barozzis Fälschungen könne man Geld machen? Da wäre es ja noch besser, Nashörner aus den naturhistorischen Museen zu klauen, sie zu zermalmen und einen Versandhandel für Potenzpillen in Japan ... hm! Susanne zückt ein *Moleskine*, notiert »Nashorn«. Zeichnet eine kleine Skizze dazu, eine Linie ... Susanne setzt kurz ab, wirft Mia einen Blick zu: »Hat ein Nashorn ein oder zwei Hörner?«

Mit der Stiftspitze klopft sie auf das Papier und seufzt. Mia würde sich gern verteidigen. Aber was soll sie sagen? Dass sie nicht geglaubt hat, dass Louise eine gute Partnerin für einen groß angelegten Kunstraub ist? Sie hat sich trotzdem drauf eingelassen. Was hätte sie auch zu Louise sagen sollen? Nein, danke? Kein Interesse? Mia verzichtet darauf, sich zu verteidigen. Susanne kennt sie. Sie weiß, in welcher

Mühle Mia sich jeden Tag wiederfindet. Alltag. Familie. Loyalität. Susanne lässt diese Hemmschuhkollektion aber einfach nicht gelten. Jede ist für sich selbst verantwortlich.

»Gerade von dir, Mia, hätte ich mir mehr erwartet«, beginnt sie ihre Vorhaltungen. Als Susanne mit Mia fertig ist, könnte sie heulen, dabei ist Susanne noch nicht mal laut geworden.

Am nächsten Tag schaut Matthias in der WG vorbei und tut, als sei so ein Besuch absolut nichts Besonderes, als sei ein Vater-Tochter-Gespräch ein ganz normaler Tagesordnungsunterpunkt. Fabio stellt ihm grad eine Tasse Kaffee hin, als Mia in die Küche kommt, die beiden unterhalten sich über ihre Handy-Apps. Matthias nickt Fabio zu, der verschwindet.

»Wo sind die Bilder, Mia?«

Mia zuckt mit den Schultern.

»Hast du sie noch?«

Mia nickt.

»Du spielst mit dem Feuer, Mia. Ich war vorsichtiger als du, viel vorsichtiger, und ich bin trotzdem im Gefängnis gelandet.«

»Warum?«

Mia vermeidet den Augenkontakt. Untersucht die Fliesen auf Gebrauchsspuren. Versucht aus dem Staubbodensatz die Vergangenheit rauszulesen. Oder die Zukunft. Matthias räuspert sich. Als Mia hochschaut, steht ihr Vater beim Fenster. Mit dem Rücken zu ihr. Er liest die Vergangenheit wohl im Vogelflug. Mia hat die Hoffnung auf eine Antwort schon aufgegeben, als Matthias sich wieder zu ihr umdreht.

»Wegen Louise …«

Seine Stimme verliert sich. Als sie zurückkommt, klingt sie härter, bestimmter.

»Louise hat gedealt. Nicht wirklich, nicht für die große Kohle, nicht so, dass es für die Barozzis ein Geschäftszweig hätte werden können. Mehr für den Kick. Und für den Eigenbedarf, obwohl Geld ja eigentlich keine große Rolle gespielt hat. Sie ist erwischt worden … «

Jetzt starrt Matthias auf den Boden. Sie sollten dringend wieder mal putzen.

»Die Familie hat einen Sündenbock gesucht«, nimmt Matthias den Faden wieder auf. »Sie haben was gegen mich in der Hand gehabt, etwas Überzeugendes. Aber ich hätte es sowieso gemacht. Louise heiraten, für sie ins Gefängnis gehen. Was sind schon ein paar schlechte Jahre gegen lebenslange Narrenfreiheit, wenn du wieder rauskommst. Mit Leistung kommst du in dieser Familie nur so und so weit.«

Mia bleibt still. Sie hat Angst, Matthias zu unterbrechen. Sie kann sich gar nicht mehr erinnern, wann sie das letzte Mal mit ihm geredet hat. *Wirklich* geredet, mehr als bloß ein paar Begrüßungsfloskeln. Sie mustert die Wolken im Fensterhintergrund. Sie vermeidet Blickkontakt.

»Geschichte wiederholt sich natürlich. Fabio verspricht sich was davon, wenn er jetzt der Sophie schöntut. Aber der Einsatz ist hoch. Sophie ist ihrer Mutter sehr ähnlich. Sie kann Fabio gefährlich werden. Oder dir. Deshalb ist es vielleicht eh am besten, dass jetzt Ion … Hallo, Ion!«

Mia schaut hoch. Vom Teufel sprechen und so: Ion steht in der Tür, mit einer Tasse in der Hand. Schaut entschuldigend. Und amüsiert. Als wär ihm egal, ob über ihn geredet wird. Er geht zur Kaffeemaschine, schenkt sich ein. Ion. Sein schwarzes T-Shirt mit irgendwas drauf. Sein Tattoo bis zum Handrücken. Sein Schweigen als Gesprächsblocker. Ion lehnt in der Küche, als wäre er hier daheim, als hätte er ein Recht dazu. Und wahrscheinlich hat er das auch. Die Wut über die Unterbrechung schnürt Mia den Hals zu.

Aber was nützt ihr das Selbstmitleid? Sie geht Susanne aus dem Weg, hält sich von den Werkstätten fern, tut aber ansonsten Dienst nach Vorschrift. Als sie im Morgengrauen heimkommt, mit Basel und dem Vortag in den Knochen, erledigt vom Tag und der Endlosschleife

Nachtarbeit, sitzen Ion und Fabio in der Küche. Sie trinken Schnaps. Sie unterhalten sich über den aktuellen Preis von Handys, Kupfer und Dope. Sie schauen betreten, als Mia sich zu ihnen setzt, sich auch einen Kurzen einschenkt.

»Was denn?«

Fabio zuckt mit den Schultern. Ion reagiert gar nicht. Aber das ist auch *ihre* Küche, sie lässt sich doch nicht von zwei Jungs, die unter sich sein wollen, vertreiben. Mia klopft mit dem Stamperl auf die Tischplatte, kippt es hinunter. Sie hasst Trinkrituale, aber die Stille geht gar nicht. Die Stille ist so beredt wie Louises Strichmund. Die Stille kommt auf keinen Punkt. Schnaps hilft nicht, lenkt aber davon ab. Sie stellt das Glas zurück. Fabio schaut zur Seite, Ion mustert sie neugierig. Wärme im Bauch, Wut ein bisschen höher. Hier ist nichts zu holen. Ab ins Bett.

Nur ist an Schlaf nicht zu denken. Die Matratze fühlt sich bretthart an. »Das kommt vom Mit-dem-Rücken-zur-Wand-Stehen«, murmelt Mia leise. Ihre Schultern sind angespannt, sie knetet ihre Finger, versucht mit kreisenden Bewegungen der Zehen den Kreislauf zu beruhigen. Nur im Magen hält sich eine Restwärme. Schnaps ist keine Lösung, aber vielleicht weiß Fabio eine. Mia müht sich hoch. Zurück in die Küche. Dort putzt Ion grad seine Brille. Sein Gesicht wirkt nackt ohne das dicke Gestell. Fabio mustert sie. Schließlich schiebt er ihr noch ein Stamperl zu.

»Ich brauch' Hilfe, glaub' ich«, murmelt sie schließlich, schlägt mit dem Stamperl noch mal auf den Tisch, verfolgt das Brennen die Speiseröhre runter, beobachtet den heißen Bombenpilz, der sich in ihrem Magen ausbreitet.

»Irgendwas ist schiefgelaufen«, murmelt sie in Fabios Richtung.

»Miamiamia«, Fabio sucht in seinem Schnapsglas nach Wahrheit oder Ausflüchten. In der Küche dauertönt das Schweigen. Mia wartet, bis es unerträglich ist und hält dann noch eine Zeit lang den Mund. Aber sie hat nichts mehr von einem Pokerface, sie braucht einen Ausweg, sie braucht eine Idee.

»Es war Louises Idee. Das mit dem Kunstdiebstahl. Ich wollte erst nicht, aber was hätte ich denn sagen sollen?«

»Erzähl von Anfang an.« Mia erschrickt, als Ion sich in das Gespräch einmischt. So breitschultrig und tätowiert er ist, sie hat ihn vergessen. Ausgeblendet. Nicht zu ihrem Problem machen wollen. Der ist doch der Feind, oder nicht? Seine Familie setzt doch die Barozzis unter Druck, oder nicht? Ion ist aber auch Susannes Vertrauter. Er ist Mia vor allem gerade egal. Sie will Fabio ins Vertrauen ziehen, will nicht darüber nachdenken, wem sie vertrauen kann und wer sonst noch am Verhandlungstisch sitzt. Susanne ist zu Recht von ihr enttäuscht. Sie reißt sich zusammen. Ist doch alles schon egal, denkt sie. Also erzählt sie von Rom, von Basel, von Luzern erzählt sie nicht, über Basel II will sie auch lieber schweigen, aber Fabio bringt die *Plumett* ein. Ion lächelt. Dann lacht er. Wenigstens hat er Humor, wenn auch einen, der auf ihre Kosten geht. Mia schüttelt ihr Unbehagen ab und erzählt von Herrn Apokrif, von den *Malen-nach-Zahlen*-Bildern und von ihrem Einbruch in den Safe der Barozzis.

»Werkscode?« Ion lacht immer lauter.

»Ich brauche Hilfe!« Mia versucht die Aufmerksamkeit wieder auf sich zu lenken.

»Kann man wohl sagen«, mault Fabio.

»Wobei?«, fällt Ion ein neuer Unterton auf.

»Ich brauche einen Knalleffekt, ein großes Ding. Als Könnens-Beweis«, Mia erinnert sich plötzlich doch an Luzern und wirft einen bittenden Blick auf Fabio, »damit wir endlich jemand sind für die Barozzis. Damit Susanne wieder auf mich baut. Auf *uns*.«

Aber es ist nicht Fabio, der antwortet. Es ist Ion, der die Stille unterbricht: »Du wendest dich genau an den Richtigen.«

Mia schiebt sich Schritt für Schritt den Museumsgang entlang. Fensterlos. Die Sicherheitsvorkehrungen sind laut Fabio ein schlechter Witz. Der hat das von Ion. Ion ist enttäuscht. Er mag Herausforderungen, fühlt sich unterfordert. So einfach soll das mit dem Sesam-öffne-Dich nicht sein. Er sei ein brillanter Hacker, so was sei eigentlich unter seiner Würde. Mia kommt zu den Schutztüren. Wenn Ion hält, was er versprochen hat, werden sie sich öffnen lassen.

Der Träger ihrer Tasche schneidet ein, sie verlagert ihn auf die andere Schulter. Ein Blick auf die Uhr. Sie ist früh dran. Mia beobachtet den Sekundenzeiger. Sie versucht ihren Puls zu verlangsamen. Dreht ihr Handgelenk, zieht den Ärmel ihres Sweaters nach oben. Sie hat sich den Ablaufplan auf ihren Unterarm gekritzelt, sie ist nervös. Nach einem so genauen Plan hat sie bisher noch nicht gearbeitet. Der Sekundenzeiger schiebt die Zeit vor sich her. Noch ein prüfender Blick. Ein paar Sekunden später noch einer. Das muss aufhören, befiehlt eine Stimme in ihrem Kopf, es könnte Susannes sein oder ihre eigene. Endlich erreichen die Zeiger die vereinbarte Habt-Acht-Haltung. Nichts passiert. Komisch. Mia hat damit gerechnet, dass irgendeine LED-Anzeige von Rot auf Grün springt, dass irgendein Geräusch das Abschalten der Alarmanlage signalisiert. Aber alles wie vorher.

Sie legt ihre Handfläche auf den Türgriff, denkt an Ion. Sucht in sich nach Vertrauen. Will der sie reinlegen? Auf welcher Seite spielt er? Kann sie ihm vertrauen? Sie fingert nach dem breiten Stoffgürtel. Sie hat ihre Exit-Strategie dabei. Sie kann jederzeit ziemlich spurlos verschwinden, wann immer sie will. Sie ist bereit, rauszufinden, wie gut sie ist. Wenn Ion sie verrät, wenn jetzt ein Alarm losgeht, wird sie sich im Museum verstecken, so unsichtbar machen, wie sie kann. Später rausspazieren. Das Land verlassen, ohne einen Blick zurück. Wenn Ion sie nicht verrät, wird sie den Diebstahl durchziehen. Diesmal ist es nicht ihr Plan, den sie befolgt. Diesmal haben Ion und Fabio die Details ausgetüftelt. Den Einbruch, den Abtransport, den Fluchtweg. Sie legt ihre Handfläche auf die Tür. Zieht die Hand zurück, greift nach dem Riemen, verlagert ihn auf die andere Schulter. Er schneidet wirklich ein, dabei trägt sie keine *Plumett* mehr mit sich herum, auch keine Stihl. Mia transportiert Kunstwerke. Sie hat die Oswald und die Macheiner eingepackt, die Niki de Saint Phalles und auch die Antin-Fotoserie. Dann hat sie noch ein *Malen-nach-Zahlen-*Bild von Louise dabei. Maria Lassnig. *Du oder ich.*

Mia hängt sich ihre Bildertasche ein letztes Mal auf die andere Schulter, denkt an Ion, denkt an Fabio und atmet durch. Ihr Lied ist stark heute. Sie hat keine Schwierigkeiten damit, es in sich noch eine Nuance wacher zu rufen. Sie wird es nicht brauchen, wenn Ion erfolgreich war. Sie wird es nur brauchen, wenn alle Stricke reißen. Ihre Handfläche touchiert mit der Tür, sogar durch den Baumwollhandschuh fühlt sich das Metall kühl an. Sie lässt die Hand tiefer gleiten, findet den Türgriff. Zieht die Tür auf.

»Alles in Ordnung«, flüstert Fabio in ihr Ohr.

Total recall

Der gedimmte Lichtstrahl ihrer *Mag-Lite* macht mit dem dunklen Museumsraum das, was Großraumdiskos mit dem Himmel machen: Lichtfinger tasten was ab, ohne ein Ziel zu erreichen. Mia zählt Schritte, noch drei geradeaus, dann muss sie abbiegen. Müssten nicht zumindest ein paar Notausgangsleuchten die Orientierung erleichtern?

Mia bleibt kurz stehen, beleuchtet ihren Unterarm. Auf ihrer Haut ist der Lichtkreis, den die *Mag-Lite* wirft, scharf begrenzt, ufert nicht aus. Sie orientiert sich an den verschwommenen Kritzeleien, ärgert sich über die schlechte Lesbarkeit. Sie wollte sich Notizen machen, aber eben nur für sich, niemand sonst sollte die Zeichen interpretieren können. Jetzt hat sie selbst Schwierigkeiten mit der Entschlüsselung. Mia atmet durch, singt ein tonloses Stoßgebet an die Göttin der unkonzentrierten Ganoven. Immer noch Stille in ihrem Innenohräther. Sie schickt ihren Lichtstrahl voraus, tastet sich weiter.

Sie braucht 26 Schritte, dann steht sie vor der nächsten Schutztür. Wieder ein Blick auf die Uhr. Sie ist genau im Zeitplan. Sie macht alles richtig. Vorsichtig drückt Mia die Tür auf, schleicht in den Saal dahinter. Lauscht. Summt. Hört in das Museum hinein. Nichts Verdächtiges fällt ihr auf. Sie lässt den Lichtstrahl durch den Raum wandern. Dreht stärker auf. Keine Menschen, keine Geister, nur Kunst. Mia macht sich auf den Weg. Zehn Schritte geradeaus, links drehen, 25 Schritte, halbrechts drehen, fünf Schritte. Wieder richtet sie den Lichtkegel auf die Wand und schaut direkt in die Mündung einer Pistole. Die Hand dahinter ist seltsam lila. Mia pfeift ihren Puls zurück, der in einem Tempo davonpreschen möchte, das ihr Lied zum Holpern brächte. Singt unter dem Atem eine beschwörende Melodie, versucht ihre Zellen daran zu hindern, in verschiedene Richtungen gleichzeitig zu flüchten.

Die Hände im Lichtkreis sind lila. Sie ist in einem Museum, erinnert sich Mia, das ist Kunst. *Du oder ich.* Vorsichtig lässt Mia den Lichtkegel nach rechts gleiten. Ein blauer Schatten über einer dunklen Schulter. Ein Kinn, ein Mund, kein Strichmund, ein Schildkrötenmund: Mundwinkel nach unten. Mit einer schnellen Handdrehung stellt sie die *Mag-Lite* auf die hellste Stufe. Starrt auf die nackte Frau, Öl auf Leinwand. Das Bild ist seltsam multifokal. Gleichzeitig buhlen zwei Pistolen, zwei nackte, vom Leben tiefergelegte Brüste, der Schoß und die Augen um Aufmerksamkeit. Die Augen gewinnen. Dunkle Schatten darunter, eines davon rot eingefärbt, wie manchmal bei den Tänzerinnen in der *Susibar*. Auch die Wange darunter ist rötlich eingefärbt, so als wäre der Bluterguss nach unten geronnen, so wie Susannes Kleidung. Der Blick der Frau macht kein Aufhebens um die Schmerzen, kümmert sich nicht um ihre Empfindungen. Genauso wenig, wie sich der Blick darum schert, dass eine Pistole auf die eigene Schläfe gerichtet ist, die andere aufs Publikum.

Mias Puls pocht mit einem ihr unbekannten Akzentmuster, beschleunigt. Ihr Lied versucht mitzuhalten, vervielfältigt sich in ihr, verliert sich im Spiel von Thema und Variation. Mia ist bis aufs Äußerste erschöpft. Alles, was sie hat, alles, was sie ist, versammelt sich dort, wo sie der Frau im Bild begegnet. Verschwinden im Bild, eine Art Ekstase. Jedenfalls verschwimmt, was Mia von sich selbst zu wissen glaubt, verschwindet die Notwendigkeit zu handeln, die Bildrollen aus der Tasche zu nehmen und die Lassnig hier von der Wand.

Mias Blick gleitet weiter. Die dünnen Haare, die Frisur, wie mit *Photoshop* ausgeschnitten, dahinter ein blauer Schimmer, der Mia gilt. Die weiße Fläche dahinter. Irgendwo dort kann sie sich selbst sehen, irgendwo dort im Hintergrund schwebt Mia. Bisher, das fällt ihr erst jetzt auf, hat sie sich noch nie gefunden in einem der Bilder, die sie geklaut oder auch nur betrachtet hat. Wie ein Vampir, der auf Fotos nicht abgebildet wird. Auch von der Kunst wird Mia übersehen. Aber die Frage, die das Bild stellt, *Du oder ich*?!, die wird sie beantworten müssen. In die weißen Pigmentpartikel, ins Blau des Hintergrunds und in die Kompromisslosigkeit der blauen Augen wurde sie hineingemischt, auf die Leinwand aufgetragen. Mia setzt sich. Sie würde sich gern hinlegen, kann aber die Augen nicht vom Bild wenden. Versinkt, wartet darauf, dass ihr Lied aus seinen Auflösungserscheinungen zu sich, zu ihr zurückfindet.

Mia könnte nicht sagen, wie viel Zeit vergangen ist, bis sie Fabios Stimme wahrnimmt. Ihr *earplug* überschlägt sich fast vor Panik.

»Mia!«

»Wo bist du?«

»Was ist los?«

»Sag was! Irgendwas!«

Mia räuspert sich. Sucht in sich nach ihrem Lied. Findet Bruchstücke. Maria Lassnigs Selbstporträt starrt über Mias Kopf in die Ferne, nimmt an der Dunkelheit hinter und über ihr Maß. Mia könnte auf der Armbanduhr überprüfen, wie viel Zeit sie mit ihrem Bockschauen verloren hat, aber Fabios Stimme ist ihr Zeitmesser genug. An die Arbeit. Ihre Knie zittern, als sie versucht aufzustehen. Knie durchstrecken, hochkommen, Blickkontakt mit Kunstwerken unbedingt vermeiden.

»Alles okay«, flüstert sie und hofft, dass die Botschaft bei Fabio glaubwürdig ankommt.

»Mia, zum Glück. Wir machen uns Sorgen! Beeil dich!«

Als Opfergaben breitet sie die bisherige Beute vor dem Ölbild aus. Die Macheiner, die Oswald, 2 x Niki de Saint Phalle, 7 x Antin-Fotos. Wem sie sie opfert, darüber denkt Mia nicht nach. Es ist ein Symbol, eine Nachricht. Es ist sicher eine Pressemeldung wert. Mia drapiert die Originale auf dem Boden, bis sie zufrieden ist. Sie zieht einen geladenen Akku-Nagler aus der Tasche, greift nach der Rolle mit Louises Versuch, der Vorlage gerecht zu werden. *Du oder ich*! Mia rollt das Bild aus. Legt es auf den Museumsboden. »Das werden wir schon noch sehen«, murmelt sie. Sucht in sich nach Konzentration und Reserven. Beides ist noch in geringem Ausmaß vorhanden. »Muss reichen«, redet Mia sich zu und setzt sich mentale Scheuklappen auf. Sie richtet sich auf und wendet sich der echten Lassnig zu. Summt vor sich hin und gibt sich Mühe, das Bild immer nur ganz aus der Nähe anzusehen, sich nie dem Ganzen auszusetzen, nicht in die Nähe der Augen zu kommen, in keine der offenen Mündungen zu schauen. Nähert sich dem Bild bis auf einen halben Meter, gerade so, dass die Sensorfolie hinter dem Bild keinen Alarm schlägt. »Los!«

Es dauert ein paar Sekunden und dann noch ein paar. Mia hört ihren Puls ab, lauscht in das Museum. Ein vorsichtiges Gleichgewicht hat sich eingestellt, alles scheint friedlich.

»Los!« Ion antwortet Mia und gibt das *all clear*. Die Sensorfolie spürt nichts mehr.

Die Finger seitlich an die Leinwand legen, das geht sich gerade noch aus, Druck ausüben. Ion leitet den Alarm um, Fabio und er hocken in einem Lieferwagen ganz in der Nähe. Daran muss sie glauben. Mia hebt die Leinwand von der Wand, schlägt sie in eine dünne Plastikfolie ein, nimmt Louises Machwerk und den Akku-Nagler. Jagt vier 20mm-Nägel in die Wand, immer schön seitlich der Sensorfolie. Das Bild deckt die Folie jetzt ab. Mia stellt das Original quer, versucht es mit einer Hand zu tragen, es wird gehen, wenn sie oft den

Arm wechselt. Mia ist froh, dass das Bild abgedeckt ist. Wie Sonnenflecken schimmern die Farben des Bildes auf der Innenseite ihrer Lider. Mal das Blau der Augen, mal die rosaweißen Vorhöfe um die Brustwarzen. Das Schwarz der Pistolen sieht sie immer. Armwechsel. Der Lichtstrahl zittert vor Anstrengung. Weiter. Noch zwei Schutztüren und sie ist beim Hinterausgang. Schweiß rinnt ihr den Rücken runter, als sie ihn endlich erreicht.

»In Position.«

»Warte.« Ion flüstert. Fabios Mikro überträgt auch etwas. Ein Auto bremst. Türen schlagen zu. Es wird an eine Scheibe geklopft. Das Geräusch eines automatischen Fensterhebers. Dann hat Mia eine männliche Stimme in schlechter Sprachqualität im Ohr: »Papiere, bitte!«

»Scheiße«, flüstert Mia.

»Kannst du laut sagen«, flüstert Ion fast tonlos zurück, »aber bitte nicht so laut.«

Mia hört den Anlasser, sie hört den Motor, der Lebenszeichen von sich gibt, sie hört den Gang, der eingelegt wird. Weder Ion noch Fabio reden mit ihr. Ion, im dunklen Kastenwagen versteckt, hat wahrscheinlich Angst, entdeckt zu werden. Fabio fühlt sich vielleicht beobachtet. Sie hört die Motorengeräusche, hört, wie Fabio leise vor sich hin pfeift. Er will ihr damit etwas sagen, aber die Melodie sagt ihr nichts. Vielleicht liegt's an ihren Nerven, vielleicht an seinen Pfeifkünsten. Dann hört sie nur noch Statik. Die Reichweite ihres Funksenders ist nicht besonders und wird durch die Betonmauern des Museums noch extra eingeschränkt. Mia versucht sich zu erinnern, ob Ions Computerfunknetz eine größere Reichweite hat oder ob eben grad der Alarm losgegangen ist. Die Stille im Museum ist unverändert. Das verabredete Rette-sich-wer-kann-Signal ist ausgeblieben. Mia mobilisiert ihre letzten Geduldsreserven. Nur nicht ausflippen. Blick auf die Uhr. Sie gibt Fabio zehn Minuten, um wieder in Reichweite zu kommen. Sonst lehnt sie das Bild an die Wand und sucht sich einen Kanaldeckel oder irgendein anderes Loch im Erdboden zum Verschwinden.

Es brummt nicht

Stille ist selten absolut, genau wie Dunkelheit. Ein Gerät, zuständig fürs Raumklima im Museum, setzt sich intervalltreu in Betrieb. In den Rohren rauscht was. Eine Verkehrsader zieht nahe am Museum vorbei. Hupen, Motoren, sogar Folgetonhörner, aber nur die eines Krankenwagens. Mia lauscht angespannt in die Dunkelheit, als könne sie das Motorengeräusch des Mercedes auch aus der Ferne erkennen. Aber es brummt sich kein Dieselmotor in die Nähe. Wenn was brummt, dann die Störungen in ihrem *earplug*. Noch sechs Minuten, dann läuft die Frist aus, die Mia sich und den Jungs gesetzt hat. In sechs Minuten wird sie sich etwas überlegen müssen. Plan B.

»Fabio?«, flüstert Mia in die Stille, »Ion?«

Antwort bekommt sie keine. Die Stille gibt Mia Gelegenheit, über Loyalität unter Kollegen nachzudenken. Was, wenn sie in einer Falle feststeckt? Was, wenn Fabio zu Sophie hält? Was, wenn Ion mit Louise unter einer Decke steckt? Matthias hat sie ja gewarnt.

Wer nicht hören kann, muss fühlen. Aber Mias Ferntastsinn ist verkümmert, ist nie an Land gegangen. Sie denkt sich nach draußen, versucht, ein Bauchgefühl für ihre Situation zu entwickeln, doch ihre Rezeptoren liefern nur Nullwerte zurück, *white noise*. Wo ist der Mercedes, wo stecken Fabio und Ion und mit wem unter einer Decke? Noch vier Minuten. Immer noch keine Polizeisirenen zu hören, draußen vor der Tür. Im Museum nur Ton nach Vorschrift, kein Alarm, keine sich nähernde Hundestaffel. Keine Panik. Kühler Kopf, jetzt. Alles wird gut. Noch drei Minuten. Irgendwo in der Ferne ein Hupkonzert, aber das muss nichts heißen. Noch zwei Minuten. Mia lässt den Lichtstrahl über den Boden flitzen, sucht nach Schlupflöchern. Oder zumindest nach einem Versteck.

Noch eine Minute.

30 Sekunden.

Im *earplug* Stille und Hintergrundrauschen.

Out of the dark

»Erst die Saliera, jetzt eine Lassnig. Sind Österreichs Museen Selbstbedienungsläden? Die Ministerin im *ZIB-2*-Gespräch zu den Sicherheitsstandards in österreichischen Museen. Danach befragen wir die Psychologin und Kunsttherapeutin Martina Gelsenhof-Pepperl zu den möglichen Motiven und Beweggründen des Kunstdiebes, der ein Bild klaut und gleichzeitig früher gestohlene Kunstwerke zurückbringt. Jetzt schalten wir aber ins Dorotheum Wien.«

Die ORF-Moderatorin bemüht sich um Haltung, im Hintergrund ist Louises Lassnig-Interpretation eingeblendet. Sie sieht grotesk aus.

»Mag. Christian Weinhuber, Kunstexperte des Wiener Dorotheums, herzlich willkommen.«

»Danke für die Einladung.«

»Der Markt ist nervös. Die rätselhafte Einbruchsserie hält die Kunstwelt in Atem. Wie reagiert der Kunstmarkt auf die aktuellen Ereignisse?«

»Zunächst, Frau Lorenz-Dittlbacher, möchte ich darauf hinweisen, dass Anleger und Anlegerinnen, die das Service des Dorotheums in Anspruch nehmen, de facto geschützt sind vor Käufen mit fragwürdiger Provenienz. Wir sind fälschungssicher und diskret. Unsere Mitarbeiter und Mitarbeiterinnen haben in den letzten Wochen ein gesteigertes Interesse an den Bildern der Künstlerinnen, die der Kunstdieb gewählt hat, feststellen können. Vergleichsweise junge Talente wie die Kathi Macheiner haben Rekordergebnisse erzielt. Es bleibt abzuwarten, ob das Interesse an diesen Künstlerinnen anhält. Maria Lassnig oder auch Niki de Saint Phalle waren ja schon vorher rege nachgefragt. Aber auch da können wir gesteigertes Interesse und ein dadurch bedingtes Anziehen der Preise verzeichnen.«

Zwischen Mia und Fabio steht eine Flasche Wein, vor Ion steht sein Laptop. Irgendetwas überwacht er. Immer. Die Handys vibrieren lautlos. Sie haben keine Vorkehrungen getroffen, sie wollen sich nicht vor den Barozzis verstecken. Nur wollen sie auch nicht gestört werden. Es macht Spaß, zuzuhören, wie das eigene Projekt im Fernsehen besprochen wird. Nach der *ZIB* läuft Feindpropaganda. *CSI* oder eine ähnliche Sendung, die Allwissenheit der staatlichen Ordnungskräfte suggeriert, während doch im echten Leben schon das Tippen eines Berichts seine Zeit braucht, während doch im echten Leben Fremdsprachenkenntnisse bei der Polizei auch in touristischen Zentren eher die Ausnahme sind. Mia denkt kurz daran, in wie vielen Polizeiakten sie zwischen den Zeilen stehen mag. Es gibt den Leuten ein Gefühl der Sicherheit, dass der Tatbestand gründlich aufgezeichnet wird. Wo wurde Ihre Geldtasche gestohlen? Haben Sie den Täter gesehen? Haben Sie etwas Auffälliges bemerkt? Die Spur führt direkt dorthin, wo die Polizei im Dunkeln tappt.

Fabio, Ion und Mia haben sich in ein kleines Hotel in Gürtelnähe eingecheckt. Sie wollen ein bisschen entspannen, sie wollen sich ausschlafen. Zurück zu den Barozzis, zurück in ihre WG gehen sie erst morgen. Ion müsse noch etwas vorbereiten, sagt er. Mia muss sich von den weichen Knien erholen, die sie bekommen hat, als sie Fabios Stimme plötzlich wieder im Ohr gehabt hatte: »Mia? Bist du noch da?«

Dann ging alles ganz schnell. Ion gab sein *all clear*, Mia drückte die Sicherheitstür auf. Die Lassnig passte in den Mercedes-Transporter, Mia ließ sich neben Fabio auf den Beifahrersitz fallen. Abfahrt. Achten auf den Tacho. Jetzt bloß keine Geschwindigkeitsübertretung, jetzt bloß keine zufällige Verkehrskontrolle! Sie verließen die Stadt. Tauschten auf einem Autobahnrastplatz die Nummernschilder aus, nur zur Sicherheit, nicht weil sie sich unsicher fühlten. Nahmen die nächste Abfahrt und fuhren in Gegenrichtung wieder auf. Schlängelten sich der Stadtautobahn entlang.

Es war Mia, die Farbe bekannte: »Ich will noch nicht heim.«

Ion wusste ein Hotel. Davor versteckten sie die Lassnig in einem Kellerabteil, ähnlich dem, das Mia für ihre Briefe verwendete. Eine

Webcam überwacht den Schatz. Sie können sich jederzeit davon überzeugen, dass niemand sich Zutritt verschafft. Computer, findet Mia, sind cool.

Die hohe Kunst der tiefen Schläge

Kurz vor der Tür stehen bleiben und ein bisschen übermütig werden, ist noch keine Palastrevolution. Mit dem kurzen Stehenbleiben vergewissert sich Mia, dass Fabio und Ion noch in der Nähe sind, sie kann sich noch gut an die rauschende Stille im Ohr erinnern. Mia allein im Museum. Ihr Stehenbleiben verursacht beinahe einen Auffahrunfall.

»Geh schon«, murmelt Fabio unwirsch. Seine Anspannung drückt Mia auf den Magen. Aber sie kann ihn verstehen. Er hat die höchste Fallhöhe. Er hat etwas zu verlieren. Ion ist unantastbar. Sie selbst wohl schon unten durch. Nur Fabio riskiert etwas. Für Fabio ist es ein gutes Jahr gewesen, eigentlich. Er hat ein paar Vertrauensboni gutgeschrieben bekommen. Er hat seinen Einflussbereich erweitert. Mia rechnet ihm hoch an, dass er das aufs Spiel setzt. Vorsichtig befühlt Mia ihren Bauchgürtel. Sie ist immer noch mit Geld, Karten und Ausweisen bewaffnet. Sie ist immer noch bereit, zu verschwinden, wenn alles schiefgeht. Mit Fabio. Sogar mit Ion. Oder allein. Sie lächelt Fabio an. Ion schaut ungeduldig auf die Uhr, drängt sich an Fabio und Mia vorbei. Klopft, was auf dem Türleder stumpf und muffig und vertraut klingt, und betritt das Zimmer.

Das Tribunal tagt schon. Louise, Mario, Matthias. Sogar Sophie hat sich eingefunden. Die Großmutter sitzt im Ohrensessel, trinkt Tee. Susanne hält sich im Hintergrund. Mia spürt, wie ihr Lied in ihr wach wird. Sie hat das dringende Bedürfnis, mit der Tapete zu verschmelzen. Fabio stößt ihr den Ellbogen in die Rippen. Nicht jetzt, Mia, soll das wohl heißen.

»Da seid ihr ja endlich«, Matthias' Stimme klingt besorgt und verärgert.

»Wie konntet ihr nur? Was habt ihr euch bloß dabei gedacht?« Louise ist nur verärgert, das dafür in beachtlichem Ausmaß. »Die Bilder waren in *meinem* Tresor! *Mein* Tresor! Wer hat euch dazu angestiftet, mich auszurauben, wer hat euch das Recht gegeben, in mein Allerheiligstes einzudringen?« Mia summt ihr Lied. Louises Blick sucht nach Schuldigen, krallt sich kurz an ihr fest, gleitet dann weiter. »Du«, faucht sie in Fabios Richtung.

»Werkscode«, murmelt Mia. Niemand hört ihr zu.

Sophie sieht niedergeschlagen aus. Ihre Haare glänzen frisch gewaschen, ihre Haut strahlt, aber das ist Kosmetik. Ihre Augen sind matt, ihre Bewegungen langsam. Vielleicht Beruhigungsmittel. Vielleicht Verzweiflung.

»Meine Familie bietet eine Fusion an.« Ion tritt einen Schritt nach vor. Seine Stimme klingt bestimmt. Louise will ihn mit einer Handbewegung verscheuchen.

»Lass ihn reden, Louise.« Matthias greift nach dem Unterarm seiner Frau.

»Eine Fusion ist eine Vereinigung von Ganovenkörperschaften zu beidseitigem Interesse. Wir sind an einer Zusammenarbeit interessiert. Wir schlagen eine Hochzeit vor.«

Marios Grunzen ist zustimmend, Susannes Haltung im Hintergrund wirkt amüsiert.

»Wo ist das Bild? Die geklaute Lassnig?«

Mia wundert sich darüber, dass Matthias ausgerechnet nach diesem Detail fragt. Zugegeben: ein wichtiges Detail.

»Das Bild ist in Sicherheit. Aber nicht mehr lange. Wir haben Spuren gelegt. Wir haben die Wiener Polizei auf eine Schnitzeljagd geschickt, es kann nicht lange dauern, ein paar Tage, vielleicht eine Woche, bis sie das Versteck gefunden haben.«

Davon weiß Mia nichts. Fabio offensichtlich schon. Schließlich ist er es, der sich neben Ion stellt, der mit den pikanten Details herausrückt. Mia schüttelt unwillkürlich den Kopf. Sie hat sich schon wieder auf Partner verlassen, die ihr gemeinsames Spiel zumindest mit einem doppelten Boden versehen haben. Sie hat sich schon wieder nicht um das große Bild gekümmert, nur um das kleine, um das Bild mit zwei tiefschwarzen Pistolen und zwei magnetischen Augen. So magnetisch wie die Augen von Susanne, die sie mustern.

»Wenn sie die Lassnig finden, erhalten sie Hinweise auf die Diebin«, Fabio macht eine Kunstpause, »auf Sophie.«

»Was?«

»Auf *mich*?«

Fabio nickt. Ion lächelt in Sophies Richtung. Ion, stellt Mia fest, hat eine seltsame Vorstellung von Brautwerbung.

»Aber wir wollen nicht, dass die Polizei diese Hinweise erhält.«

»Welche Hinweise?« Mario, das nominelle Familienoberhaupt, mischt sich in das Gespräch ein.

»DNA, Fingerabdrücke, allerdings in schlechter Qualität. Das Übertragen von Fingerabdrücken steckt noch in den Kinderschuhen. Sophies Handy lässt sich im fraglichen Zeitraum im Museum oder zumindest in dessen Nähe nachweisen. Dazu kommt, dass der Saint-Phalle-Diebstahl von einem eurer Computer gegoogelt wurde, bevor er allgemein bekannt wurde. Das Bild wurde gestern im Museum wieder aufgefunden.« Ions Stimme bleibt emotionslos, als er die Fakten aufzählt. Sophies Gesicht verfärbt sich unter dem Make-up. Sie starrt fassungslos auf Mia und Fabio.

»Wie gesagt, wir haben kein Interesse daran, dass auch nur der Schatten eines Verdachts auf Sophie fällt. Aber die Zeit drängt. Die Polizei einerseits, meine Eltern andererseits. Sie würden sich freuen, eine Hochzeit bekannt geben zu dürfen. Sophie?«

Ion macht einen Schritt auf die Angesprochene zu. Die zuckt mit den Schultern. Ion lächelt zufrieden. Mario läutet nach dem Mädchen. Bestellt Champagner. Und für sich einen Whiskey.

Fabio entspannt sich sichtlich. Es scheint alles nach Plan gelaufen zu sein. Nach einem Plan, von dem Mia keine Ahnung hatte. Susanne mustert sie immer noch. Sie wirkt ebenfalls zufrieden. Sie scheint mit dem Ergebnis der Verhandlungen einverstanden zu sein. Vielleicht war sie auch Teil des Planungsteams. Mia hat die Übersicht verloren. Wieder einmal.

Each one, teach one

Die Gruppe ist klein. Fünf Augenpaare folgen Mia, sie hat eine Frage gestellt. Antworten bleiben aus, aber die Blicke suggerieren Aufmerksamkeit. Die Frage war an und für sich einfach. In der letzten Stunde hat sie Anekdoten erzählt, hat eine Liste der »leider Neins« der Kriminalgeschichte erstellt. Jetzt will sie wissen, was hängen geblieben ist. Zu wenig, wie sie findet.

»Asli?«

»Es wäre besser, wenn man sich die Dings, die Maske, nicht aufmalt.«

»Richtig. Nicht mit einem Textmarker aufmalen. Wenn du eine Bank überfallen willst und du willst dir eine schwarze Augenmaske schminken, verwende unbedingt einen abwaschbaren Stift. Milan!«

»Nicht mit dem Bus flüchten.«

»Genau, wenn man mit öffentlichen Verkehrsmitteln flüchtet, darf man es nicht eilig haben. Also nur verwenden, wenn unerkanntes Verschwinden gewährleistet ist. Rolf!«

Rolfs Antwort geht unter. Mia schaltet auf Autopilot und denkt an Susanne. Susanne, die ja immer für eine Verbindung zwischen Ion und Sophie war, Susanne, die also zufrieden mit der Entwicklung der Ereignisse sein kann. Sophie hat sich mit der Hochzeit abgefunden, Louise hat sich von Ions Tischmanieren überzeugen können und findet ihren künftigen Schwiegersohn nicht mehr ganz so abstoßend. Für Fabio hat sich die Aktion ausgezahlt. Seine Stimme hat an Gewicht gewonnen. Sein Zuständigkeitsbereich hat sich vergrößert.

Er ist jetzt wer. Er wird mehr werden. Für Mia hat sich kaum etwas verändert. Sie singt in der *Susibar*. Sie greift zu, wenn es ihr lohnend erscheint. Sie gibt ihr Wissen weiter, sie unterrichtet manchmal, wenn Susanne zu beschäftigt ist. Zurzeit ist Susanne oft beschäftigt. Gemeinsam mit Ion plant sie etwas Großes. Louise plant die Hochzeit.

»Dein Problem ist«, hat Susanne zu Mia gesagt, als sie sie um Unterstützung beim Unterrichten gebeten hat, »dein Problem ist, dass du so daran gewöhnt bist, übersehen zu werden. Dein Gesicht ist ein Buch und ein einfach geschriebenes dazu. Du blendest Hintergedanken aus, die der anderen und die bei dir. Daran solltest du arbeiten.«

Mia ist darauf keine Antwort eingefallen, es wurde auch keine erwartet.

»Weißt du, Mia«, Susanne war noch nicht fertig, »du bist jetzt schon lange bei uns. Ich beobachte dich schon einige Zeit. Das ist, zugegeben, nicht immer ganz einfach. Du bist gut darin, dich übersehen zu lassen. Wie du das machst, weiß ich nicht. Aber es funktioniert. Als würden die Menschen, wenn sie dich wahrnehmen sollen, denken, die ist nicht mein Problem. Da kümmert sich schon jemand anders drum … Nützlich, so eine Eigenschaft, äußerst nützlich. Aber unsichtbar macht dich das nicht. Und wenn man sich dann die Mühe macht, dich im Auge zu behalten … Dann ist es einfach, in deinem Gesicht zu lesen. Dann versteckst du gar nicht mehr so viel. Du musst noch viel lernen. Aber dafür bist du ja hier.«

Damit war Mia entlassen. Es hat keinen Krach gegeben und keine Verstimmung. Niemand scheint ihr ihre Rolle in der ganzen Geschichte zu verübeln. Nicht mal Sophie. Ein Grund mehr, sich schlecht zu fühlen. Sie hat sich manipulieren lassen. Sie war eine unwichtige Bäuerin im großen Schachspiel. Sie wurde nur durch Glück nicht geopfert. Und weil sie so leicht übersehen wird, wenn sie unschuldig auf dem Spielfeld herumsteht. Das ist nicht unbedingt, wie sie sich sehen will. Aber was soll sie sich vormachen?

Mia macht sich auf den Heimweg. Bevor sie in die *Susibar* geht, will sie noch duschen. Sie betritt die WG. Fabio ist unterwegs. Mia geht in die Küche, dort sitzt Ion, tippt auf seiner Notebook-Tastatur. Klappt das Display runter, als er sie sieht. Lächelt.

»Hallo, Mia.«

Mia zuckt mit den Schultern. Sie wundert sich darüber, dass Ion nicht ausgezogen ist. Sollten Sophie und er nicht eine gemeinsame Wohnung haben?

»Wie geht's Sophie?«

»Wie immer, nehm' ich an.«

Mia zieht ihre Augenbrauen hoch. Versucht ihr Gesicht dazu zu bringen, etwas auszudrücken, was sie nicht denkt. Es ist ihr egal, ob Ion weiß, wie es Sophie geht. Es ist seine Hochzeit, die geplant wird, nicht ihre. Aber wenn ihm Sophie so egal ist, warum will er sie dann überhaupt heiraten?

»Ich frage mich«, Ion wirkt plötzlich verlegen, »ob du weißt, warum ich nach Wien zurückgekommen bin?«

Mia hält ihre Mimik bedeckt, wie sie hofft. Susannes Kommentar sitzt ihr in den Knochen. In den letzten Tagen hat sie versucht, Regungen von ihrem Gesicht fernzuhalten. Ihre Muskeln schmerzen schon. Vielleicht hat Louise ja gar nicht ewige Jugendlichkeit als Ziel, wenn sie sich Botox spritzt. Vielleicht will sie nur ihre Mimik festzurren, damit ihre Emotionen nicht durchschimmern. Ion steht auf, greift nach einem Glas und schenkt sich Wasser ein. Nimmt einen Schluck.

»Ich kann mich gut an dich erinnern, weißt du?«

Mia schaut verständnislos.

»Als du zu uns in die WG gekommen bist, ich kann mich wirklich gut dran erinnern. Du hast so verblüfft geschaut, auch traurig natürlich, aber vor allem irgendwie entgeistert. Gleichzeitig war es so schwer, dich im Auge zu behalten. Du bist immer irgendwie aus meiner Wahrnehmung gerutscht. Zuerst habe ich mir nichts dabei gedacht, aber dann ist mir aufgefallen, dass es den anderen auch so geht. Es war so schwer, dich zu bemerken. Susanne ist das auch aufgefallen. Susanne hat dich immer so konzentriert beobachtet, so, als versuchte sie zu verhindern, dass du ihr schon wieder durch die Lappen gehst. Das ist ein Talent. Ein enormes Talent. Weißt du, Mia«, Ion macht eine ungeduldige Handbewegung Richtung Computer, »ich bin wie du. Wenn ich am Computer sitze, bin ich wie du. Ich kann alles machen und niemand bemerkt mich.«

Das große Bild, überlegt Mia, da schimmert ja jetzt doch ein großes Bild durch. Ion will ein Team gründen. Fabio als Mann fürs Grobe, verlässlich, loyal und ehrgeizig. Ion als Mann an der Tastatur. Nur fehlt noch ein i-Tüpfelchen, nur fehlt noch ein Bindeglied. Es war eigentlich Susannes Idee, behauptet Ion. Aber er hätte sie auch gehabt.

»Du hast ein großes Talent, Mia, ich glaub', du hast keine Ahnung, was für ein Talent du hast.«

»Und Sophie?«

»Sophie ist mein Anker, mein Garant für deine Loyalität. Solange du bleibst, solange du mitarbeitest, geht es Sophie gut. Wenn du dich davonmachst, dann eben nicht.«

Ion spricht die Drohung aus wie eine Nebensache und vielleicht ist sie das für ihn. Und überhaupt: Soll Sophie doch schauen, wo sie bleibt. Mias Blick versucht für sich zu sprechen. Wenn Sophie ihr Anker sein soll, dann ist die Kette aus weichem Metall geschmiedet. Das gilt auch für die anderen Barozzis. Sie ist fast fertig hier. Sie kann jederzeit gehen. Sie muss nur ihren Ausweis packen und ein bisschen Geld.

Ions Hand zeichnet eine vage Linie den Küchenhorizont entlang. Das ist Familie, so ist das halt. Man hängt drinnen. Es gibt Pläne, es gibt Arbeit. Er schaut Mia an. Du bist hier noch lange nicht fertig. Sagt sein Blick. Und: Bist du denn nicht neugierig, wie's weitergeht?

Klar. Sie kann gehen, denkt Mia. Jederzeit. Sofort. Sie muss nicht mal packen. Andererseits. Es ist so mühsam, draußen gesehen zu werden, es kostet sie so viel Anstrengung, damit sie überhaupt bemerkt wird. Sie ist müde von den leeren Blicken, die über sie gleiten, die nie an ihr hängen bleiben. Sie ist müde von den Bildern, die die Welt auf ihre Netzhaut wirft, auf denen sie aber nicht zu sehen ist. Hier, bei den Barozzis, wird sie gesehen. Von Fabio natürlich. Susanne sieht sie oder gibt sich zumindest Mühe. Matthias schaut nicht absichtlich immer gleich weg.

Fragen, überlegt Mia, einfach nach dem großen Bild fragen. Das kostet nichts.

»Was hast du vor?«

Nichts in Ions Gesicht verzeichnet Erleichterung, Freude oder irgendeine andere Reaktion. Seine Atmung bleibt regelmäßig. Sein Blick ist ruhig und auf Mia gerichtet. Er blinzelt nicht. Es sind seine Finger, die ihn mit einem Zucken verraten. Ion beobachtet Mia, die ihn beobachtet. Dann löst sich die Festgefahrenheit seiner Mimik auf. Ion lächelt.

»Ich hab' schon gedacht, du fragst nie.«

DANK geht an:
Markus Köhle – für immerwährende Stabilität und wiederholten Text-Gegencheck
Nadja Bucher und Andreas Plammer – für Feedback
tenderboy – für Beats und jahrelange Verlässlichkeit
Kathi Macheiner – für sixxa und Freundschaft
die Familie M (wie Medusa) – für Rückhalt
die Slamily – für Vernetzung, rauschende Nächte und Zugfahrten

MIEZE MEDUSA BEI MILENA ...
BESTER STOFF!

Mieze Medusa
FREISCHNORCHELN
Roman

170 S., Broschur
ISBN 978-3-85286-204-0

Nora will kündigen. Aber wie kündigen, wenn du dein eigener Chef bist? Ein Roman voll flirrender Eloquenz und spritzigem Humor für alle, die noch nicht so ganz erwachsen sind, es lange Zeit nicht waren oder niemals werden wollen!
Der Debütroman von Wiens Poetryslam-Queen und HipHop-Lyrikerin Mieze Medusa, der Ihren Alltag garantiert versüßt.

Sommer in der Stadt. Alles lichtdurchflutet und im Fluss. Nur die Fließrichtung stimmt nicht. Da das Schwimmen gegen den Strom nicht klappt, übt sich Nora Klein im Kopf über dem Wasser halten. Dieses ist leider im Steigen begriffen: Rechnungen und Steuerzahlungsnachforderungen trudeln ein, Aufträge für die junge, selbständige Grafikerin sind aber Mangelware.
Raubzüge öffentlicher Büffets und Plündern von Werbeständen mit gratis Joghurtdrinks garantieren das Leben im Alltag trotz Dauerflaute im Portemonnaie. Die Existenzangst wird mit Sonnenbaden, zurückgeschraubten Ansprüchen und Zimmeruntervermietung bekämpft, bis Nora beschließt, dass auch ihr Privatleben neue Impulse benötigt.
Der One-Night-Stand mit ihrem Verehrer und Auftraggeber Frank sorgt prompt für mehr Abwechslung als sie sich wünscht ...

MIEZE MEDUSA BEI MILENA ...
BESTER STOFF!

Mieze Medusa & Cornelia Travnicek
HOW I FUCKED JAMAL
Warnung: Kann Spuren von Vögeln enthalten

200 S., Klappenbroschur
ISBN 978-3-85286-188-3

Sex goes international goes literature.
Die junge Literaturszene begibt sich in die Horizontale.
Warnung: Kann Spuren von Vögeln enthalten

Wie kann sich die Verständigung zwischen den Laken gestalten ... wenn zwei nicht die gleiche Sprache sprechen ... nicht die gleichen Gesten teilen ... was anderes zum Frühstück essen ... Wie soll das gehen mit dem One-Night-Stand, mit der Liebe, mit dem Sex? Alles easy, multipel-kulti? Oder doch kompliziert? Ohne Rücksicht auf Intimitätsverluste begeben sich junge Autorinnen und Autoren auf das glatte Eis des globalisierten Beischlafs und versammeln leise wie laute, explizite wie weniger explizite Geschichten vom internationalen Austausch.
Jamal kommt im Buch übrigens nicht vor, er ist das Chiffre für das Fremde in unserem Bett. Jamal kommt aber zu Wort. Denn die AutorInnen sind so vielfältig wie ihre Stories, kommen aus Österreich, der Schweiz, Deutschland oder Slowenien – und sind allesamt „Zugereiste" im globalen Dorf.

Mit Beiträgen von: Stefan Abermann, Thomas Ballhausen, Malte Borsdorf, Nadja Bucher, Michal Hvorecky, Markus Köhle, Jan Kossdorff, Mieze Medusa, Jan Off, Julya Rabinowich, Christoph Simon, Clemens J. Setz, Nadja Spiegel, Andrea Stift, Cornelia Travnicek, Sara Wipauer, u. a.

Gedruckt mit freundlicher Unterstützung durch

Bibliografische Information Der Deutschen Bibliothek
Die Deutsche Bibliothek verzeichnet diese Publikation in der Deutschen Nationalbibliografie; detaillierte bibliografische Daten sind im Internet über http://dnb.ddb.de abrufbar.

Umschlaggestaltung: Jörg Vogeltanz, www.vogeltanz.at

A-1080 Wien, Wickenburggasse 21/1-2
www.milena-verlag.at

ISBN 978 3 85286 218 7